GREEK
MYTHOLOGY
FOR CHILDREN

希腊神话全书

全 6 册

III

英雄远征传奇

〔希腊〕莫奈劳斯·斯蒂芬尼德斯 (Menelaos Stephanides) 著

〔希腊〕雅尼斯·斯蒂芬尼德斯 (Yannis Stephanides) 绘

彭 萍 等译

中国出版集团
中译出版社

GREEK MYTHOLOGY FOR CHILDREN

by Stephanides Brothers

Copyright © 1991: Sigma Publications, Menelaos Stephanides, Yannis Stephanides.

Simplified Chinese translation copyright © 2024 by China Translation and Publishing House

ALL RIGHTS RESERVED.

著作权合同登记号：图字 01-2021-1120 号

图书在版编目（CIP）数据

希腊神话全书：全6册 /（希）莫奈劳斯·斯蒂芬尼德斯著；（希）雅尼斯·斯蒂芬尼德斯绘；彭萍等译. 北京：中译出版社，2024. 7. -- ISBN 978-7-5001-7728-9

Ⅰ．I545.73

中国国家版本馆CIP数据核字第2024U6E746号

希腊神话全书（全6册）

XILA SHENHUA QUANSHU (QUAN LIU CE)

出版发行	中译出版社
地　　址	北京市西城区新街口外大街 28 号普天德胜大厦主楼 4 层
电　　话	(010)68005858，68359827（发行部）68357328（编辑部）
邮　　编	100088
电子邮箱	book@ctph.com.cn
网　　址	http://www.ctph.com.cn
出 版 人	乔卫兵
总 策 划	刘永淳
策划编辑	赵　青　朱安琪
责任编辑	黄亚超
文字编辑	赵　青　马雨晨　朱安琪
装帧设计	黄　浩　潘　峰
排　　版	北京竹页文化传媒有限公司
印　　刷	北京瑞禾彩色印刷有限公司
经　　销	新华书店
规　　格	880mm×1230mm　1/16
印　　张	88.25
字　　数	891 千字
版　　次	2024 年 7 月第 1 版
印　　次	2024 年 7 月第 1 次印刷

ISBN 978-7-5001-7728-9　　定价：368.00 元（全 6 册）

版权所有　侵权必究

中 译 出 版 社

作者序
青少年读者应如何看待希腊神话

在远古时代，人类像小孩子一样喜欢神话故事。由于当时无力抵抗各种自然力量，人们过着难以想象的艰苦生活。可怕的自然力量在人类的世界横行无忌，一不留神就会遭受灭顶之灾。但与此同时，自然界雄伟壮美的景色又常常使他们心醉神迷，让人类对生活充满热情。

为了增加对现实生活的了解，希腊先民们苦苦搜寻着给他们带来恐惧和欢乐的自然现象的内在原因。由于科学知识的限制，他们寻求解释的种种努力总是以失败告终。因此，人们只好依靠想象力继续探索，这种想象力任意驰骋，创造出成百上千情节丰满、情感激荡的动人故事。而这些故事从某种程度上来讲，往往折射着先民们现实生活的艰辛，故事内核则涌动着一股强烈的悲情。

如此，便产生了神话和神话学。

对我们当今的读者来讲，神话里充满了传闻与幻想，它们似乎都是一些虚无缥缈的神仙故事。事实并非如此，在这些曲折、离奇的故事背后，隐藏着先民们曾经历过的、真实且永恒的事件。实际上，每一个民族的神话中，都可以窥见这个民族在古代生活的真实点滴，并且以他们自己的所见所闻和能够阐释的形式表现出来。更为重要的是，我们可以从中找到古人对人性、生活和宇宙本质的洞察与见解。

希腊的土地上，诞生了古老民族中体系最庞大的神话。希腊人出于对壮丽山河、日常生活和一切美好事物的热爱，创造了自己独特的神话。希腊人崇敬那些神话中的英雄群体，崇敬他们依靠丰富想象力所创造出来的神灵——奥林匹斯山上的众神。希腊神话具有诗歌般的隽永意境，诸神又展现出超脱或世俗的特质，他们的言行蕴含着古老的道德观念及价值观念。

希腊神话历经数千年的口耳相传，原本存在于普通人心目中不朽的众神最终都会消失，为希腊神话故事所替代，完整地保存在各类哲学、历史、文学和艺术著作中。古往今来，灿若繁星的哲学家、史学家、文学家和艺术家从中汲取营养，取得了卓越的成就，留下浩如烟海的传世佳作。

因此可以说，希腊神话是西方文明不朽的源头活水。即便在今天，希腊神话仍然指导着不同年龄的读者理解美和善的含义。正是这种美和善以及希腊神话的可爱之处，促使我们尽心尽力改编、出版了这套图文并茂的青少年读物。

这套神话作品是专门为青少年设计的，历经 25 年的精心编写和打磨，目的是为青少年朋友们提供一套具有指导和教育意义的读物。同时我们也想使它成为一套能培养青少年优秀品格的图书，促使青少年远离市面上那些看起来有诱惑力但内容庸俗、浅薄的读物。

为了达到这一目的，我们采取了适当手法，把神话引入现实生活，而又不违背原作的内容和古典风格。我们清醒地认识到，高质量的插图不仅能吸引孩子们去阅读，而且能使他们对神话本身有更生动、更直观的了解，有助于在他们心中留下难以磨灭的印象。

对文字的处理，需要特别仔细、认真。将神话故事编成引人入胜的读物，则需要作者有深厚的文字功底。毫无疑问，我们已经尽心尽力。为了使这套《希腊神话全书》（全 6 册）具有教育价值，作者必须有正确的指导原则。

首先，那种认为希腊神话不适合青少年阅读的观点是片面、武断的。我们认为，希腊神话蕴含极其丰富的教育意义。有人说，希腊神话描述了某些天神言行中不公正的现象，不适合孩子们阅读。我们的观点恰恰与此相反。

希腊先民们根据他们生活中的现实素材创作了神话，在那个艰难困苦的远古时代，实际生活中的不公正现象比比皆是。如果我们用动听的言辞去美化那些不公正的现象，那才是不可取的，也是我们着力避免的。

还有人说，希腊神话之所以在人文教育领域占有一席之地，只是因为它有幸流传下来。这个观点也过于简单。具有永恒魅力的作品应归功于那些与荷马一样有出众才华的诗人，这与那些为了其他目的而编造的低俗神话毫无共同之处。

以上述观点作为指导思想，我们在浩如烟海的不同版本的神话作品中进行筛选，剔除了那些低级庸俗、违背现代教育宗旨的作品。我们发现，所有那些比较有意义的神话都很符合现代教育的需要。为此，我们深感欣慰。

我们编撰工作的最高目标是为了开发、弘扬希腊神话中丰富的优秀遗产，同时我们也尽量避免那种自以为是的说教腔调。我们沿袭着古希腊伟大剧作家的足迹，从希腊神话中选取素材，描述值得全世界推崇的、具有首选价值的故事。我们改编、出版这些神话故事的最根本原因和动力，是我们心里永远想着青少年读者。

我们不能要求每个孩子，尤其是年龄较小的孩子，都能理解这些深刻的思想。但是，即使他们不能完全理解，他们对某些情感和真谛还是能明白的。蕴含在神话中的寓意，实际上能增加青少年的阅读兴趣，促进他们对现实社会的理解。至于能否快速理解其中的深层含义，也没有太大关系，我们充分相信青少年读者的理解能力，并且鼓励他们从文字中获得探寻的乐趣。

我们的做法在多大程度上能使读者受益，只有请读者自己来做评价。

斯蒂芬尼德斯兄弟（Stephanides Brothers）

目 录

第一章　宙斯与欧罗巴 001

第二章　飞向天空的代达罗斯 007

第三章　雅典英雄忒修斯 023

第四章　阿里阿德涅的线团 043

第五章　金羊毛的来历 071

第六章　伊阿宋与"阿耳戈号" 081

第七章　驶向科尔基斯 103

第八章　寻找金羊毛 143

第 九 章　逃离埃厄忒斯 ……………… 161

第 十 章　失去魔法的金羊毛 ……………… 179

第十一章　美狄亚的复仇 ……………… 201

第一章

宙斯与欧罗巴

传说东方有个西顿国，国王阿革诺耳是能撼动大地的海神波塞冬和海洋女神利比亚的儿子。阿革诺耳育有三子一女：儿子菲尼克斯、基利克斯、卡德摩斯和女儿欧罗巴。欧罗巴公主既可爱又美丽，连爱与美之神阿佛洛狄忒都十分嫉妒她。

一天夜里，欧罗巴做了个梦，梦里两位名叫东方和西方的女子为了得到她而展开了激烈争斗。如果东方获胜，欧罗巴便可以待在故乡，同人民一起生活；但如果西方获胜，她就必须离开，跟着西方长途跋涉，渡过汪洋大海，到达光辉的日落之地。

最终西方赢得胜利，东方因此十分悲痛，却又不得不向美丽的公主告别。亚细亚孕育了欧罗巴，欧罗巴那迷人的美貌也是亚细亚的骄傲。

欧罗巴醒来后内心充满恐惧，因为任何事都不能诱使她离开故乡和她深爱的父王和母后。欧罗巴跪下来乞求诸神，尤其是主神宙斯，别让她流落异地，别让她离开心爱之人。

宙斯却不这样想，因为派遣梦神奥涅伊洛斯扰她清梦的正是宙斯。他原本希望欧罗巴能心甘情愿地来到西方，但目睹了欧罗巴一想到离家就浑身发颤后，他十分不悦。尽管如此，被欲望驱使的宙斯仍然渴望将欧罗巴带到希腊并娶她为妻。只要是宙斯想要的，就一定能够实现。奥涅伊洛斯的计谋失败后，宙斯便想出了另一个计谋来带走天真的欧罗巴。

　　在一个晴朗的春日，欧罗巴和朋友外出采花，享受乡间美景。她们在一片繁花盛开的草地上开心地又蹦又跳，笑声和歌声在草地上回响。前方是一望无际的大海，平静宜人，附近一片绿油油的草地上，国王阿革诺耳的牛群正在吃草。

　　欧罗巴和女伴们笑着、闹着，像只欢快的云雀一般在花丛间飞舞，她身穿迷人的红裙，满面春风，同女伴们共同欣赏这怡人的风景。微风拂过她那柔顺的秀发，在金色阳光的沐浴下，欧罗巴显得分外美丽，她那可爱的脸庞也越发迷人。

　　正当她们玩耍时，一头健壮的白色公牛缓缓地离开牛群，朝欧罗巴走去。这头牛也牢牢地吸引了欧罗巴的目光，它那美丽深邃的目光爱慕地注视着她。

距离越来越近了，公牛调皮地跳跃着，似乎想让欧罗巴陪它一起玩耍。这头牛美得惊艳，它那雪白的皮毛在牛群中十分罕见，显得更加气宇非凡。白色牛头在前额一抹黑毛的衬托下显得近乎完美，两只牛角呈半月形，像宝石一样闪闪发光，象征着这种高贵动物至高无上的荣耀，它的气息中还夹杂着仙果的甜美。

然而，吸引欧罗巴的不仅仅是这头公牛的美貌和尊贵，还有它十分友善的态度。这头牛看起来的确很温驯，所以欧罗巴也毫不犹豫地朝它走去，抚摸它那宽大的脖颈，并且呼唤女伴们一起欣赏这神奇的动物。确实，就连诸神的牧群中也未必有这般迷人的造物！

欧罗巴很快就和牛成了亲密的朋友。这头牛在玩耍的时候也小心翼翼，以免伤到可爱的欧罗巴。最后，公牛跪了下来，邀请欧罗巴骑到它背上，而欧罗巴也毫不犹豫，快活地爬上了它那宽大、柔软的后背。公牛又开心地玩耍了起来，在嬉笑的女伴中间穿来穿去。随后，公牛迈着轻快欢乐的步伐，朝大海跑去，欧罗巴向女伴们挥手，女伴们也回应着，嘴里还开玩笑地说着再见。虽然是在开玩笑，但这次告别很快就成为现实。很快，公牛便快跑起来，把女伴们远远地甩在身后。

欧罗巴逐渐变得焦虑不安，想要从牛背上下来，但事与愿违，公牛早已飞奔起来，冲进大海。欧罗巴吓坏了，紧紧抓着牛角并绝望地喊着救命，只是为时已晚。公牛的游泳速度很快，姿势很优美。它驮着虏获的公主，已经远离了海岸。这头公牛正是宙斯，他变身成牛是为了欺骗欧罗巴，并将其诱骗到日落之地。

他们的西行之旅很是壮观。为了不弄湿欧罗巴的裙子，宙斯的弟弟——海神波塞冬对着海浪挥舞着三叉戟，海浪平静了下来。波塞冬的妻子安菲特里忒站在他身旁，他们驾驶着由四匹神气十足的海马拉的战车，跟在宙斯和欧罗巴身后。海神身后跟着一群海洋女神，海豚在两旁欢跃，海鸟在头顶盘旋。领队的是波塞冬年幼的儿子特里同，他吹响了成功的海螺号角，宣告着欧罗巴的到来。

然而，可怜的欧罗巴对此情此景一无所知，只有害怕地抓着牛背，思念着她的故乡和亲人，想着是否还能再见到他们。

就这样，他们来到了克里特岛。克里特岛、希腊以及毗邻西方的整个大陆，直到浩瀚的海洋，都以欧罗巴的名字来命名。

克里特深山中的底克特山洞里，四季女神为宙斯心爱的欧罗巴备好了婚床，美惠三女神给欧罗巴喷了香水，梳理着她那丝质秀发，直到世上没有哪个女人能和欧罗巴相媲美。一切准备就绪后，化身成公牛的宙斯终于和欧罗巴结合了。

后来，欧罗巴生下三个儿子：传说中的克里特国王米诺斯、聪明的律典创造者拉达曼迪斯、吕底亚的首任国王萨尔珀冬。

宙斯赠予了欧罗巴许多昂贵的礼物，有从未让猎物逃脱的猎狗莱普拉斯，还有带有魔力的金色弓箭，这些箭总能射中目标。但宙斯最害怕的是欧罗巴会离开克里特，或者被她的父王阿革诺耳找到并带回东方。为了杜绝这些可能性，他派遣了青铜巨人塔罗斯看守克里特岛。

塔罗斯不是普通的巨人，他没有父母，是天神中的能工巧匠赫菲斯托斯的杰作。赫菲斯托斯以坚固的青铜作身，并为塔罗斯注入生命和强大的力量。

塔罗斯战无不胜，弓箭、长矛、利剑都伤不了他的青铜之躯，不仅如此，由于塔罗斯体内流淌的血液具有魔力，所以他是不死之身。赫菲斯托斯将一个金色塞子装在塔罗斯的右脚，用来防止血液外流。

塔罗斯日夜看守着克里特岛，警觉地在岛上巡逻，走过的地方都被他那如雷贯耳的脚步声震动。这样一来，没有一艘外国船只敢靠近克里特岛，因为他们害怕塔罗斯会扔下巨石，把船瞬间击沉。

强大的塔罗斯不仅保护了宙斯心爱的女人欧罗巴，还保护了整个克里特岛。虽然这座岛屿十分富裕，但是没有一个征服者胆敢踏足此地。

当然，塔罗斯是人类想象力的产物，但即便如此，这个神话也和其他神话一样，有着一定的现实依据。确实，克里特人在那段日子里不怕外来入侵，这座岛十分坚固，甚至没有城墙或壁垒。虽然在神话故事里，保卫这座岛的是让人闻风丧胆的塔罗斯，实际上却另有其人，那就是克里特人及其强大的舰队。

随着时间的流逝，克里特岛的王权开始衰落，神话也随之变形。相传杀死塔罗斯的凶手是阿耳戈英雄，也有人说是他们的首领伊阿宋在妻子美狄亚的帮助下杀死了塔罗斯。美狄亚灌醉了塔罗斯后，伊阿宋拔出了塔罗斯身上的金色塞子，血喷涌而出，塔罗斯也变成了一座青铜雕塑。从那以后，所有看过这座雕像的人都能想起克里特岛曾经的辉煌和后来的沉寂。

第二章

飞向天空的代达罗斯

一直以来，人类就想飞向天空，但那个时候这个大胆的想法似乎永远也不能实现。

然而，传说有个人不仅相信人类会飞，还将其变为现实，他就是代达罗斯，一同飞行的还有他的儿子——伊卡罗斯。

故事开始于智慧及美丽之城——雅典。

当时，雅典卫城脚下接近古市场处有许多作坊和画室，许多雕刻师、画师等艺术家都在此工作，其中一名艺术家兼工匠叫代达罗斯。他能力突出，技巧娴熟，是埃瑞克修斯的后代。

据说，代达罗斯创作的雕塑栩栩如生，似乎可以开口讲话，他的画作也惟妙惟肖。但代达罗斯最为著名的身份是建筑师和发明家，他打造的建筑让雅典这座美丽的城市更加迷人。他还发明过几何罗盘、钻头、斧头、桅杆和船帆，这些在当时都是伟大的发明。

雅典人十分崇拜代达罗斯，认为是智慧与技艺女神雅典娜亲自教导并帮助了他。

然而，有人嫉妒代达罗斯的天赋，希望他深陷不幸。伟大的人有很多朋友，但也会招来敌人，而代达罗斯的敌人给他造成了巨大的伤害。

代达罗斯的助手是他姐姐珀耳狄克斯的儿子——15岁的塔罗斯。这个具有天赋且努力的小伙子热爱舅舅的工作，认真聆听他的建议，因而在技艺上进步很快。

有一天，塔罗斯想切断一根木杆。他突然想起不久前找到的、长着尖牙的蛇颌骨切起东西来又快又好，于是拿来一块金属片，锉出如蛇颌骨般的锯齿。有了这个工具，他不仅可以切树枝，还可以切断整个树桩——这就是世界上的第一把锯。

代达罗斯为侄子的发明感到自豪，骄傲地向所有人展示这把锯。

"看哪，珀耳狄克斯，看看你那聪明的儿子制作的工具！来，看看我们现在

能用这个工具锯什么!"说着,他向珀耳狄克斯展示了塔罗斯发明的锯。

珀耳狄克斯笑着说道:"你可得保住自己的荣誉,在我看来,终有一天,塔罗斯会比你厉害!"

"那正是我希望的,我也正朝着这个方向努力。"代达罗斯郑重地答道。

然而,塔罗斯的成名道路注定不会走太远。

一天,代达罗斯和塔罗斯在卫城里沿着一块巨石的边缘行走。突然,灾难发生了。塔罗斯失足摔倒,没等代达罗斯施救,他便滚落悬崖摔死了。

这件事被代达罗斯的敌人知道了。他们是既邪恶又狭隘的人,同时还具有极大的社会影响力。他们开始利用这件事做文章,将代达罗斯拖上了法庭,指控他出于嫉妒,推倒了塔罗斯,致其死亡。不过大家都心知肚明,他们嫉妒代达罗斯,害怕艺术赐予他的力量。

有些法官是诬告者的朋友，这些诬告者竟无耻地要求判处代达罗斯死刑。虽然他们并没有得逞，但成功地让代达罗斯终身流放异地，不得回到雅典。许多雅典人知道这个伟大的艺术家十分器重自己的侄子，也明白一名真正的艺术家是不会犯罪的。

经受了双重打击，代达罗斯十分痛苦地踏上了流放之路。他前往比雷埃夫斯，搭上了第一艘离港船。他不知道这艘船驶往何方，也不在乎。离港之后，代达罗斯才知道这艘船正向东行驶，前往基克拉迪群岛，中途在得洛斯、纳克索斯岛和锡拉岛停靠，最终南下，前往克里特岛。

当时的克里特由米诺斯统治。他是欧罗巴和宙斯的儿子。米诺斯铁血冷酷。他统治下的克里特岛成为地中海最强大的帝国，拥有世界上最强大的舰队，正处于鼎盛时期。

克里特岛的首都克诺索斯聚集了数不清的财富。全城到处都闪烁着金光，奢华的宫殿、寺庙以及富丽堂皇的建筑随处可见。米诺斯不打算隐藏财富，他想让所有踏上克里特岛的陌生人都惊叹于他的财富和权力。

米诺斯对自己的成就十分骄傲，但他来到雅典，看到城中的寺庙、雕塑、雄伟的公共建筑和其他艺术品时，克诺索斯城的财富带给他的骄傲瞬间消失了。那时他第一次意识到，没有艺术家的天赋，即使拥有世界上所有的钱，也创造不出美丽的作品。

因此，米诺斯在雅典时，只要看到喜爱的作品便会问起创作者，得到的回答无一例外是代达罗斯。

于是，米诺斯便知道了有史以来最伟大的艺术家和最具创造力的工匠。他醉心于雅典城，返回克里特岛后，即使拥有金泳池，即使令所有国家畏惧，家乡的一切却看起来既糟糕又低劣。

他不断地对自己说:"世上任何东西我都不想要,我只想要属于自己的代达罗斯。"

一天,他坐在金色宝座上,心情阴郁。这时,一名侍臣欢天喜地地跑了过来。

侍臣喊道:"克里特岛的国王,天之骄子啊!我带来的消息一定会立刻扫除您的忧郁,给你带来极大的欢乐!"

"最近净是些好消息,"国王垂头丧气地说道,"但是都不能消除我的烦恼。"

侍臣说道:"但是这次,我相信您会得到您想要的一切,代达罗斯就在克里特,而且愿意为您效劳!"

米诺斯跳了起来。"代达罗斯在克里特岛?"他开心地喊道,"我要亲自迎接他!"

他给予代达罗斯皇家才享有的迎接礼遇,还备齐了代达罗斯第二天开工所需要的装备。

不久后，克诺索斯城以及整个岛屿被优雅的建筑和迷人的艺术品装饰一新，米诺斯也重赏了代达罗斯。

代达罗斯在克里特岛生活和工作多年，还迎娶了可爱的基克拉迪女孩——瑙克拉特。她为代达罗斯生下了儿子伊卡罗斯，但在孩子年幼时便去世了。

伊卡罗斯很小的时候便热爱建筑、绘画和雕刻。他的远大抱负是要追随父亲的脚步，成为伟大的艺术家。伊卡罗斯成年后，协助父亲修建了克里特岛上最伟大的艺术品——迷宫。

这座迷宫结构复杂，房屋和走廊众多，任何进入迷宫的人都找不到出口。

迷宫中心囚禁着人身牛头的吃人怪兽弥诺陶洛斯，后来，这个可怕的怪物被希腊英雄忒修斯杀死，由此也终结了可怕的人祭。长久以来，人们每年都要向冷酷的弥诺陶洛斯供奉雅典的童男童女各七名，这些祭品会成为弥诺陶洛斯的盘中餐。代达罗斯帮助忒修斯战胜了怪物。米诺斯知道后大发雷霆，当晚便

将代达罗斯和伊卡罗斯囚禁在迷宫中。此时两人心里只有一个想法：逃出迷宫，逃离克里特岛。

一天，代达罗斯向伊卡罗斯抱怨道："奴隶生活实在让人难以忍受，对于艺术家来说更是难上多倍，但如果我们连迷宫都出不去，又怎能逃出克里特岛呢？"

伊卡罗斯答道："只有鸟儿才会飞，如果我们能像它们一样，就可以逃出去了，但，唉，诸神并没有给予人类翅膀。"

"但是他们给了人类大脑，伊卡罗斯。"代达罗斯说。

"对，我们有大脑，"伊卡罗斯继续说道，"但如果我们也有翅膀，那该多棒啊！我们可以冲向高空，同太阳比肩；我们可以到处旅行，像鸟儿、云朵和神仙那样！"

代达罗斯并没有继续听儿子讲话，而是坚定地望着天空，认真思考着，因为他有了一个大胆的想法。

米诺斯的妻子帕西法厄来看望他们时，代达罗斯仍然坐在那里思考。

帕西法厄不像她丈夫那样铁石心肠。看到伟大的艺术家和他的儿子像犯人一样被囚禁,她十分悲伤。帕西法厄了解囚禁生活的孤独,便经常到迷宫陪伴他们,给他们带来安慰。

代达罗斯一见到王后便大喊:"我可以忍受很多事情,但是忍受不了我这双手无事可做,像奴隶一样被捆绑起来!"

"就算我能把你救出来,"王后答道,"你也会立刻再次被捕。"她顿了顿,又说道,"不过今天,希腊那边传来消息,说是忒修斯已经加冕,你的流放令已经解除。"

"终于等到这一天了!"代达罗斯开心地大喊起来,"我终于可以回家了。"

王后说道:"不,代达罗斯,逃跑并不容易,而且会越发困难。米诺斯得知希腊人都希望你回去后勃然大怒。即使你现在被囚禁在迷宫里,他依然下令让士兵把守住整个克里特岛。他害怕你逃跑,所以看守着整个海岸线,所有港口都会被彻查,就连一根针也溜不出去。我想帮助你,但不知道该怎么做。"

代达罗斯答道:"你可以给我们拿来羽毛,能拿多少就拿多少。我想要天鹅绒、鹰毛、鹳鸟和秃鹫的羽毛,我可以用它们制作自己的翅膀。"

"可是代达罗斯,我从未听说过这种事,"王后倒吸了一口气,说道,"你怎么知道会成功呢?"

"如果你真想帮我们,那就按我说的带来羽毛吧。"代达罗斯回答道。

王后为代达罗斯的自信和决心所感动,便答应了他的要求。如果有人拥有制作翅膀的天赋和技巧,那便是代达罗斯。

从第二天起,帕西法厄便利用各种方式,悄悄地、一点点地给他们带来羽毛。

代达罗斯立刻开工了。他娴熟地把所有羽毛用蜡固定在一起。这份工作既需要时间,又需要耐心,没用几天翅膀便成形了。

翅膀有四只,除了尺寸更大之外,同真正的翅膀并没有区别。

代达罗斯用皮带将一对翅膀绑在儿子的臂膀上，另一对绑在自己身上。测试翅膀性能的时机来了。代达罗斯上下挥舞着翅膀，毫不费力地飞上了天。伊卡罗斯也一样，挥舞着翅膀，飞了起来。一切准备就绪！

出发前，代达罗斯注视着儿子的眼睛，说道："伊卡罗斯，我们即将开始的旅程并不容易。前路漫漫，但是只要小心，我们便可以飞到目的地。我们不能飞太低，因为海浪会打湿羽毛；但也不能飞太高，因为太阳会融化固定羽毛的蜡。我们必须像鹳鸟那样平稳飞行，才能保证万无一失。"

"父亲，我们何时能到达雅典呢？"伊卡罗斯问道。

"我不知道，"代达罗斯答道，"我认真地思考了很久，恐怕我们不该回去。因为如果回去，我怕米诺斯会立即宣战，不但会把我们带回克里特，还会因为希腊人收留我们而惩罚他们。我们绝对不能给自己的故乡招致杀戮和毁灭。"

"父亲，我会跟随你，你决定去哪里，我们就去哪里。"

"只能这样了，儿子，"代达罗斯答道，"现在，激动人心的时刻来临了，世人不会忘记这一刻。跟着我，记住我说的话。"说着，代达罗斯扇动着翅膀飞向天空，伊卡罗斯紧随其后。

不一会儿，他们就飞过了国王米诺斯的宫殿，帕西法厄一早就在阳台上焦急地等待着，正当他们飞到宫殿上空时，米诺斯出来找寻妻子，看到了这令人难以置信的一幕。

他大声叫道："帕西法厄！帕西法厄！两个神仙在天上飞呢！我从来没见过这

种场面。"

"确实是神仙。"帕西法厄回答并转过脸去,不想让米诺斯看到眼中的泪水。

代达罗斯和伊卡罗斯平稳地向前飞行,很快,他们看到了基克拉迪的第一座岛——弦月状的锡拉岛,这座岛的中心被之前的火山喷发吞噬了。

他们继续向北飞行,看到了酒神狄俄尼索斯所在的纳克索斯岛,接着看到了提洛岛,岛上建有雄伟的阿波罗神庙。之后便是一望无际的大海。

拥有一双翅膀令伊卡罗斯十分开心,他嗖地冲向高空,又俯冲下来。代达罗斯担心地喊道:"飞稳点儿,伊卡罗斯!"

"别担心,父亲,"伊卡罗斯回答,"不会有危险的。"

"当心,我的儿子啊,有危险。小心点儿,我们是在飞行,不是在玩游戏!"

然而厄运还是降临了。伊卡罗斯认为自己知晓一切,没有听从父亲的劝告。法厄同悲伤的结局就是这样造成的,伊卡罗斯也是,他的死亡是注定的。几千年来一直如此,以后也一样。但是人类需要勇气,年轻人比长辈拥有更多的勇气,这没有什么好责备的。

伊卡罗斯胆子极大。他飞得越高就越兴奋,太阳就像磁铁一般吸引着他,父亲的警告早已被他抛到九霄云外。

代达罗斯转头想要检查伊卡罗斯是不是一切安好，却找不到他。代达罗斯十分惊慌，一遍遍地扫视着天空，终于在接近太阳的地方发现了一个小点。

"伊卡罗斯！"他绝望地喊道，"伊卡罗斯，回来！"不管代达罗斯的声音有多急促，他的话却消失在了广阔的天空中，没有传到儿子的耳朵里。

就在那一刻，代达罗斯一直担心的事情发生了。蜡融化了，羽毛散落在空中，很快就掉光了，伊卡罗斯像一块从高空坠落的石头般迅速俯冲下来。

代达罗斯疯狂地拍打着翅膀，用尽全力想要接住他，但是没有成功，这个勇敢的年轻人葬身于蓝色的大海。

代达罗斯疲倦地扇动着翅膀，将儿子的尸体运到最近的岛屿上，埋葬了他。从那以后，这座岛就被称为"伊卡里亚岛"，周围那片海被称为"伊卡里亚海"，只要人类希望赞扬那些为实现飞翔而牺牲的人，"伊卡罗斯"这个名字就会被全世界记起。

儿子的死让代达罗斯心碎不已，他现在只有一个愿望：尽量远离儿子死去的那片海。他一路向西飞行，最后来到西西里岛。

着陆之后，代达罗斯所做的第一件事便是销毁害死伊卡罗斯的翅膀。接着他来到科卡洛斯国王的宫殿，为他效劳，以换取皇家的保护。

科卡洛斯愉快地接待了代达罗斯，并委以许多重大项目。据说，其中还包括建造西西里南部的阿

克拉伽斯城墙。

与此同时，米诺斯并没有善罢甘休，他得知代达罗斯逃跑后，便立刻派遣一支强大的舰队去寻找这个杰出的工匠，希望将其带回克里特。

米诺斯没有指望别人的帮助，因为无论代达罗斯走到哪里，当地人都希望他留下来。所以，米诺斯想出一个诡计。他没有说明自己正在寻找代达罗斯，而是随身携带了一个海螺，这是海神特里同送给他的礼物。海螺壳尖有个小孔，一吹就可以引起风暴。

每到一处，米诺斯都会展示这个海螺，询问是否有人可以将一根细线从海螺口穿入，顺着螺旋结构从壳尖的小孔里穿出，他保证会给首个成功的人一笔丰厚的奖励。

米诺斯走了许多地方都没有找到这个人。后来，他来到了西西里岛，将海螺交给了国王科卡洛斯。国王接受了挑战，把海螺交给了代达罗斯。这个机智的发明家在壳尖涂了点蜂蜜，在海螺口放了只蚂蚁，蚂蚁腿上绑着细绳。蚂蚁受到蜂蜜甜味的吸引，顺着螺旋结构向里爬，最终到达了壳尖。科卡洛斯十分骄傲，将穿有细绳的海螺重新交给了米诺斯。

米诺斯见到海螺后便知道这是谁的杰作。除了他一直在寻找的那个人外，世界上没有哪个人想得出法子。

"这是代达罗斯的作品！"他开心地叫嚷道，"立刻带他来这儿，因为他要和我一起回克里特！"

科卡洛斯一点都不愿意把代达罗斯交给克里特的这个暴君，但他害怕米诺斯的坏脾气以及岸边的大部队。他明白，如果他敢拒绝，克里特国王会消灭他和他的王国。

他同意叫来代达罗斯，并邀请米诺斯到他的王宫小住。所有西西里人都竭力反对，因为没人想让代达罗斯落入这个残忍的国王手中。

"我们宁愿与之战斗也不愿意背叛寻求保护的人，"他们喊道，"尤其是一个为我们创作出许多杰出作品的人。"

科卡洛斯得知了人们的心意，便叫来亲信商讨除掉米诺斯的办法。最终他们找到了方法。米诺斯在沐浴时，被两锅滚烫的热水烫死了。他们宣称这是一场意外，克里特大军没有进攻。这就是令人畏惧且强大的克里特国王不光彩的结局。

不过，死后的米诺斯成了阴间的法官，这可以从其他书中看到。他生前行事残暴又不公，但他毕竟是宙斯的儿子，况且人类需要学着去接受诸神的意愿，不管这个意愿是否公平。

米诺斯死后，代达罗斯终于回到了雅典，在那儿工作并教授年轻人真正的艺术，就这样度过了余生。晚年时他建立了用自己的名字命名的学校。这个学校存在了几百年，培养了许多杰出的艺术家，他们都被称为代达罗斯的学生。

第三章

雅典英雄忒修斯

潘狄翁的儿子埃勾斯是雅典之王，据说后人之所以记得他，是因为他是著名英雄忒修斯的父亲。不过忒修斯是不是埃勾斯的儿子这个问题，仍然值得商榷。

埃勾斯婚后的最大愿望是希望有个儿子来继承他的王位。但事与愿违，好多年过去了，妻子都没能给他生下一个孩子。迫不得已，他又娶了一个妻子，但是仍然没能实现愿望。最后，他决定去德尔斐神庙乞求阿波罗的神谕，看看到底怎样才能得到他日思夜想的宝贝儿子。

阿波罗神谕所的女祭司给出的答案很神秘："人间的统治者，到达雅典卫城之前，不要解下你的酒囊。"

听到这个提醒之后，埃勾斯感到十分疑惑。在离开神谕所的时候，他的心情比刚来的时候还要郁闷。

"这个回答究竟是什么意思啊？"他自言自语道，"我真有点儿摸不着头脑！"不过依照神谕，他没有打开随身带的酒囊，可是这又能解决什么问题呢？在回去的路上，他绞尽脑汁，继续思考着怎样才能解开神谕的含义。

"我要顺便前往科林斯城，去问一问美狄亚。"他最后做出了决定。

美狄亚是世界上公认的法力最强的女巫。伊阿宋夺取金羊毛的时候，把她从遥远的高加索带到了这里。不过，由于她犯下了可怕的重罪，孤身一人藏身于科林斯城城外一个破烂不堪的小屋里，所有人都唯恐避之不及。因此，当她看到有个男人跨进她家门槛的时候，觉得非常不可思议。

埃勾斯友好地和美狄亚打着招呼，说他刚从德尔斐神庙回来。他去那里是想得到神的帮助，最后他又把女祭司说过的话重复了一遍。

此时的美狄亚不仅法力强大，还是一个了不起的预言家。可即便这样，她也无法弄清楚神谕的意义，不过她立刻意识到埃勾斯可能永远也无法得到一个儿子。沉思片刻之后，她说："我可以给你一个继承人，但是只能借助魔法来完成；作为回报，你要娶我为妻，让我做雅典的皇后。"

埃勾斯急切地想要一个孩子，于是欣然同意，而且准备把美狄亚带走。美狄亚却这样说道："现在我还不能跟你走。我先要准备魔法。你先回宫准备婚宴，一切就绪之后，再派人来告诉我。不过，你要从特罗曾返回雅典。"

埃勾斯搞不懂为什么美狄亚不能跟他一起走，而且开始怀疑她刚刚说过的那些话。

"她该不会是在耍我吧？"他心里嘀咕起来，"不管怎样，我还是走她说的那条路吧，刚好也可以顺便去看看特罗曾的国王，聪明的老庇透斯或许能够帮我解开神谕的含义。"

庇透斯是珀罗普斯和希波达墨娅的儿子，是世界上最聪明的人，有人甚至说他比人马喀戎还要聪明。

庇透斯对埃勾斯的到来感到非常高兴。埃勾斯把自己的忧虑和女祭司说过的那些话告诉了老国王。

这是老人平生第一次碰到他不能马上解答的神谕。他绞尽脑汁地思考着，仔细推敲那些符号、数字和星座之间的不同联系。最后，他兴高采烈地宣布："这个神谕说你要有一个后代继承王位，并且他将成为所有雅典英雄中最负盛名的一个，他的名字将世代流传。"

看到身旁的埃勾斯如此开心，庇透斯想到了自己的独生女埃特拉，而此刻他心中的想法使他不禁露出了笑容。

很多年前，在埃特拉很小的时候，庇透斯曾经答应让她做柏勒洛丰的新娘，可是柏勒洛丰去了吕西亚之后便再无音信。而女孩一旦订了婚约，就再也无法更改。根据当时的习俗，她就不能再嫁给别的男人。

这件事让庇透斯伤透了心。不过现在他找到了一个解决的办法。

"我的埃特拉再也无法体会到婚姻的幸福了，"他自言自语道，"但是，她至少能够体会做母亲的快乐。就让她成为神谕所预言的那个英雄的母亲吧！我会小心照顾好她们母子两人的。"

于是，他半开玩笑半急切地对埃勾斯说道："你知道女祭司为什么不让你打开你自己带的那个酒囊吗？因为我可以打开我的，我的酒囊里装着世界上最香甜的美酒。"

说完，他立刻去盛了一壶酒，把放在他们面前的酒杯斟满。"为你的健康干杯，我的朋友埃勾斯，"他嘴里说着，"相信我，你的愿望会实现的。"

"我相信会的，"埃勾斯一边说，一边将杯中酒一饮而尽，"我能感觉到它即将成真。"

"是的是的。"庇透斯回应道。同时他诡秘地笑着，又把埃勾斯的杯子斟满了酒。

这种酒不仅很香甜，而且酒劲很大。埃勾斯喝完第二杯后，就不知道自己在说什么和在做什么了。在那种状态下，庇透斯半搀半扶着埃勾斯，把他领进了女儿的闺房。

埃勾斯早上醒来的时候，酒劲已经散去，头脑也变得清醒起来。当他发现自己昨晚跟埃特拉一起过夜的时候，心里感到非常吃惊，但同时又觉得十分欣慰。

"美狄亚信守了她的诺言！"他大声喊道，"依靠魔力，我将会得到一个儿子，他将成为雅典最伟大的英雄！"

沉思片刻之后，他对埃特拉说道："一想到你要给我生个儿子，我就感到欣喜若狂。不过你还要做一些事情，来吧，让我示范给你看。"

说完，他牵着埃特拉的手，把她领到一块巨石旁边。虽然埃勾斯的力量惊人，但是面对那块巨石，他仍要使出全身的力气才能把它搬起来。紧接着，他又把一把剑和一双鞋放在了石头下面，然后说道："放在巨石下面的这把剑是我们家族的传家宝，雅典的首任国王刻克洛普斯曾经是它的主人，那双鞋是我的鞋子。等我儿子长到16岁的时候，让他来找我。他先要搬起这块石头，把宝剑和鞋子取出来，然后带着它们来找我，这样的话我就能把他认出来，知道他是我的儿子,并且知道他的力气能够大到搬起这块巨石,我就能享受双倍的喜悦。"

美狄亚当然清楚自己说过的话。埃勾斯永远不可能拥有自己的孩子,但是雅典王位的继承人注定会要来到世上。他不可能是埃勾斯的儿子,而是埃特拉和海神波塞冬结合生出来的后代。然而,雅典王对此将永远无从知晓。

凭借美狄亚的魔法,雅典娜女神来到熟睡中的埃特拉身旁,对她说道:"起来,到斯发厄里亚岛去,那是一个远离海岸的圆形岛屿。然后给战车的御者弥耳提洛斯献上祭品,因为是他促成了你的先祖珀罗普斯和希波达墨娅的婚事。"

遵照雅典娜的吩咐,埃特拉前往斯发厄里亚岛,却发现波塞冬正在女神说的那个地方等她。他把埃特拉拉到一个洞中强行占有了她。美狄亚的魔法发挥了作用。9个月之后,在靠近特罗曾的一个小海湾里,埃特拉生下了海神的儿子忒修斯,尽管对外宣称他的父亲是埃勾斯。

后来,埃特拉在她和波塞冬结合的地方为雅典娜修建了一座小庙,取名为"骗人者雅典娜之庙",因为女神参与了那天晚上发生的事情。从此以后,这座小岛被人们称为"神圣之岛"。

忒修斯在母亲和睿智的老外祖父两人的照料下渐渐长大。从年幼时候开始,忒修斯就具有异于常人的聪慧和活力。

有一天,赫拉克勒斯来拜访庇透斯,把他的狮子皮扔在床上,狮头朝上。如此一来,如果从门外看的话,就好像那里趴了一头活狮子。不一会儿工夫,几个男孩走进了屋里,他们看到狮子头之后,吓得立刻拔腿就跑,忒修斯也在他们中间。不过他并未因为恐惧而逃走,反而去取了一把斧头要杀死那头"野兽",当时忒修斯只有7岁。

老庇透斯亲力亲为地教育这个小伙子,忒修斯跟随他学习了文学、科学和艺术。为了强健忒修斯的体魄,他还把当时最有名的运动健将找来。很快,忒修斯对于任何可能出现的危险都能够从容应对,游刃有余。

时光荏苒，忒修斯逐渐长大成人。在他16岁时，母亲把他领到那块巨石旁边。

"巨石下面，"埃特拉告诉他说，"有一把剑和一双鞋子，是你父亲雅典王埃勾斯放在那里的。现在你要搬开石头，把它们取出来，带着它们去雅典，把它们交给你父亲。凭借你拿的宝剑和穿的鞋子，他会知道你是他的儿子。"

现在，忒修斯已经是一个身体壮硕的小伙子。他轻松地移开了巨石，拿出鞋子穿在脚上，系好鞋带，然后既腼腆又骄傲地望了母亲一眼。

埃特拉用赞赏的目光注视着儿子，小伙子已经出落得英俊如神。然后，她亲了儿子两下，眼里饱含着热泪，因为分别的时刻已经到来。

母亲和老庇透斯都建议男孩走海路前往雅典。

"陆路要经过伊斯莫斯，那里强盗和土匪成群，"他们提醒他说，"只有傻瓜才会走那条路，而且没有人能够活着走完全程。"

"如果是这样，那我一定要走陆路。"忒修斯决断地说，庇透斯和埃特拉再怎么劝他也没有用。

忒修斯启程前往雅典。

还没等他走到附近的埃皮达鲁斯，就遇了第一个土匪。这个恶棍名叫佩里斐忒斯，手握一根青铜大棒。

由于每个从这里经过的人都会死在他的棍棒之下，所以人们又将他称为"棒子杀手"。看见此人立在道路中间，身材高大，杀气凛凛，忒修斯心里并未感到惊慌，甚至连脚步也没有放慢。他猛地大喊了一声："闪开，让我过去！"

"只要我站在这里，"土匪咆哮着说道，"就没有人敢向前一步。退后，不然我就杀了你。我手中的大棒是火神赫菲斯托斯亲手锻造的，谁也休想逃过它的一击。现在，就让你的脑袋来试试它的厉害！"刚说完，他便用尽全力，抡起棍子向年轻的忒修斯打了过去。

年轻人如猛虎下山般扑向佩里斐忒斯。他夺过土匪手中的大棒，顺势一击，这个家伙便当场一命呜呼。佩里斐忒斯曾经吹嘘，"谁都休想逃过它的一击"，

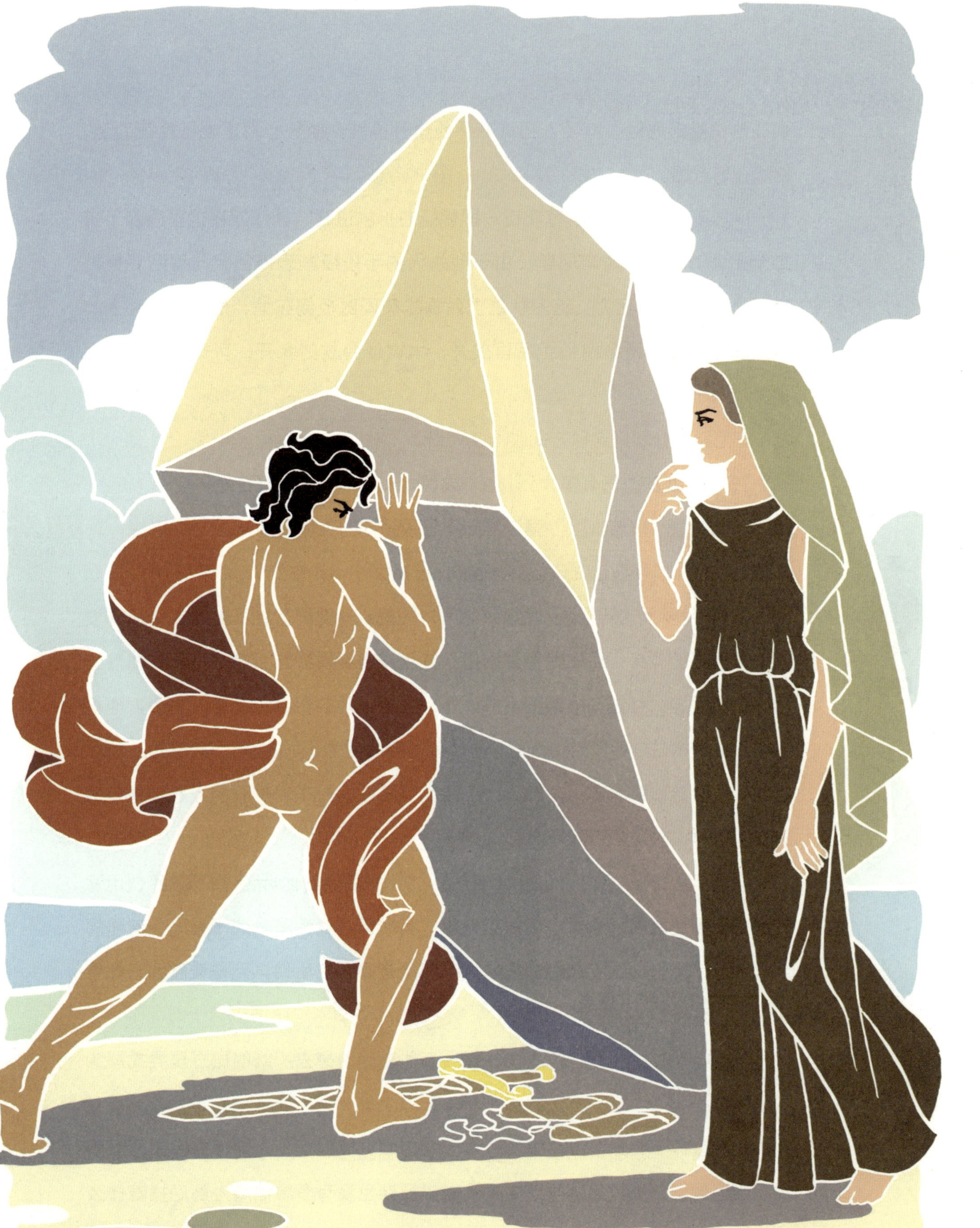

现在他也难逃厄运。年轻人初试身手便旗开得胜。他开心地把棍子扛在肩上，继续往前赶路。

科林斯城附近的伊斯莫斯有一段蜿蜒曲折的道路，忒修斯在这里遇到了第二个土匪。此人名叫辛尼斯，由于他杀人的手段极其恐怖，因此得名"扳倒松"。凭借一身的蛮力，这家伙能把两棵松树同时扳倒在地，然后把受害人的两条腿分别绑到两个树梢上后再放开，大树便会立刻弹开，可怜的路人就会被撕成两半。

辛尼斯也计划用这种方式收拾忒修斯。

"先看看我的力气有多大！"他一边说，一边把松树扳倒在地。

"你也能把树扳倒吗？"强盗看到年轻人强壮的身体后问道。

"当然。"忒修斯边说边把另一棵树扳向地面。

"现在我要扳这一棵，"说完，他用力去扳另一棵树。刚开始，忒修斯并没有识破强盗的诡计，现在他突然明白，接下来将要发生什么事情。于是他马上用力抓住强盗，夺走辛尼斯腰上的绳子，迅速把他的两脚绑在了树梢上。他松开手后，大树立刻弹向空中。就这样，强盗自食其果。

忒修斯继续朝前走，来到了一个叫克罗米翁的村子，村里的人靠种植洋葱为生。当时，村里人正陷入绝望。

"一头可怕的野猪把我们的地都给毁了，"村民们向他诉苦道，"这家伙用嘴在山谷里到处乱拱，地里已经颗粒无收，我们都要挨饿了。这不是一头普通的野猪，而是一只邪恶的怪物，它是提丰和厄喀德娜的后代，无论谁碰到它都将必死无疑。"

"让我来收拾它。"忒修斯说。然后，他立刻动身去广阔的田野里寻找那头可怕的野猪。

面对这样一头野猪，村里没有人相信这个勇敢的年轻人能够把它杀死。所以，当他们第二天看见忒修斯回来的时候，谁也没有多想他肩上到底扛着什么东西。等他走近、把断了气的怪物尸体扔在他们的脚下，大家都惊得合不拢嘴。

村民们激动地把年轻的英雄围了起来，不停地向他表达着谢意。忒修斯急着要继续赶路，没有停留就继续前往雅典了。

走了没多远，忒修斯来到一个有名的关口。这个危机四伏的地方现在被称为"斯喀戎岩"。当时，那里只有一条从岩石中间开凿出来的狭窄通道，背后是巍峨的山峰，前方是万丈悬崖，下面是波涛汹涌的大海。

现在，人们开凿了一条道路，车辆可以从这里迅速通过。但是在遥远的古代，很多人宁愿翻山绕行，也不愿冒险从这个关口经过，因为稍有不慎就会有生命危险。

除了地理位置十分凶险，还有一个名叫斯喀戎的大坏蛋在此出没。如果有人胆敢从这里通过，他就会用最离奇、最狡猾的方式将他们杀死。

只要遇到人，斯喀戎就会强迫他们蹲下来给他洗脚，而且让洗脚的人背朝大海坐在悬崖边上。等快做完这件羞辱人的事情时，斯喀戎不但不会感谢他们，反而会踢上重重的一脚，把他们踢到大海中。下面正好有一只巨大的海龟张着大口等着，人一落下就会立即被吞掉。

这正是斯喀戎为忒修斯设计好的命运。

"如果你想过去，就先要给我洗脚。"他粗鲁地对忒修斯说。

"没问题，我洗，"忒修斯回答说，"不过这一次的结果将出乎你的预料！"

"马上就会见分晓！"斯喀戎咆哮着说，并且把脚伸出来让这个陌生人洗。忒修斯看起来十分年轻，所以斯喀戎并没有把他放在眼里。

"好的，我们就等着瞧吧！"忒修斯一边说，一边用力抓住这个大坏蛋的脚，把他从岩石上甩了出去，摔向下面的大海。那只海龟依旧等在那里，一口把他吞了下去。就这样，这个冷血杀手得到了应有的惩罚，他死的方式和被他害死的那些人一模一样。

在斯喀戎岩的胜利让忒修斯感到十分开心。接着，他继续赶路前往雅典。

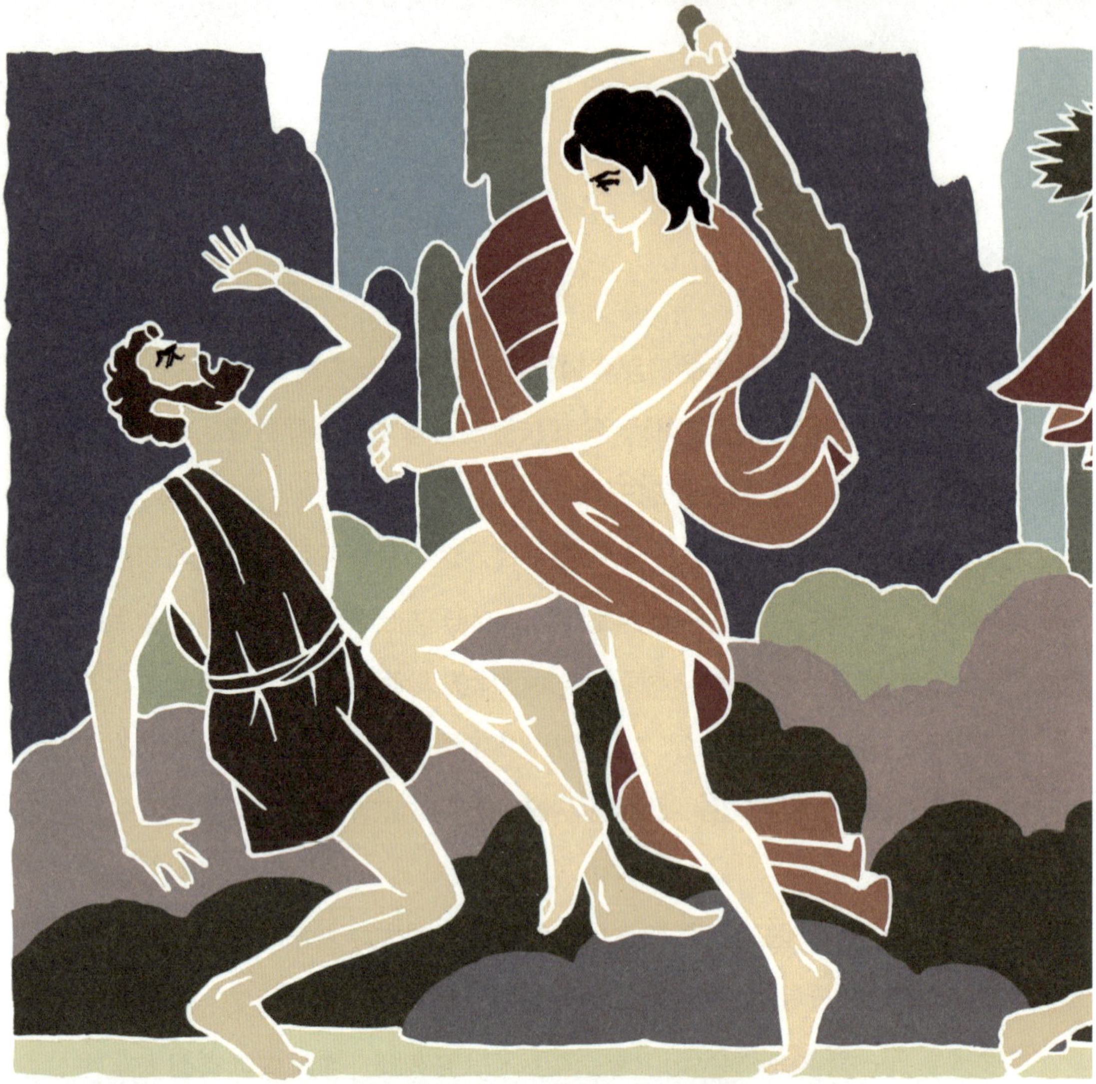
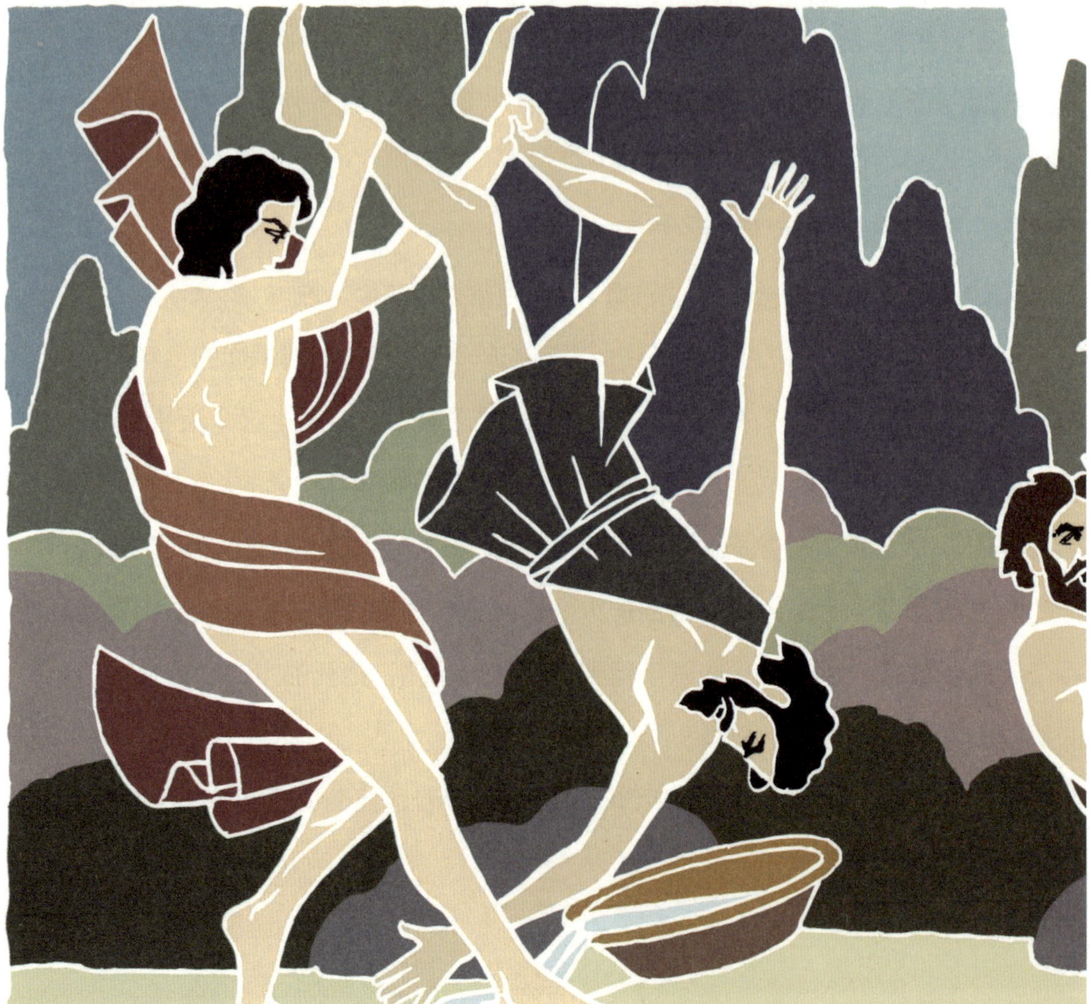

快到依洛西斯的时候，另一个巨大的危险正等着忒修斯。这一次，他必须和刻耳库翁一决高低。此人是一个可怕的摔跤手。只要有人经过，就会被他堵在那里角斗。迄今为止，凡是跟他摔过跤的人，还没有一个能够活着离开。

刻耳库翁看到忒修斯这么年轻，便嘲笑他说："你听说过我的盛名吗？多少年轻人都死在我的手里，我已经摔得厌烦了！"

"你凭什么觉得自己是一个有名望的人？"忒修斯愤怒地驳斥道，"从什么时候开始有罪之人居然值得人尊敬？"

"你不仅年轻，而且还很傲慢。"刻耳库翁挑衅道。

"你爱怎么说就怎么说！即使说我没教养也可以，不过就看你有没有这个机会了！"

说完，他立刻向土匪猛扑过去，抓住他的腿高高地举到空中，然后又重重地摔在地上，刻耳库翁倒地不起，气绝而亡。

随后，忒修斯翻过艾加劳山，来到一条通往雅典城的小路。不过，在科律达罗斯，还有一个名叫普罗克汝斯忒斯的恶棍在等着他。看到忒修斯，普罗克汝斯忒斯立刻把他拦住。离这里不远的地方，有一张沾满了血污的床。"过来，躺到上面去。"普罗克汝斯忒斯指着床对他说道。

不过，年轻的英雄知道躺到床上会有什么样的结果。普罗克汝斯忒斯经常把人绑到床上，然后再用令人发指的手段把他们杀死。如果人的身体比床短，他就会残忍地将那人的身体拉到和床一样的长度，直到他痛苦地死去；如果人的身体超过床的长度，普罗克汝斯忒斯就会拿出锯子，把人锯到正好和床一样长。

"躺下来休息一下。"普罗克汝斯忒斯再次对他说道。

忒修斯不屑和这家伙废话，直接用力抱住他，将其举了起来，又把他扔到床上。普罗克汝斯忒斯的块头很大，身体比床长出许多。忒修斯便如法炮制，采用普罗克汝斯忒斯折磨别人的方式结果了他。

现在，雅典城已经近在咫尺，它的卫城矗立着雅典娜女神的神庙。

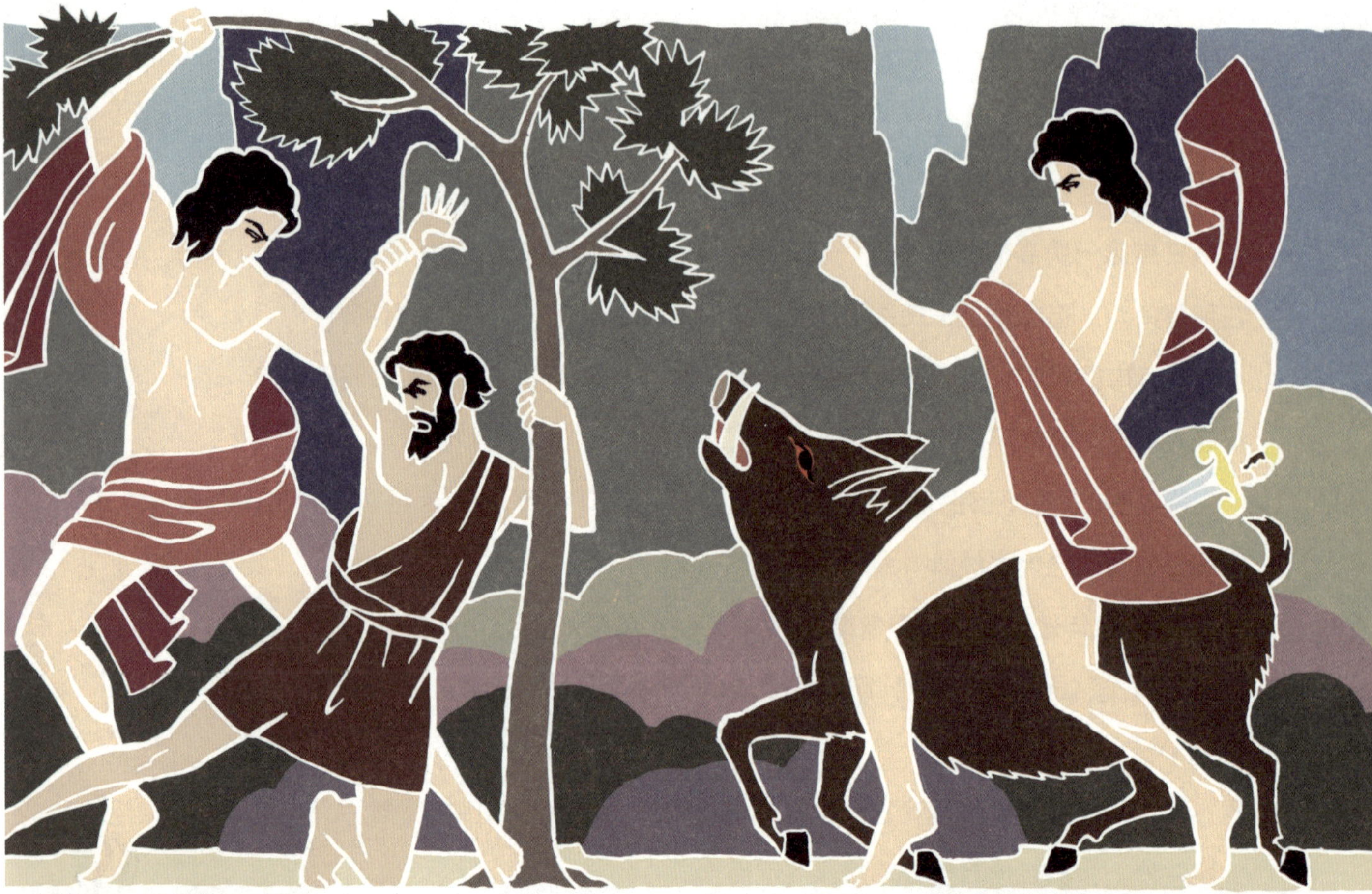

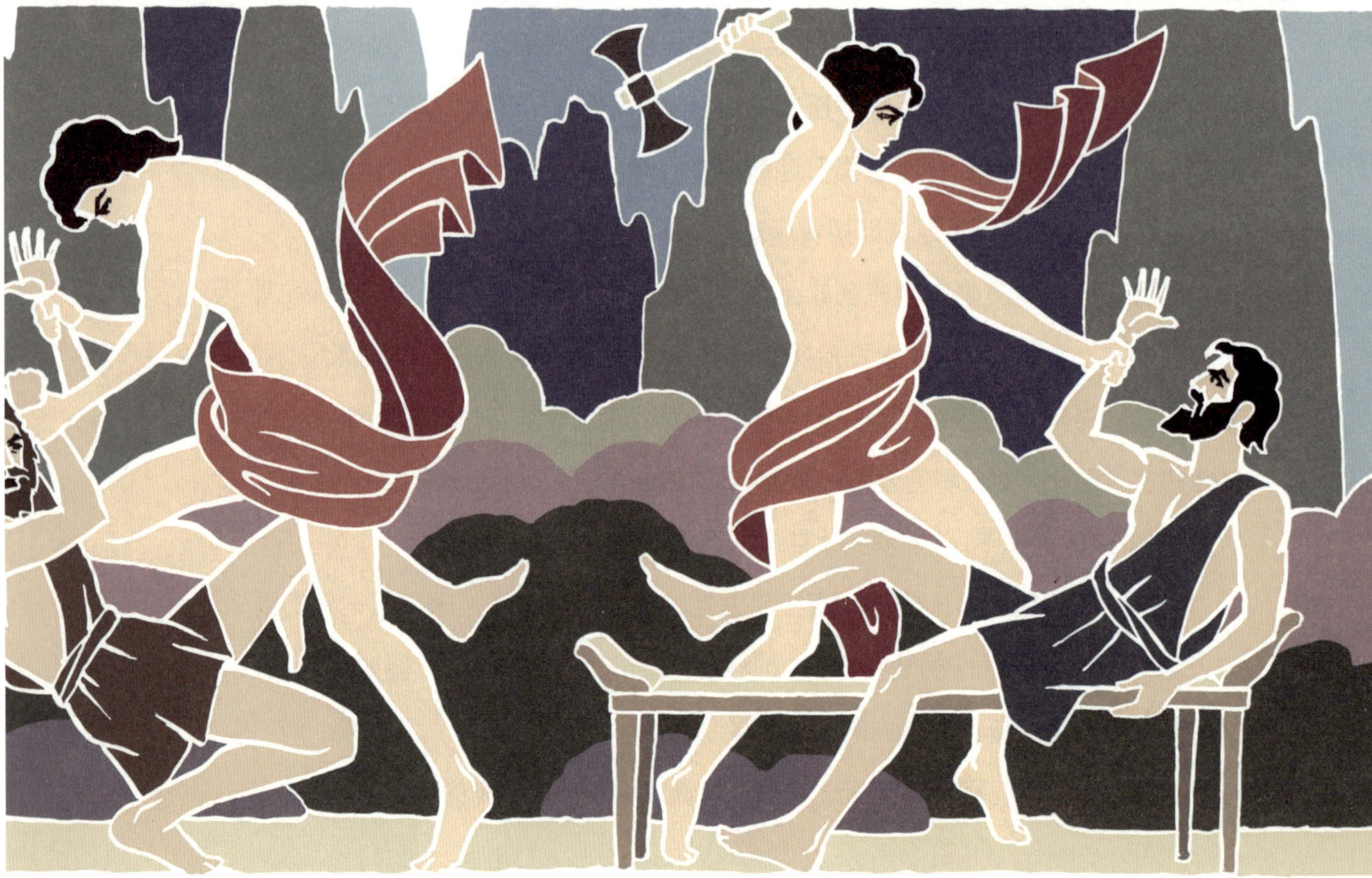

忒修斯沿着圣道向前走，只见一座大桥横跨在基菲索斯河之上，附近的河堤上散落着几间小屋。

这里生活着勤劳、纯朴的费塔里德斯人。据说，他们的祖先费塔乐斯是世界上最好客的人，曾经在家中款待过女神德墨忒尔。当时，极度痛苦的女神正四处寻找女儿珀尔塞福涅。

热情好客的品性依然流淌在费塔乐斯后人的血液中。在客人们过河之前，费塔里德斯人一定邀请他们歇歇脚，并且尽量满足他们的需要。于是，忒修斯也受到了他们热情的款待。

等大家落座后，忒修斯说出了他此行的目的。其中的一个人问道："年轻人，你从哪里来？"

"我从特罗曾来。"忒修斯回答道。

这时，费塔里德斯人彼此交换了一下眼神。

"不过那条路上强盗横行啊！"其中一个人说道。

"过去有，现在已经没有了。"忒修斯回答道。

"你这话是什么意思？"他们又问。

忒修斯将路上发生的事情详详细细地叙述了一遍。

费塔里德斯人听了年轻英雄令人惊叹的壮举后，都惊讶得张大了嘴巴。

"那是不是意味着，通往伯罗奔尼撒的道路现在已经畅通无阻了？"人们问道。

"是的。"忒修斯说。所有人都怀着崇敬的心情注视着这个勇敢无畏的年轻人。

接着，费塔里德斯人提出，要给忒修斯洗脱因杀人而犯下的罪行。为此，他们举行了仪式，用基菲索斯河的河水洗脱他的罪孽；还向仁慈的宙斯和诸神敬献了祭品。就这样，忒修斯曾经犯下的所有杀戮之罪都得到了宽恕。由于作恶的人也许受到了神灵的庇护，杀死他们可能会招致报复，因此这样做也的确很有必要。

忒修斯洗净了身上的罪孽和尘土之后，满怀感激地向费塔里德斯人道别，继续向雅典城走去。

这时，一些泥瓦匠正在城门口修建阿波罗神庙。忒修斯经过的时候，这些人正在安装屋顶。他们看到眼前这个年轻人全身干干净净，穿着一件雅典不太常见的长袍子，还以为他是一个女孩子，就开始对他品头论足。

看到这些人这样做，忒修斯有点儿生气。为了表明身份，他顺手抓住停在附近的一辆马车，把它举了起来，然后又把它朝神庙的屋顶上扔了过去。

看到这个穿袍子的人力气这么大，这些工匠顿时都惊呆了。他们这才知道忒修斯并不是女孩，而是一个英俊如神灵、力大如提坦的英雄。他来到雅典城，预示着这里将要发生大事。

与此同时，费塔里德斯人已经送信给埃勾斯，告诉他有个年轻人要来见他。此人虽然年纪轻轻，但是内心高尚，除掉了混迹于伯罗奔尼撒到雅典道路上的所有强盗。所以，当传令官报告忒修斯到来之后，埃勾斯便命令他们把他的座位安排在自己旁边。

当然，他这样做的时候，根本没有想过这个年轻人可能会是自己的儿子。毕竟他也不知道埃特拉到底有没有给他生下一个儿子。

埃勾斯信守诺言，娶美狄亚为妻，因为他希望或许她能够让自己得到一个朝思暮想的儿子。不过，他现在年事已高，王宫的实际大权已经被牢牢掌握在女巫美狄亚手中，如今是她统治着整个雅典城。

美狄亚一见到忒修斯，就立刻猜出了他的身份，并且马上知道如果有这样一位继承者，她就无法再掌握统治雅典城的权力。为此，她果断决定要除掉忒修斯。为了达到这个目的，她准备利用丈夫对帕拉斯家族的恐惧。这个帕拉斯虽然是国王的兄弟，但也是国王的死对头。

看到埃勾斯没有继承人，帕拉斯希望夺得王位，然后传给自己的五十个儿

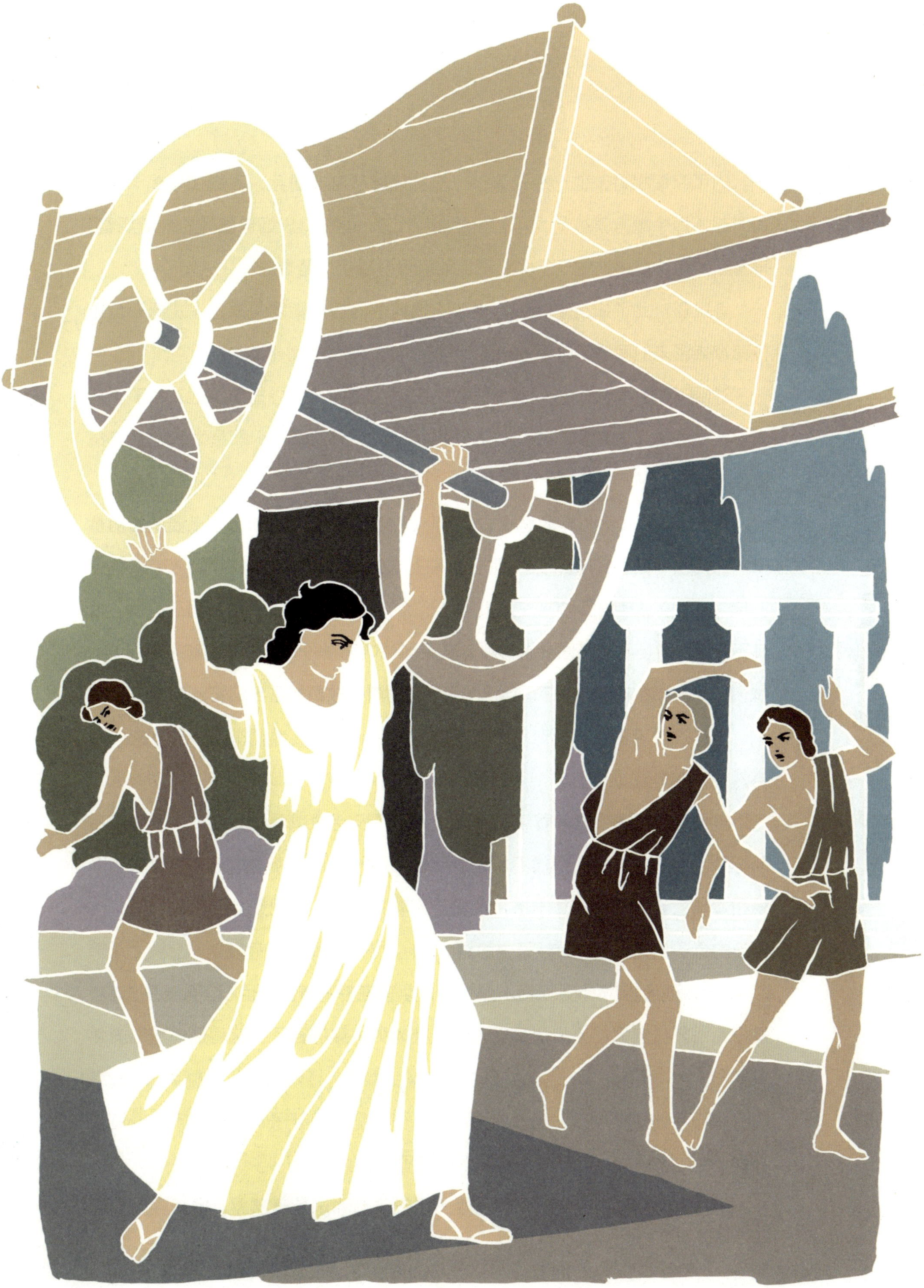

子。为了夺取权力，他已经失败过一次，只好从雅典退兵，落脚在阿提卡，从那时起，那个地方就被称为"帕里尼"。不过，仇恨的火焰依然猛烈地燃烧着，埃勾斯对帕拉斯和他的五十个儿子也从来没有放松过警惕。

美狄亚对此了如指掌。诡计多端的她编造谎言欺骗埃勾斯，说忒修斯是帕拉斯家族派来的间谍和杀手。

"如果你要活命的话，"她低声对埃勾斯说道，"就必须杀了他。为了不让人看出是你杀了他，我已经在他的酒中滴了几滴乌头草毒，那是世界上最致命的毒药。"

忒修斯跟随客人们一起就座。埃勾斯心中矛盾极了，他对接下来要发生的事情一点儿也高兴不起来。可是，他还有别的选择吗？他能让帕拉斯家族夺取他的王位，甚至杀死他吗？看来只能按照美狄亚的想法行事了。不过，国王的良心极其不安，他甚至不敢正眼看忒修斯，就更别说能够看见他身上的剑和鞋子了。不过，他还是邀请忒修斯坐在了自己的身旁，面前摆放着放了致命毒药的酒杯。

举杯欢迎陌生人的时刻来到了。依照惯例，所有人都要举起杯子，忒修斯当然也不能例外。

美狄亚的眼睛死死盯着这个年轻人，迫不及待地想看到他喝下放了毒药的那杯酒。但是，埃勾斯依然不敢去看年轻人的脸。忒修斯对国王表现出来的冷淡和冷漠感到十分疑惑。于是，他决定亮明身份，直接把剑拿出来放到了父亲面前的桌子上，没有去喝杯子中的酒。

埃勾斯看到宝剑十分吃惊。这是他多年前在特罗曾藏在巨石下面的那把剑，是刻克洛普斯宝剑！他马上又看了看年轻人脚上穿的鞋子，这正是他熟悉的那双鞋子。

"啊，保护神宙斯！"他大叫了起来，然后马上把杯子从忒修斯手中夺过来摔到地上。一瞬间，父子两人紧紧地抱在了一起。

就在他们拥抱的时候，一声哀号传了过来。原来是美狄亚，她知道这一切

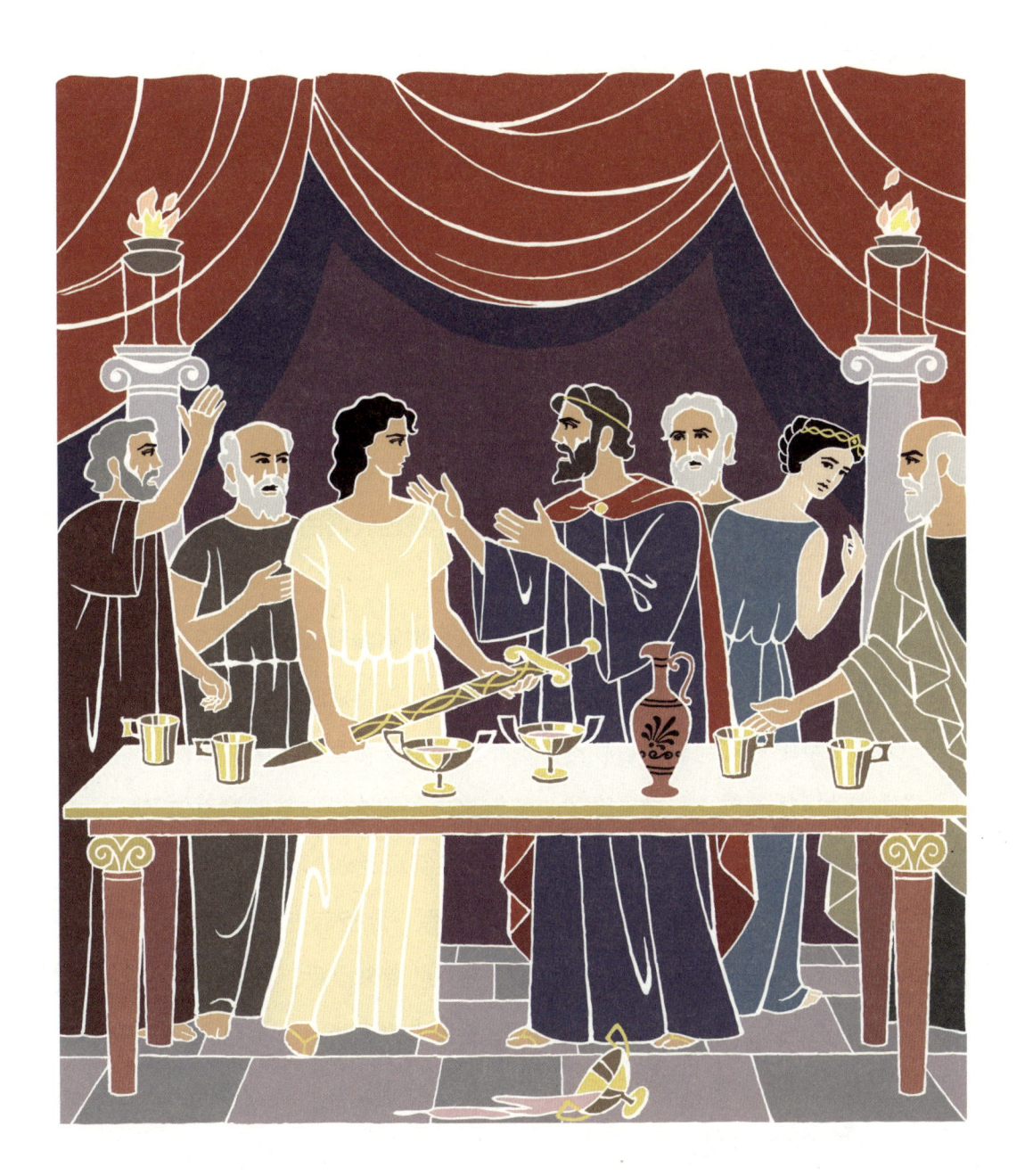

都结束了。只见她双手掩面，从桌子后面冲出来，立刻逃离了王宫。自从她逃离雅典以后，再也没有人看到过她。

不会有人为她的离开而感到遗憾。欣喜若狂的埃勾斯把人们召集起来，告诉他们刚刚来到此地的这个勇士是自己的儿子，并且宣布他将是自己王位的继承者。

埃勾斯举行了盛大的宴会。众神的雕像前摆满了鲜花和祭品，圣坛前香火缭绕，所有人都在欢庆这个伟大英雄和未来的雅典王的到来。很快，忒修斯的美名传遍了整个雅典城，吟游歌手还给他的故事谱上了乐曲供人们传唱。一连很多天，人们都在歌唱埃勾斯的儿子令人惊叹的传奇故事。

雅典城的人民都在为忒修斯的到来欢呼雀跃，但是这个消息对帕拉斯和他的儿子们来说是一个沉重的打击，而且又一次勾起了他们对埃勾斯的仇恨。现在，忒修斯也成了他们痛恨的对象。

"这个陌生人是谁？"他们在帕里尼查问，"他是从哪里冒出来的？"

"埃勾斯没有孩子。他怎么可能突然有了一个儿子，而且已经长大成人？"

"肯定是骗人的，他就是想让我们永远死了统治雅典的心！"

"那个臭小子这辈子没有杀死过一个强盗。"

"全都在演戏。什么庆典和宴会，只不过是想骗骗普通民众罢了！"

"别跟我们玩这套把戏！即便是真的，他也休想得逞！"

"准备动手吧！打倒篡位者！打倒这个不知道从哪里冒出来的家伙！"

"现在动手还来得及。如果晚了，我们就再也无法得到雅典的王位了！"

所有这些都是帕拉斯家族的原话，而且在制订计划的时候，他们说得比这还要多很多。就这样，他们很快集结了一支大军，准备前去攻打雅典城。

不过，帕拉斯和他的儿子们准备攻城的消息传来以后，所有雅典人都行动起来准备迎击他们。埃勾斯让忒修斯做守城军队的统帅，士兵们迅速进驻雅典城周围的防御阵地，并且封死了敌人进城的所有道路。

还没等帕里尼的军队进入视线，敌军的一名传令官忽然从附近的一个村子来到这里。这个传令官名叫雷欧斯，他提出有话要跟最高统帅忒修斯讲。

"我是你们的朋友，"雷欧斯说道，"如果让帕拉斯家族占领了雅典，整个阿提卡就要遭殃了，所以我来帮你们。帕拉斯制订了一个奸诈的计划，如果你们不知道，就必输无疑。帕拉斯和他的二十五个儿子计划先带一小队人马从斯菲托斯方向攻城，剩下的二十五个儿子则带领大部队驻扎在伽尔各特斯。在他们的先头部队还未撤退、你们的人尚未追出来之前，他们都会按兵不动；等你们出击之后，他们就会去偷袭防卫空虚的雅典城。"

现在，忒修斯的行动计划已经十分明确。城里除了留下一小股部队抵御来自斯菲托斯方向的敌人之外，他将率领其余的大队人马，从另一个方向出其不意地攻击驻扎在伽尔各特斯的敌人。虽然帕拉斯的儿子们拼死抵抗，但是忒修斯的军队像锋利的镰刀割草一样把他们收拾得干干净净。遭到这次重创之后，留在斯菲托斯的那些人马灰溜溜地逃回帕里尼去了。

遭此惨败之后，帕拉斯家族十分生气，尤其对雷欧斯的背叛恨之入骨。在野心遭受挫败之后，他们开始迁怒于村里的人民，禁止帕里尼与雷欧斯家乡哈哥诺斯的人通婚。他们痛恨雷欧斯的名字到了如此程度，甚至不允许传令官说"听着啊，人民"这样的话。因为在希腊语里面，"人民"的发音和让他们憎恶的"雷欧斯"名字的读音非常接近。

与此同时，忒修斯成了雅典城的英雄。

不过，依然还有很多壮举等着他去完成。

马拉松有头疯牛横行乡里。这头牛是欧律斯透斯下令让赫拉克勒斯从克里特带到迈锡尼的，但是后来这个胆小的国王又把它放了。从那以后，已经有数百人死在疯牛的犄角之下，其中就有米诺斯的儿子英雄安德罗格奥斯。因此，不管谁想杀死或者活捉这个畜生，都绝对是愚蠢疯狂之举。不过，这正是忒修斯准备做的事情。

可是，埃勾斯不愿意让儿子前往马拉松。

"你不知道这头疯牛给我们带来了多少伤痛，"他对忒修斯说，"我不想让你也把性命搭上。"

"父亲，"忒修斯说道，"如果它不死，就会造成更多的伤亡。我必须去，我一定能打败它。"

"也许吧，"埃勾斯叹息道，"唉！我还能说什么？！我等了这么多年才得到一个儿子。"

不过，一个朝臣直言道："你想要一个儿子，上苍便给了你一个可敬又勇敢的真英雄。如果你真的爱他，就不要让他舒舒服服地坐在那里享清福，而是要让他取得英勇的功绩。你还能指望谁去杀死那头疯牛，你还想任由它给我们带来痛苦吗？"

最后，埃勾斯只好给儿子送上祝福，同意他前往马拉松。就这样，年轻人带着勇气和希望去寻找疯牛，希望将其杀死。

前往马拉松的途中，他碰到一个可怜的老妇人，名叫赫克勒，她正孤身一人住在彭忒利科斯山脚下的一间破屋里。

忒修斯亲切地向老妇人问好，把食物拿出来分给她吃，还给她讲了此行的目的。

"你不要去，孩子！"赫克勒大声叫道，"你还这么年轻，千万不要浪费生命，去跟一头疯牛斗！"不过，老妇人很快发现自己的话对忒修斯没有产生什么影响。于是她许诺说，虽然自己很穷，但只要能够看到忒修斯平安归来，她一定会给宙斯献上一只公羊。临别时，老妇人情不自禁地摸了摸他的脸颊。如果不是满脸都是泪水，她肯定会像对待亲儿子那样亲吻他。

可怜的老妇人没能等到英雄回来献上祭品就离开了人世，但是忒修斯永远也无法忘记慈爱的她。等他后来成为雅典国王后，便再次来到与赫克勒相遇的地方并在那里修建了一座神庙，命名为"赫克勒斯宙斯神庙"。同时，他还组织发起了赫克勒斯运动会，以此来纪念这个老妇人。

到这里人们不禁要问：他为什么要这么做？赫克勒到底给了忒修斯什么？如果我们用物质上的所得来衡量友善，那么友善将变得一文不值；但有时候仅仅是一滴眼泪，或者在脸颊上轻轻地抚摸，都要远远超过其表面的价值。忒修斯看到了它们的价值所在，所以他永远也无法忘记赫克勒。数千年已经过去了，她从前住过的地方现今依然用她的名字命名。

忒修斯像英雄赫拉克勒斯般勇敢地活捉了公牛。他用铁钳般的双手抓住公牛的双角，然后迅速把它捆了起来带往雅典。忒修斯满怀胜利的喜悦，拉着公牛从城市的街道走过，把公牛带到雅典卫城，在人们的欢呼声中把它敬献在雅典娜女神的祭坛上。

第四章

阿里阿德涅的线团

不过好景不长，绝望和痛苦的倒霉日子又来了。事情的缘由是这样的——

三年前，忒修斯还住在特罗曾的时候，雅典城举行了一场盛大的运动会。克里特国王米诺斯的儿子安德罗格奥斯参加了所有的比赛，而且每项比赛都得了冠军。这件事引起了埃勾斯和所有雅典人的反感。

"如果你真是冠军，就应该去把马拉松的公牛杀死。"

安德罗格奥斯对再获全胜信心十足，于是便径直前往马拉松。不过在那里，他的连胜纪录被终结了。在与那头可怕的怪物搏斗时，米诺斯的儿子当场毙命。

克里特国王得知了这个消息，发誓要为儿子报仇。

"雅典人要为此付出血的代价。"他发誓道，并且立刻开始准备战斗。

克里特王国的战船很快就出现在法勒隆附近，米诺斯的军队迅速登岸朝雅典城进发。雅典人不仅势力单薄，而且准备不足，当时的形势十分危急。在克里特国王强大的军队面前，雅典的军民别无选择，只好逃到城墙里躲了起来。

米诺斯把雅典城包围起来，开始了漫长的围困。不久，饥饿和疾病开始夺走雅典人的生命。绝望之中，他们求助于神谕希望得到帮助，结果却被告知，所有灾难都源于诸神的惩罚，他们不应该怂恿安德罗格奥斯去挑战马拉松的那头公牛。如果他们想终结对雅典城的围困，唯有满足克里特国王的要求，除此之外再无良法。

然而，米诺斯提出的要求让他们惊恐不已。

"你们要给我少男少女各七人，我要把他们带回克里特去喂弥诺陶洛斯，年年如此，一直持续九年。"

听到这个消息，整个雅典城都陷入了悲伤。不过他们别无选择，只能遵守神谕，满足米诺斯提出的无理要求。

弥诺陶洛斯是一只可怕的吃人怪物。它长着人的身体，公牛的脑袋，住在一个建造得非常复杂的迷宫里，凡是走进迷宫的人，都不可能找到出去的路线。春去秋来，转眼将第三批少男少女送给弥诺陶洛斯的时日已经临近。

挑选受害者的日子到了，不过忒修斯对此事仍然一无所知，因为埃勾斯禁止任何人在他面前提及这个话题。可是，笼罩在雅典城上空的绝望之情引起了年轻人的怀疑。他走上街头，拦住见到的每一个人，试图搞清楚到底发生了什么事情，可是大家都皱着眉头，摇摇头表示不知情。

最后，有一个不幸的父亲实在无法忍受自己的痛苦，他的孩子已经被选出要送往克里特，他大声对忒修斯说道："真是莫大的讽刺！为什么埃勾斯的儿子可以幸免，我们的孩子却要被弥诺陶洛斯吃掉？"

忒修斯简直无法相信自己的耳朵。一群人围拢了过来，年轻的英雄命令他们告诉自己正在发生什么事情。

真相终于大白。

"我也要去克里特！"他大声喊道，"要么去和其他人一起送死，要么把雅典永远从这个血淋淋的灾难中解救出来！"

埃勾斯听到这件事后非常害怕。他又一次试图阻止儿子，不过依然没有奏效。他只好把自己的悲伤藏起来，接受了儿子的决定。

忒修斯用自己替换了七个男孩中的一个，然后又从雅典城的年轻人中挑出两个最勇敢、最强壮的青年，这两个人能一拳消灭一个人。

他把这两个男孩装扮成女孩，用他们去替换另外两个女孩，然后把两个多出来的女孩送回家。为了防止他们被识破，他让这两个男孩在行为举止和穿衣打扮上都极力模仿女孩的样子。

一切准备妥当之后，他们一起前往阿波罗神庙，把用白色绳子束在一起做成的"誓言的树枝"献给这位金发神灵。忒修斯请求神的指示，询问可以向哪位神灵寻求帮助。神谕告诉他要去找爱神阿佛洛狄忒寻求指引和帮助。忒修斯按照神的指示行事，这一点接下来我们就能够看到。

这些年轻人前往克里特岛的时刻终于来到了。忒修斯努力让大家鼓足勇气，告诉他们不要害怕，因为这一次大家都会平安无事。同时，他也向雅典人传达着同样的信息，试图让这些孩子的父母亲不要担心，可是无论怎样也平息不了

他们心中的悲伤，因为没有人相信他们的孩子能够得救。说实话，很多人一想到雅典城的骄傲和希望之子忒修斯也要失去生命，忍不住更加伤心了。

国王埃勾斯的心里既有绝望，又满怀希望，他希望忒修斯能够创造奇迹。虽然按照以往的做法，前往克里特岛的船都要挂上象征灾难和死亡的黑色船帆，但是这一次他交给儿子一面白色的船帆。如果他们命中注定能够活着回来，回程的时候就升起白色的船帆。

少男少女们都上了船，但奇怪的是它并不是雅典人的船。虽然雅典城有朝一日将要成为一支强大的海上力量，但当时竟然连一艘自己的船都没有。

不过，有一个来自斐厄克斯群岛的老水手，提出要用自己的船送他们前往克里特岛。多亏这位经验丰富的老水手，不然他们就只能使用克里特人的船只了。如果是那样，就会对忒修斯的计划造成严重的阻碍。因为他不但要杀死弥诺陶洛斯，还要把一整船人平安带回雅典。

抵达克里特岛以后，他们发现米诺斯正在岸上等着。少男少女们开始下船

上岸，米诺斯仔细地审视着每一个人。忒修斯十分担心那两个男扮女装的年轻人，不过他们的伪装实在堪称完美，米诺斯竟然丝毫没有起疑心。

突然，美丽的厄里波亚吸引了米诺斯的注意。他总是为所欲为，根本不去理会别人的感受。他把手伸过去，开始抚摸厄里波亚。忒修斯立刻站到了他们两个人的中间。

"我们是来受死的，不是来受侮辱的！"他义正词严地说。

"你是谁！谁让你来告诉我应该做什么？！"米诺斯咆哮着说，"不要忘了，我是强大的克里特国王！如果这还不够，再告诉你，我是宙斯的儿子——看来你好像根本不知道！"

接着，他抬头仰望天空，举起双臂大声喊道："啊，父王宙斯，让他们看看我是谁吧！"

他的话音刚落，一道闪电立刻从阴云密布的天空中划过，证明宙斯认出了他的儿子。

忒修斯大吃一惊，不过他依然像往常一样没有惊慌。

"如果这些对你来说十分重要的话，"忒修斯说道，"那我必须要让你知道，我也是神的后代，我的父亲是海神波塞冬。"

米诺斯当然不相信他说的话。

"如果你是波塞冬的儿子，"他讥笑道，"那你要帮我把这个找回来。"说完，他把手上的戒指取下来扔到海里。

忒修斯立刻跳入水中，从人们的视线中消失了。

过了很久，他依然没有回来。

岸上的人都以为他被淹死了。这时米诺斯又说道："多可惜啊！这样就会少一个喂弥诺陶洛斯的人。"

不过，米诺斯的女儿阿里阿德涅就站在附近，而且竟然忍不住偷偷抹起了眼泪。其实从忒修斯上岸的那一刻起，阿里阿德涅就已经注意到他，并且为他的勇气而倾倒。阿佛洛狄忒长着双翅的儿子厄洛斯射中了她的心弦，一股强烈的爱意正在她的心头荡漾。现在，她的心为失去这个勇敢的年轻人而感到难过。

其实，忒修斯并没有消失。他刚一入水，海豚就迅速游过来，把他领到撼地王波塞冬的宫殿里。海神是宙斯的兄弟，他的威力与能够支配闪电的众神之王宙斯相比毫不逊色。

海神坐在用无数贝壳装饰的宏伟宝座上，身旁是美丽的妻子安菲特里忒，旁边站着特里同和其他海神。

波塞冬见到忒修斯十分高兴。得知他此行的目的之后，波塞冬立刻命令特里同去寻找那个戒指。

没过多久特里同就回来了，身后还跟着一群海仙，其中一个海仙把戒指交还给忒修斯。

紧接着，安菲特里忒还给他的头上戴上一个金色的花环。波塞冬知道忒修斯不能久留，于是便命令特里同带着众海仙送他回到岸上。

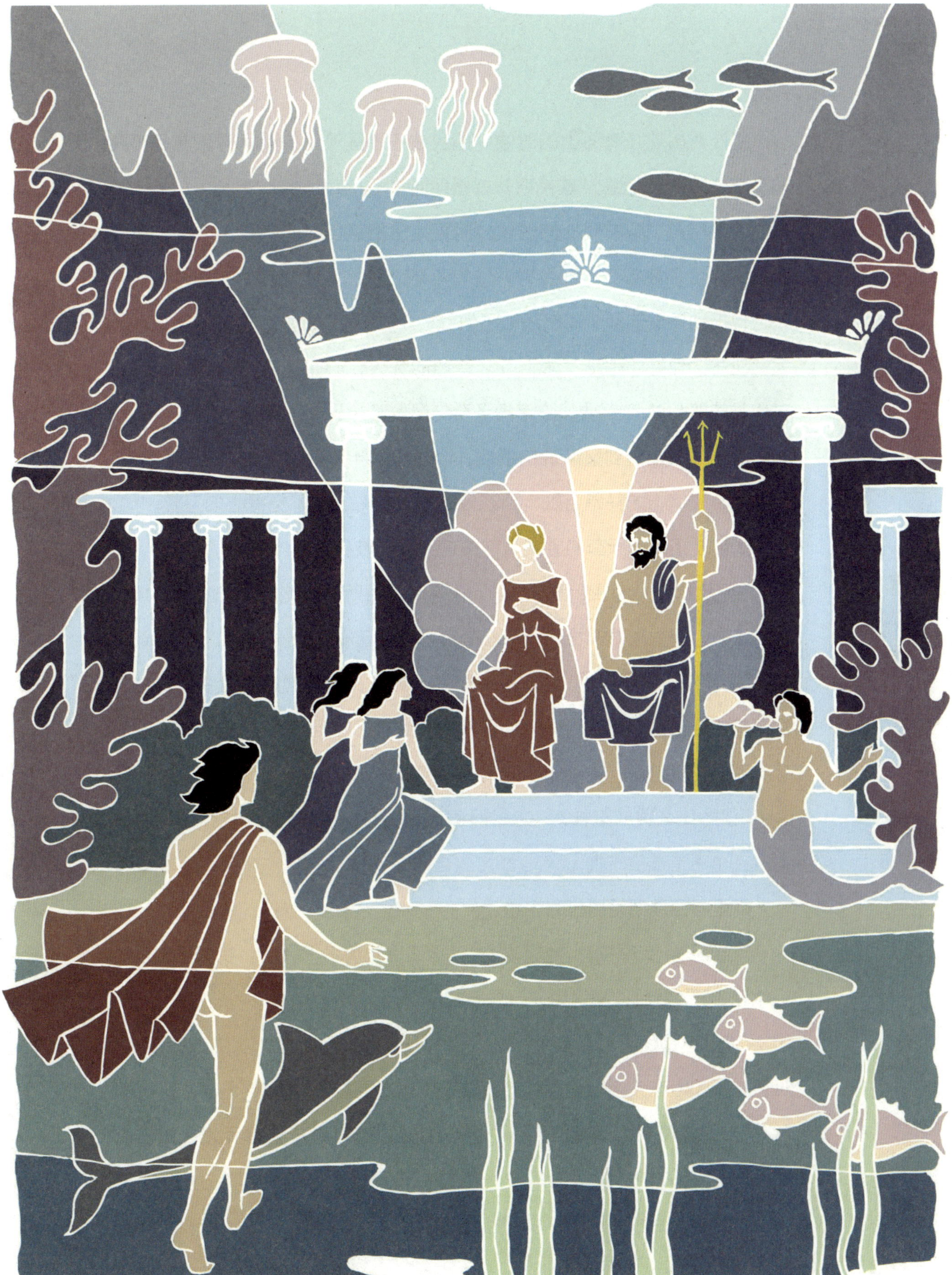

忒修斯出现在海面上的时候，那些站在那里观望的看客们正准备离开。突然有一个人大声叫道："忒修斯！忒修斯回来了！"

米诺斯再见到忒修斯的时候，简直无法相信自己的眼睛。忒修斯非但没被淹死，头上还戴着一个纯金树叶做的花环，而且更让他吃惊的是，年轻人走过来把他扔到海里的那个戒指还给了他。

现在，他终于相信忒修斯并非普通的凡人，心中不禁有所顾忌。因此，他对自己的随从说道："要让弥诺陶洛斯先把他吃掉！"

阿里阿德涅听到父亲说的话后，心里感到十分恐惧。她为这些少男少女的遭遇感到心痛，尤其是当她听到忒修斯的名字时，不禁觉得心如刀割。

米诺斯下令把所有的雅典人都关进监狱，唯独把忒修斯留了下来。

"明天早晨，你们带他去迷宫，让弥诺陶洛斯把他吃掉。"他又吩咐道。

这时，阿里阿德涅再也无法忍受自己的痛苦了。

"啊，伟大的爱神，"她喃喃低语道，"为什么您让这支箭射中了我的心房？"为了掩饰自己的泪水，阿里阿德涅只好把头靠在姐姐菲德拉的肩膀上。

菲德拉转过身，忧心忡忡地望了她一眼。

"你为什么哭成这样？"姐姐问道，"他们又不是第一批被弥诺陶洛斯吃掉的人，也不是最后一批。"

阿里阿德涅把姐姐拉到一边。

"帮帮我，菲德拉，"她哀求道，"不然我就活不下去了。我们一定要救救那个年轻人！"然后，她用目光示意着忒修斯。

"你是不是疯了，阿里阿德涅？"菲德拉震惊地回应道，"父亲会杀了我们的。难道你不知道在父亲眼里，弥诺陶洛斯比我们更重要吗？"

"求你帮帮我，菲德拉！"阿里阿德涅又哀求道，"告诉我怎么做才能救他的性命。"

"恐怕什么也做不了！"姐姐对她说道，"就是代达罗斯来了也没有办法救他。"

"代达罗斯！"阿里阿德涅高兴地叫了起来，眼中闪过一丝希望的光芒。她丢下菲德拉，立刻向发明家代达罗斯的工坊跑去。

代达罗斯就是那个建造这座迷宫的雅典人。他不但是一位伟大的建筑师和艺术家，而且还是世界上最具发明才能的人。看到米诺斯的女儿站在门口，他马上大叫了起来："阿里阿德涅，你来得正是时候！"

"我需要你的帮助，聪明的老师！"阿里阿德涅对他说道。

"我也需要你的帮助，"代达罗斯应声说道，"我们一定要救这些雅典的年轻人！只有你能够帮助我。"

阿里阿德涅听到这些话后，不禁喜出望外。

"我也正是为了这个才来找你的。"她呜咽了起来。

"你听我讲，"代达罗斯继续说道，"忒修斯也在里面。他是埃勾斯的儿子，是一个伟大的英雄，他曾经杀死过强盗，除掉过邪恶的坏人和妖怪，我相信他也一定能杀死弥诺陶洛斯。不过最难的事情倒不是这些，而是怎样才能从迷宫里走出来。米诺斯命令我建造了这座迷宫，但是让我没有想到的是，它竟然成了妖怪的魔窟。迷宫的内部结构十分复杂，它的通道走廊和楼梯入口都经过了精心的设计，进去容易，走到中心也不难，但是要想再走出来就难上加难了。"

"聪明的代达罗斯，"阿里阿德涅哀求道，"帮我想想办法吧！"

"办法我已经想到，"代达罗斯宽慰她说，"但是得有人偷偷去找忒修斯并告诉他方法。你是我唯一能想到的人，你带上这个线团，想办法偷偷交给他，让他进去的时候把线团的一头绑在入口处，一边走一边把这个线团拆开。"

"我明白了！"阿里阿德涅欣喜地叫了起来，"这是一个绝妙的办法！"

"是的，"代达罗斯回答说，"往回走的时候只要沿着线，他就能够找到入口，那样的话他就得救了。至于其他事情，我对忒修斯很有信心。我担心的是，你父亲最后可能会怀疑你。如果他们成功逃脱了，你父亲甚至可能会杀了你。"

"这一点我知道，"阿里阿德涅说道，"所以，我要和忒修斯一起逃走。只要他愿意和我共度今生，我就愿意做他的妻子。代达罗斯，聪明的老师，你不知道我是多么感激你啊！"

"啊，阿里阿德涅，"代达罗斯回应道，"你不知道我又是多么感激你！身为雅典人，我的心在为我的城邦滴血，也在为那些要被当作祭品的年轻同胞滴血。我的悲伤还有另外一层原因：我现在流落他乡，我梦想着要用我的聪明才智为我的同胞做事，可是我居然为妖怪修建了魔窟。如果忒修斯能够得救，也许我就能够回到我的故乡。在那里，我要为所有爱美之人设计建造美好的东西。不过，现在已经没有时间，你尽快去做应该做的事情吧！"

"我高兴得快要飞起来了，亲爱的代达罗斯。你的话给我插上了飞翔的翅膀，"阿里阿德涅激动地说着，"忒修斯一定会得救的，雅典来的所有年轻人也会一起得救。"

阿里阿德涅把线团藏在腋下，跑去找到忒修斯，对他说："我是国王米诺斯的女儿。你也许会觉得奇怪，但我只是不想眼睁睁看着你去送死。如果你死了，我也不想活了。"

忒修斯听到阿里阿德涅的话后惊呆了。突然，他想起自己曾经向阿佛洛狄忒寻求过帮助，现在一切都清楚了。他注视着阿里阿德涅，她的容貌像女神一样美丽。他敬佩于她的勇气，为她的美丽而痴迷，他也立刻坠入了爱河。

"我不是来寻死的，"他回应道，"我要杀死弥诺陶洛斯。"

"这件事还没有人能够做到，"阿里阿德涅说道，"不过我觉得你会成功。即便如此，如果没有人帮忙，你也无法活着出来，因为凡是进入迷宫的人，还没有一个人能够找到出来的路线，这也是我来找你的原因。你带着这个线团，进迷宫的时候把线团的一头绑在入口处，一边往里走，一边把线团拆开，只有这样你才不会迷路。出来的时候，你再把线团慢慢缠起来，就能够找到出口了。一旦你平安出来，我只想求你做一件事：不要把我留在克里特，为了这件事我父亲一定会杀了我。你要带着我远走高飞。如果你愿意让我做你的妻子，那我就是世界上最幸福的人了。"

英雄感到万分高兴。"谢谢你，伟大的女神！"阿里阿德涅离开的时候，他对她这样说道。第二天早晨，忒修斯被关进了迷宫。他把线的一端绑在入口处，边向前走边把线团解开。迷宫道路的复杂程度简直让人难以置信！它的方向忽前忽后，忽左忽右，上上下下，曲曲折折。

就这样，忒修斯迷迷糊糊地走了好几个钟头。当他猛一抬头的时候，竟然发现弥诺陶洛斯就在眼前。

与妖怪的战斗立刻展开了。这个可怕的家伙低着头，用犄角猛地向忒修斯顶过去。年轻的英雄机敏地闪到一边，从侧面迅速把剑插入妖怪的身体，不过这一击丝毫奈何不了弥诺陶洛斯。只见它转过身来，一次又一次冲了过来，但是无论它的速度有多快，忒修斯都能够毫发无损地闪身躲过。最后，这个怪物累得筋疲力尽，喘着粗气停了下来，忒修斯就等着这个时刻的到来。

他抓住弥诺陶洛斯的双角，使出神力将它摔倒在地，然后把利剑插入了它的胸膛。就这样，迷宫里的妖怪再也不能祸害其他的生命了。

英雄注视着地上已经断了气的弥诺陶洛斯，擦

了擦额头上的汗水说:"现在只需要找到出去的路了。"

忒修斯沿着线开始往回走。多亏手中的线,有时候直觉告诉他应该这样走,手中的线却把他引到另一条路上,有时候他觉得似乎是这条路,线却告诉他要走另外一个方向。后来,就连他自己也弄不清楚线团是怎么领着他穿过这么复杂的迷宫通道的,而且他越走越糊涂,最后猛然发现自己站在了迷宫的入口处,手中的线轴也已经缠成沉甸甸的大线团。

"如果没有线,我肯定就迷路了,"他自言自语道,"是阿里阿德涅救了我的命!"

只有美丽的公主正在迷宫入口等他,因为国王米诺斯觉得只要忒修斯走进迷宫,就必死无疑,所以根本无须再派士兵把守。

阿里阿德涅一下子扑进忒修斯的怀中,喜悦的泪水顺着脸颊流了下来。忒修斯默默地把线团交给心爱的人,竟然一句感激的话也说不出来。从那时候起,对希腊人而言,"阿里阿德涅的线团"就成了解决难题之法的代名词。

时间十分紧迫。忒修斯牵着阿里阿德涅的手,立刻去找其他的同伴,他们很快找到了同伴被关押的地方。不过这一次,有人把守,阿里阿德涅害怕起来。

"不要怕!"忒修斯安慰她说,"一切都会平安无事的。"说完,他吹响了三声口哨。

那些年轻人听到忒修斯发出的信号后,立刻从牢房的地上站了起来,大家一起把牢门撞开。卫兵们跑过来的时候,看到有两个姑娘正准备逃走。他们想把这两人立刻赶回牢房,没想到竟然挨了两记重拳,痛苦地倒在地上,其他卫兵冲过来的时候也遭到了同样的命运。

其实这两个少女根本不是女孩,而是那两个男扮女装的壮小伙。片刻之后,忒修斯手持宝剑走了进来。不过,现在已经无须他动手了,所有的障碍都已经清除。紧接着,他们立刻向海岸赶去,一刻也不敢耽搁。

海岸上见不到一丝人影。克里特岛上的所有船只都停靠在岸边的陆地上,唯独他们的船停在海面上。

"我们上船之前，"忒修斯向大家大声喊道，"要把米诺斯舰队的船体凿穿。如果他们追上来，我们轻易就会被赶上。"

于是，他们迅速凿穿了克里特岛所有船的船底，然后登上自己的船，带着难以言表的喜悦心情动身返回雅典。

消息传来，米诺斯暴跳如雷。忒修斯不仅杀死了弥诺陶洛斯，而且还带着所有人逃走了。自己的女儿阿里阿德涅不但帮了他们的忙，还跟着他们一起逃走了。

"我一定要抓住他们，无论他们逃到哪里！"他发誓道，然后立刻下令派船去追。

不过，他的船已经被破坏得千疮百孔了。等它们航行到大海上时，全部沉入了海底。

米诺斯回到自己的宫殿，心中充满了绝望。

"都怪该死的阿里阿德涅坏了我的事！"他自言自语道。最后，他实在无计可施了，只好把整件事件从头到尾细想了一遍，然后说道："我还能怎么样呢？！这都是神灵的意愿。毕竟她是我的女儿，就算所有这一切都是为了她好吧！至于忒修斯，我得承认他是波塞冬的儿子，而不仅仅是一个冒险者。"就这样自我安慰一番之后，他心里便觉得坦然起来。

忒修斯的船向西航行到纳克索斯岛才停下来，他们准备在岛上过夜。等他们睡着以后，酒神狄俄尼索斯来到忒修斯身旁，对他说道："马上起来离开这里。把阿里阿德涅留在岸上，这是人与众神之王宙斯的旨意。"

忒修斯心里感到十分难过，但是神灵的旨意不可违抗。他叫醒同伴，把睡梦中得到的指示讲给他们听，所有人都同意马上离开。

于是，他们再次登船驶向雅典，只把阿里阿德涅一个人留在沙滩上。

阿里阿德涅醒来后，发现其他人都已经离开，不禁流下了心酸的泪水。

"他怎么能这么忘恩负义？！"她呜咽着说道。

就在这时，狄俄尼索斯出现了。

"不要责怪忒修斯，是我让他离开，把你留在海岸上的。伟大的宙斯让你做我的妻子，这是他的旨意。"狄俄尼索斯说。

于是，米诺斯的女儿阿里阿德涅嫁给了酒神狄俄尼索斯。

与此同时，在雅典，埃勾斯国王从忒修斯和其他年轻人离开时起就备受煎熬，晚上根本无法入睡。于是，他决定搬到苏尼翁海岬去住，因为在那里，他可以坐在一个耸立在海面的岩石上眺望大海，盼望载着忒修斯的船只从远方出现。只要看到船上挂着白帆，压在他心头上的重负就可以消失了。

远方地平线上的一个小黑点逐渐进入埃勾斯眼帘，他非常害怕苦苦等来的小船上悬挂着黑色的船帆。慢慢地，那个黑点变得越来越大，而且可以确定无疑的是，船上的确挂着象征灾难和死亡的黑色船帆。他心里最担心的事情终于还是发生了，他的儿子已经被弥诺陶洛斯吃掉了。

"多么不幸的老人啊！"他似乎听到一个声音正在对他说，"你渴望得到儿子，他能够给你带来欢乐和安慰。现在你如愿得到了这个让你盼望已久的儿子，但是这又能怎样呢？只能给你带来悲伤和毁灭！"

埃勾斯最后失魂落魄地望了一眼那个让他心碎的黑色船帆，再也无法忍受心中的剧痛，纵身从高高的岩石上跳入了泛着泡沫的波涛。

唉！这时的忒修斯心里既有逃走后的喜悦，又夹杂着与同伴一起经历危险的惊恐，他竟然全然忘记要取下黑色的船帆，把白帆挂上去。就这样，埃勾斯的身体慢慢沉入大海的波涛，而他的儿子却继续着驶往雅典的旅程，完全不知道有这样的事情发生。

忒修斯带着同伴从法勒隆上岸，立刻命令传令官全速赶往雅典，把好消息带给自己的父亲和雅典城的人民。他和其他人则留下来敬献祭品，感谢神灵护送他们平安顺利返回家园。

祭祀仪式结束后,他们看到传令官带着一群雅典人跑了回来。他们一边走,一边大声喊着:"伊莱莱维!喽!喽!"

忒修斯他们不明白这些喊声的可怕含意。因为"伊莱莱维"是欢喜的叫声,而"喽"的意思却恰恰相反。

很快,他们就知道了这些叫声包含的可怕意思。忒修斯懊悔地痛哭起来,因为正是他那让人无法饶恕的疏忽,才导致埃勾斯结束了自己的生命。他的同伴也像他一样,为失去他们的国王而悲痛不已。当然,这一刻不仅是流泪的时刻,也是值得庆祝的时刻,忒修斯等人返回雅典的过程最终发展成为一次盛大的游行。埃勾斯的儿子走在队伍的最前面,身后跟着那两个男扮女装的小伙子和其他少男少女。

全雅典城在悲喜交加的叫喊声中欢迎忒修斯和他的同伴归来。人们在他们走过的路上撒下橄榄枝,而且还给他们戴上飘着白色丝带的花环。这样的荣耀通常只有神灵才能享受得到。

不久,胜利的喜悦渐渐冲淡了埃勾斯的离去带给人们的悲伤。不光弥诺陶洛斯被除掉了,更重要的是,所有的年轻人都已经平安顺利返家。从此以后,雅典人将拥戴挽救了他们孩子性命的大英雄忒修斯奉为国王。当然,雅典人也永远无法忘记埃勾斯。为了纪念这个不幸的父亲,他们把吞噬了埃勾斯的那片海更名为"爱琴海"。

作为雅典的国王,忒修斯用智慧和仁慈治理着自己的国家,他关注穷人和弱势群体的利益,这种做法是在历代国王中从未有过的。他痛恨独裁,而且是第一个教会人民管理自己事务的国王。他不仅关心雅典人民,还关注阿提卡的人民。他把阿提卡所有的村镇都置于同一个政府的管理之下,打击那些长期以来像各嗇的土皇帝一样盘剥村民的大地主,这个"雅典城邦"赋予了所有人以公民的身份。也就是从那个时候开始,"雅典"(Athens)一词的后面加上了复数"s",表明这个城邦是由雅典城和阿提卡所有的城镇组成的。出于同样的原因,由于阿提卡人民的加入,一直被称为"雅典人节"的盛大节日也变成了"泛雅典人节"。

忒修斯十分重视体育运动。赫拉克勒斯以父亲奥林匹亚宙斯之名开创了奥林匹克运动会,忒修斯则以自己父亲海神波塞冬之名发起了伊斯莫斯运动会。这个体育和艺术的伟大盛会每隔三年在科林斯城的伊斯莫斯举行一次。

雅典新国王也爱好和平。虽然在他的统治时期,从未出现过与外族交战的记录,但是他依然推崇雄韬伟略和英雄气概,也正因为如此,他曾经跟随伊阿宋和阿耳戈英雄觅取金羊毛，与英雄们一起追击卡吕冬野猪。最后，他还陪伴赫拉克勒斯在亚马宗人的土地上征战。

正因为如此，雅典人总会自豪地说，如果没有忒修斯，他们就会一事无成。他们甚至还把忒修斯比作另一个赫拉克勒斯，因为忒修斯跟随大英雄一起前往亚马宗人的国家，夺取了希波吕忒的腰带，两个人并肩作战，再次表现出了可以与赫拉克勒斯相提并论的英雄气概和自我牺牲精神。

在那次战斗中，忒修斯活捉了亚马宗三女王之一的安提俄珀。他把安提俄珀带回雅典后，居然爱上了这位高傲的俘虏。忒修斯没有将安提俄珀变成奴隶，反而让她做了自己的妻子。安提俄珀为他生下了儿子希波吕托斯，而这个纯洁英俊的少年把自己的一生都献给了阿尔忒弥斯女神。

实际上，安提俄珀对自己成为忒修斯的妻子感到很开心。不过，她远在家乡的亚马宗人同胞却备受煎熬，她们还以为女王在雅典王宫遭受着奴役和屈辱。于是，她们准备攻打雅典把她解救出来。她们乘船到阿提卡，从那里上岸后便开始攻城。这些女人嗜杀成性，即便是全世界的军队站在她们面前也会不寒而栗，而且她们的袭击事先没有任何征兆。

亚马宗女战士骑着马疯狂进击，她们所到之处均杀得片甲不留。城里的雅典人根本无力抵抗，纷纷逃往卫城的城墙里躲了起来。忒修斯终于在那里组织了一次成功的保卫战，接下来就要发动反击战。安提俄珀依然热爱着自己的丈夫，因此她根本没有想到亚马宗人发动的这场战争，实际上正是出于对她的爱。相反，她和忒修斯都认为，她们进攻雅典城是出于报复和贪婪。因此，她坚定地站在了丈夫一边，同他一起并肩作战。

决战的日子终于来到了，战争打得异常残酷血腥。雅典人拼死抵抗，他们在为保卫家园和众神的祭坛而战。而亚马宗女战士的进攻则更加疯狂，她们坚信自己的女王已经沦为不幸的奴隶，她们正在为她的自由而战。可是不管交战多么激烈，双方谁也分不出胜负。

突然，亚马宗人看到一个年轻英俊的骑士从队伍中冲了出来。他身穿闪亮盔甲，号召雅典人要无所畏惧，决不退缩。亚马宗人立刻冲过去把他围住，双方展开了残酷的搏斗。接着，亚马宗人默尔帕迪亚一箭射中了骑士，英俊的骑士落马而死。亚马宗人大叫着跑过去想抢走尸体，准备让雅典人再一次蒙羞。于是，一场围绕尸体的争夺战再次打响。突然，有一个人大声叫道："快放下武器！我们杀死的人是安提俄珀！"

似乎像施了魔法一样，战争突然之间停了下来。两支正在交战之中的军队呆呆地立在了原地，一起为安提俄珀之死而悲痛欲绝。她曾经是亚马宗人的女王，后来又成了雅典的王后。

人们怀着悲痛的心情掩埋了安提俄珀的遗体。此后，亚马宗人立刻动身返回遥远的故乡，每个人的心中都充满了悔恨和懊恼。她们后悔发动了这场战争，而正是这场战争才导致了这样的悲惨结果。

忒修斯也同样感到悲痛欲绝，他长时间沉浸在失去安提俄珀的痛苦之中。

不过，时间慢慢冲淡了他心中的伤痛，生活总还要继续，而雅典国王的重担也不容许他继续消沉下去。与此同时，雅典人的劲敌米诺斯国王已经去世，克里特岛的王位传到了国王儿子丢卡利翁手中。丢卡利翁跟自己的父亲不同，他认为继续过去的仇恨不会有什么益处，而且忒修斯统治下的雅典城也不再实力虚弱、防卫空虚，已经成为一支不可小觑的力量。

对忒修斯而言，他认为没有必要因为仇恨而继续保留过去的伤疤。他向丢卡利翁主动示好，提出愿意和他成为盟友，丢卡利翁对此欣然接受。为了巩固新的同盟，丢卡利翁想让忒修斯娶自己的妹妹菲德拉为妻，忒修斯也欣然接受。就这样，为了共同的利益，雅典和克里特岛结成了伟大的联盟。

忒修斯和菲德拉婚后育有两个儿子，其中一个儿子名叫德摩丰，后来成为雅典的国王。不过，忒修斯与米诺斯的女儿联姻并未给他带来好运，因为菲德拉并未成为一个可爱的妻子和王后；相反，她竟然诬陷忒修斯和安提俄珀生的儿子希波吕托斯，最终酿成了希波吕托斯死去和她自杀的惨剧。这个不幸的故事将在另一本书中有所描述，它不仅让当时的雅典人心痛不已，而且现在的人读了希腊诗人欧里庇得斯所写的不朽悲剧《希波吕托斯》，仍然与很多年前的古人一样，会被深深地打动。

后来，忒修斯还与拉庇泰国王珀里托俄斯结为盟友。这个勇敢的部族生活在塞萨利，国王是一个英勇无畏的勇士和英雄。不过，珀里托俄斯结识忒修斯的方式十分特别。他听说雅典人取得了那么多骄人的战绩之后，便心生嫉妒，为忒修斯盖过了自己的光芒而苦恼。于是，珀里托俄斯决心要羞辱忒修斯一番，想让世人知道他们两人中间谁更伟大。

带着这样的想法，珀里托俄斯去马拉松夺走了忒修斯最好的牛群，而且还对惊恐不已的牧人说："去告诉你们的国王，他的牛群被世上最勇敢的人珀里托俄斯赶走了。如果他真的英勇善战，就从我这里把牛群再夺回去！"

这种挑衅是对忒修斯的莫大侮辱，他立刻动身前去寻找偷牛贼。忒修斯之所以这样做，与其说是去找自己的牛，还不如说是要洗刷对自己名声的诋毁。

两个英雄刚好在马拉松附近碰面。他们从很远的地方就发现了对方，立刻毅然决然地奔了过来。他们步履坚定，眼中燃烧着怒火，每个人的心中只有一个念头：要么杀死对手，要么被对方杀掉。

等到走近后，两人都停下了脚步，手握剑柄随时准备厮杀。不过就在一瞬间，他们不由为对方的威武英俊所折服。在他们彼此的眼中，似乎都觉得对方气度不凡，英气逼人。

后来，两个人终于拔剑刺向对方。可是当宝剑刚刚刺到一半的时候，两个人又出人意料地停了下来。他们把宝剑扔到一边，站在那里彼此欣赏着对方。然而又在一刹那间，他们的目光再次暗淡下来，向对方猛扑过去。

不过这一次，他们发现自己还是无心恋战。于是，他们张开双臂，紧紧地拥抱在一起，彼此亲吻着对方的脸颊。从那一刻起，两人发誓一生为友，并且还交换了宝剑作为证物。

就这样，忒修斯和珀里托俄斯结成了一生的友谊，而且两人的关系由于下面这件事情而变得更加牢不可破。一次，珀里托俄斯和黛达米亚的婚礼正在举行，人马企图抢走漂亮的新娘。珀里托俄斯在忒修斯的帮助下打败了可怕的敌人。

与这些身形怪异的人马作战，忒修斯再次显露出自己的才能和勇气。除了聪明的人马老喀戎之外，人马们都是一些野蛮残暴的家伙，将整个希腊搅得鸡犬不宁。出于恐惧，国王、英雄和普通百姓都对他们毕恭毕敬，生怕一不小心就会惹祸上身。不过，忒修斯首开纪录打败了他们。在他的带领下，不可一世的人马们一败涂地，再也不敢在那里惹是生非。后来，赫拉克勒斯又除掉了人马的残部。从此以后，世人再也不会受到他们的困扰了，太平和安宁重回大地。

忒修斯的故事到此也许就该告一段落了，大多数作者写到这里的确就准备结尾了，因为再往后，伟大的英雄就不会再有什么令人惊叹的事迹了，那些想把英雄的美好印象留给读者的作者也许会就此停笔。不过如果故事没有讲完，只说"他们从此过着幸福的生活"，也许对神话故事而言也是一种伤害，因为故事的结尾事实上并非如此。

因此，我们的故事依然还要继续。它虽然不能够用忒修斯的丰功伟绩作为结尾，但是人们或许也可以从中吸取教训，从这一点来讲，它也许比任何"大团圆"的结局更有价值吧！

遗憾的是，忒修斯和珀里托俄斯的友谊并未给两人带来任何好处。

人马之战过后不久，珀里托俄斯的妻子便离开了人世，忒修斯的妻子菲德拉也早已自缢身亡，两人均萌生了再娶妻子的想法。为了能够得到意中人，他们答应始终帮助对方。

这个主意听起来似乎不错，但是实际上并非如此，因为他们的想法实在有悖常理。

一个人彻底失去是非观念的情况并不少见，但是如果此事发生在像他们这样的人身上,那就是真正的悲哀了。这种疯狂在现实生活中有,在神话故事中也存在,它们仅仅表明,就本质上而言,现实生活和神话故事是何等的相似,而后者无非都是想象力的产物罢了。很多人在年少无知的时候往往会做一些疯狂的事情,长大以后就会变得性格沉稳而富有责任心。不过,这两个人的情况恰恰相反。

就这样,忒修斯50岁的时候决定再娶。这一次他的意中人并非别人,而是宙斯和勒达的漂亮女儿海伦,当时这个姑娘还未满12岁!面对这么大的年龄差距,忒修斯不敢贸然向她求婚。不过,他打算强行抢走海伦。

鉴于之前已经达成了一致,所以忒修斯找到珀里托俄斯对他说道:"这一次你要帮我,下一次我也会帮你得到你梦寐以求的女人。"

珀里托俄斯说话算话。于是,两人前往斯巴达准备实施他们的计划。海伦被劫走的时候,正和一些朋友在阿尔忒弥斯神庙里跳舞。他们迅速把她带回阿提卡,藏到阿菲德乃村里。当时忒修斯的母亲埃特拉也住在那里,可怜的老妇人别无选择,只好答应在儿子离开的时候,她会待在海伦的身边,帮忙监视海伦。因此,虽然劫持海伦的时候他们并未遇到多大的阻力,可是接下来出现的麻烦是灾难性的。

不过,如果说忒修斯的选择很疯狂,那么珀里托俄斯的选择则要比忒修斯的选择疯狂更多倍。首先,他相中了一位女神,想娶她为妻;其次,这位女神已经结婚;尤其糟糕的是,女神的丈夫也是神灵,而且如果说出他的大名,人人都会感到恐惧。可是珀里托俄斯根本不在乎这些,他只关心怎样才能把这件事告诉忒修斯。后来,他想出了一个办法。

"是谁抢走了漂亮的海伦做新娘?"他问道。

"你是说波塞冬的儿子!"忒修斯自豪地说。

"你就要和众神相提并论了。可是我呢?"

"你这样说是什么意思?"忒修斯反问道,"我们当时是不是说过'要挑你心仪的'这句话?我们都是勇敢无畏、无人能敌的人,有我们两人一起做事,你还有什么可犹豫的?"

"说得好，忒修斯！"珀里托俄斯高声说道，"知我者非你莫属，要知道为了你，就是下冥府我也愿意。"

"为了你，即使下地狱我也愿意。"忒修斯回答道。

"这才是真正的友谊！"珀里托俄斯笑着说，"我正不知道该怎么向你说起这件事。是的，我心里想的就是冥府。我想要冥王的妻子珀尔塞福涅！"

忒修斯听他这么说，惊讶得嘴巴半天合不起来。不过，他还能说什么呢？

君子一言，驷马难追！珀里托俄斯铁了心要做这样一件大胆的事情，他又怎么能表露出恐惧和担心呢？！于是，两个好朋友立刻将这个疯狂的计划付诸行动。

他们从科罗诺斯附近的一个深谷下到了冥府。刚开始的时候，两个人并没有遇到什么麻烦。他们骗过冥河的渡神卡戎，让他划船带领他们穿过被称为"斯梯克斯"的地下圣河，然后他们又顺利通过了由恶狗刻耳柏罗斯把守的冥府大门，小心翼翼地向冥王的宫殿前进，时刻提防被可怕的冥王发现。

他们计划要在冥王有所反应之前抓到珀尔塞福涅。不过身为神灵，冥王哈迪斯当然对此事一清二楚，并且突然出现在他们的面前。

"你们两个大活人到冥府来想干什么？"他不动声色地质问他们。

两个人惊慌失措地看着冥王，不知道该怎么回答他的问题。尴尬了片刻之后，

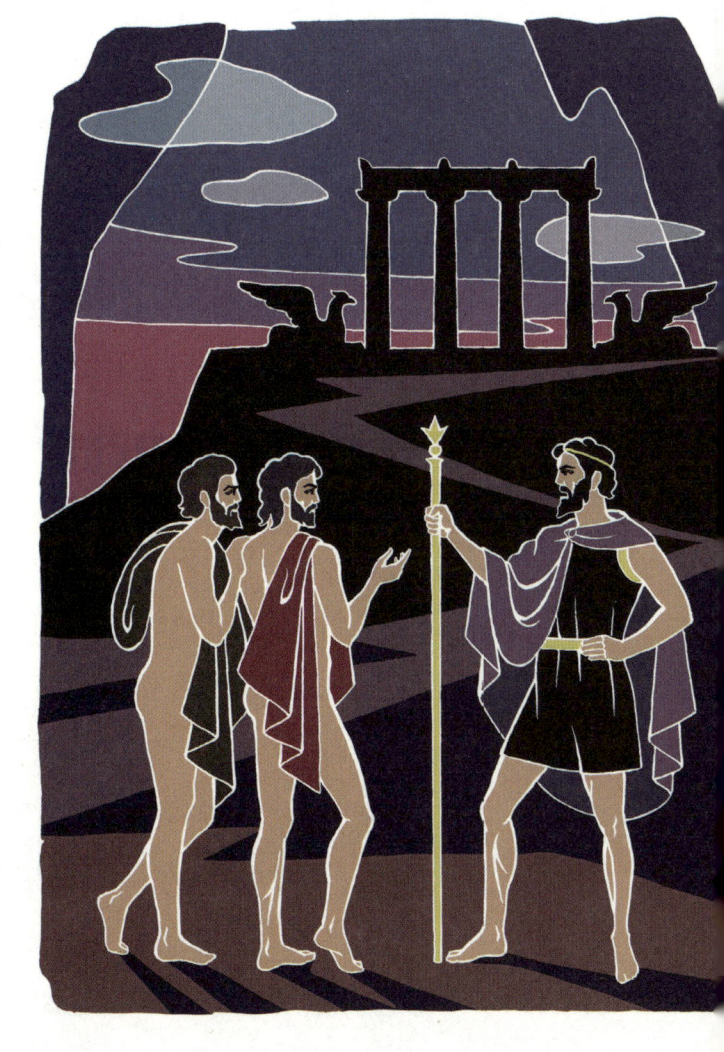

珀里托俄斯才回过神来，结结巴巴地说道："啊，呃，宫里要举行宴会，我们在想，如果您不反对的话，可不可以请珀尔塞福涅赏光前去参加。"

"我明白了。你们只请珀尔塞福涅，难道不请我去吗？"冥王继续明知故问，并且存心想拿这两个傻家伙寻开心。

"呃，是的，是的，当然也准备邀请您！"他们慌慌张张地回答道。

"这两个自以为聪明的家伙！"冥王自言自语道。他强压着心中的怒火，又说道，"你们听着，我不喜欢宴会和寻欢作乐的场合，你们可以带上珀尔塞福涅，让她开心开心。你们坐在椅子上，我去叫她。"说完，他指了指放在宫殿门口的两张石椅。

"干得好，我的朋友！"冥王前脚刚走，忒修斯便庆幸地说道。他在椅子上坐了下来，很庆幸事情进展得居然如此顺利。

"冥王如果发现我们是怎样欺骗他的，肯定永远不会放过我们！"珀里托俄斯轻声笑着说，然后也坐下来。

突然，一丝惊慌的表情掠过忒修斯的脸庞。"我们不要高兴得太早！"他嘟嘟囔囔地说道，"我怎么觉得自己被粘在了椅子上！"

"你说什么？"珀里托俄斯问道，他试着想站起来，结果也没有成功，"我也被粘住了！"他惊恐地叫道。

紧接着，他们又试了一次，可还是没有成功。最后他们铆足了劲儿，依然动弹不得。原来，他们的臀部和石椅已经合为一体，根本无法摆脱。他们只好眼巴巴地等着冥王回来解救他们，同时还试图让自己相信，发生这种事情一定另有他因，肯定不是因为他们亵渎了神灵才招致惩罚。

最后，他们并未等来冥王和珀尔塞福涅，反而等来了两条大蛇。大蛇缠住他们的腿，把他们更加死死地固定在椅子上动弹不得。后来，他们终于认识到自己的行为是多么鲁莽和愚蠢，不过为时已晚。他们心中所有的骄傲和自负均已消失得无影无踪，两人只好绝望地看着对方，脸上的表情足以让见到他们的人落泪。

"原谅我，忒修斯。"珀里托俄斯喃喃地说，羞愧地低下了自己的头。

"你为什么这么说？"忒修斯回答道，"我也有过错。正是由于我们之间的友谊，我们的力量才变得更加强大。只不过我们没有把它用对地方，看看我们都干了些什么事情：我们来抢一个已婚的女人，而且还是一个嫁给神灵的女人。如果真有人要遭到惩罚的话，那只能是我们！"

就这样，两个人被困在里面很长时间。碰巧赫拉克勒斯来这里要带刻耳柏罗斯到地面上去，发现他们被困在石椅上，心里便起了恻隐之心。他先用劲儿把忒修斯拉了起来，可是轮到珀里托俄斯的时候，再怎么拉都没有用。这位大英雄铆足了全身的力气，又拉又拽，力气大到足以撼动大地，可是珀里托俄斯依然纹丝不动。到了这个时候，赫拉克勒斯才反应过来，原来是众神不愿意把忒修斯的朋友放开。于是他只好罢手，珀里托俄斯被永远留在那里，再也不能返回人间了。

忒修斯返回雅典后，等待他的也没有什么好事情。

首先，劫走宙斯漂亮的女儿海伦这件事就不会被轻饶。海伦的两个哥哥卡斯托耳和波吕丢刻斯都是有名的大力士，且胆识过人。得知了妹妹的遭遇以及挑起事端的罪魁祸首后，他们鼓动斯巴达人率领大军涌入阿提卡。趁忒修斯本人不在雅典，他们打败了雅典人，将整个城市洗劫一空，但不管他们怎么找也没有发现海伦的踪迹。

如果不是一个名叫阿卡德摩斯的人好心告诉他们海伦的藏身之处，卡斯托耳和波吕丢刻斯也许会将雅典城以及阿提卡翻个底朝天。最后，他们在阿菲德乃村找到了海伦，把她解救出来。他们临走的时候，还把忒修斯的母亲埃特拉掠去为奴。埃特拉虽然年事已高，但是还要被迫为儿子犯下的过错遭受惩罚。

海伦在阿尔戈斯城生下女儿伊菲革涅亚后，海伦的哥哥便把忒修斯的这个孩子交给海伦的姐姐克吕泰涅斯特拉抚养。

克吕泰涅斯特拉和丈夫迈锡尼国王阿伽门农把伊菲革涅亚视为己出，将她抚养长大。据说，后来希腊的船只为了在驶往特洛伊的途中得到顺风，便将这个货真价实的迈锡尼公主当作祭品献给了神灵。

除此之外，卡斯托耳和波吕丢刻斯还给埃特拉的儿子忒修斯一个更加沉重的打击。

离开阿提卡的时候，他们让忒修斯的侄子墨涅斯透斯成为雅典的国王。英雄回来后，发现王位已经易主，要求墨涅斯透斯把王位归还给他。但是墨涅斯透斯不愿意这么做，他提出要不要归还王位这件事应该由人民来决定，他还巧妙地利用了正是忒修斯本人才引发了雅典与斯巴达之间的战争这个事实，指责他消失得无影无踪，留下自己的人民不管不顾，致使雅典城遭受重创，人民惨遭屠戮。

墨涅斯透斯的观点居然得到了雅典人的支持。他们曾经那么热爱忒修斯，现在甚至连看他一眼都不愿意。很多人都这样说，如果一个领袖人物想要长久地赢得人民的爱戴，他就必须自始至终跟他们在一起。忒修斯在位的时候，人民是那样地赞美和拥护他，但是现在，这个他曾经为之付出如此多心血的城市竟然彻彻底底地抛弃了他。

在深深的绝望之中，忒修斯失魂落魄地离开了雅典。此时此刻，他最想要的东西就是解脱，而唯有一死方能彻底摆脱痛苦。最后，忒修斯来到了司奇洛斯，他在那里还有一些土地，不过就是这么一点仅有的财产，也已经被岛上狡猾的国王吕科墨得斯占为己有。他假意把土地还给忒修斯，甚至还以查看边界为由带着忒修斯出去走走。

吕科墨得斯把英雄领到一块高高的岩石上，说在那里可以看得更加清楚，然后猛地将他推了下去。这位雅典城最伟大、最著名的国王和英雄竟然落得这样悲惨的下场。

忒修斯晚年犯下了严重的错误，不过这并不意味着他曾经做过的那么多善举都可以被一笔勾销。因为在所有人眼中，统治者最被看重的地方，应该是他们的某些英雄行为或者自我牺牲精神，正是这种慷慨大方的品质才确立了他们在人民心中的地位。忒修斯为人民甘愿付出，做出过那么多辉煌高尚的成就，使他成了一名真正伟大的领袖。尽管雅典人曾经一度反对他，但是这种情况并未持续多长时间。

墨涅斯透斯死于特洛伊战争之后，忒修斯的儿子德摩丰取代他做了国王。雅典人民开始缅怀伟大英雄曾经的辉煌功绩，而且原谅了他晚年无意中带给他们的伤害。

德摩丰不仅给父亲恢复了名誉，而且自己也做了很多壮举。他曾经在特洛伊城下的战斗中立下了赫赫战功。当时赫拉克勒斯刚刚死去，欧律斯透斯想杀掉他的儿子，德摩丰帮助他们打败了欧律斯透斯，使这个喜欢高谈阔论而又胆小如鼠的迈锡尼国王得到了死亡的惩罚。

雅典人爱戴德摩丰，不仅因为他立下了那么多功绩，而且还因为他使忒修斯的辉煌壮举不致被人们遗忘，为忒修斯死后比生前赢得了更多荣誉。

时光荏苒，转眼几百年过去了。不过，人们对忒修斯的记忆不像绝大多数老故事那样终究会被遗忘。相反，随着雅典变得日益强大、威名远扬，雅典人现在对他的敬意也与日俱增，认为他是雅典历史上最伟大的国王。后来，在抗击波斯人的战斗中，雅典成功捍卫了全希腊人的自由，发展成全国的权力和文化中心，人们对忒修斯的崇拜也传到了更多的地方。现在，忒修斯不仅仅是雅典的英雄，而且还成为雅典的象征。

到了公元前5世纪时期的西门时代，雅典人决定去寻找忒修斯的遗骨，准备把它们带回雅典城。在去德尔斐神庙求问了神谕之后，他们得知需要去司奇洛斯寻找，于是西门本人亲自前往。在那里，有一只鹰以喙啄地，告诉他英雄埋葬的地点。西门在那里挖出一个身材高大修长的男人尸骨，旁边放着一个青铜造的矛尖以及忒修斯的宝剑。故事的内容大致如此。

忒修斯的遗骸被带回雅典的时候，全城人像迎接英雄国王本人一样，好像他刚刚完成了最后的英勇壮举，荣归故里。在"伊莱莱维！喽！喽！"的欢呼声中，人们重温他从克里特岛返回时的情景。

在盛大的游行和祭祀活动之后，雅典人把忒修斯的遗骨埋在雅典城的中心。这里曾经是那些弱者和被驱逐者寻求庇护的地方，忒修斯生前曾给过他们那么多帮助，死后他又回到了他们身旁。

后来，人们在忒修斯的坟墓上建了一座壮观的纪念碑，把它称作"忒塞翁"，当时最好的雕刻家和画家在上面描绘的场景令人回想起雅典城最伟大、最受人们爱戴的大英雄的光辉事迹。数百年之后，皇帝哈德良在雅典附近建立了新领地，他在距离老城最近的大门上刻下了这样几个字："这里是雅典，忒修斯之城。"

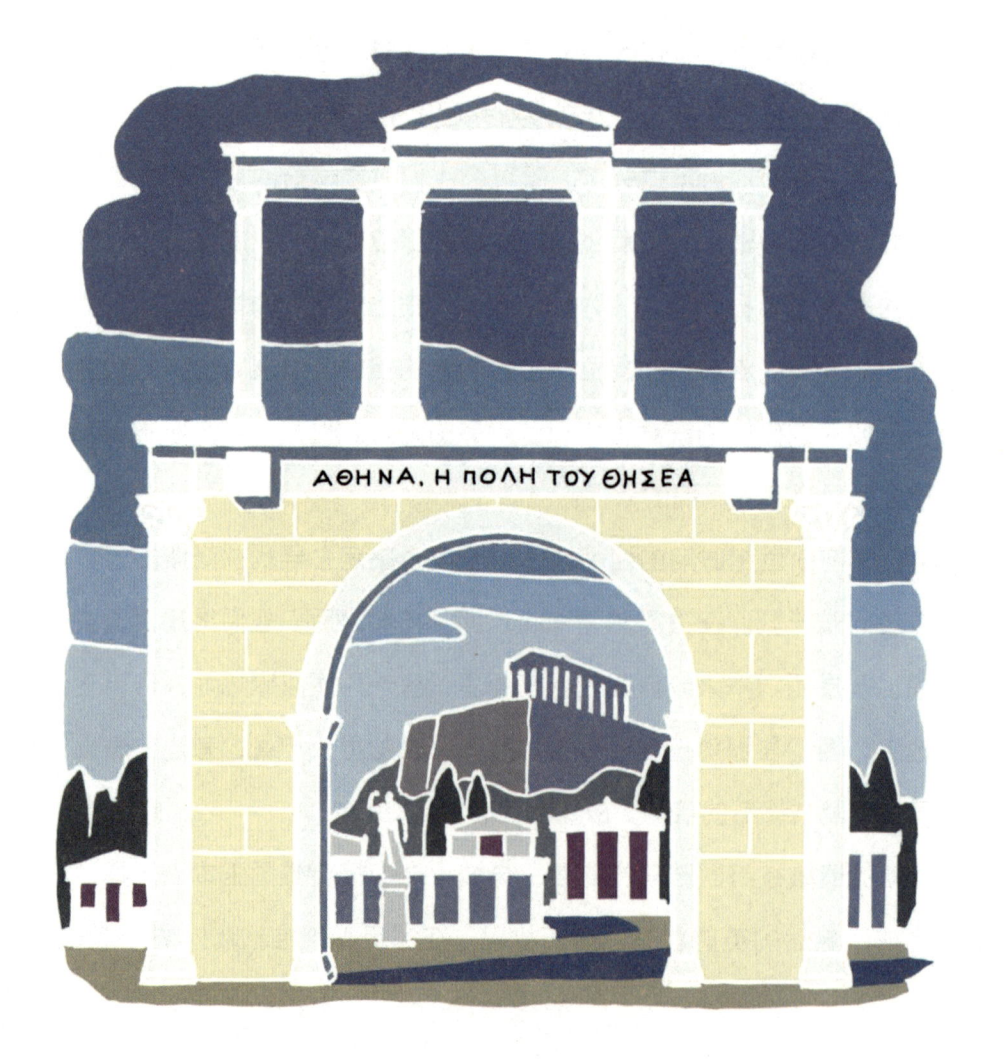

第 五 章

金羊毛的来历

这个故事发生在很久很久以前，那是还没有出现神话的时代。一个春光明媚的日子，有片流云在天空独自飘荡，云上坐着一位美丽的姑娘，名叫奈菲拉，她是天庭的一位女神。从高高的云端看下去，人间的美景让奈菲拉羡慕不已。当葱翠的山峦、绿油油的草原、湖泊与江河、岛屿与蜿蜒的海岸线在她眼前一一浮现时，奈菲拉不禁想问：为什么众神会赐予这个名叫希腊的角落这么多美景？

这片云飘到了陆地上空，奈菲拉远远地看见下面有一座修建在科派斯湖畔隆起的岩石层上的城市，名叫奥耳科墨诺斯。城市的最高处矗立着宏伟而壮观的皇宫，皇宫的富丽堂皇以及雕刻精美的大理石石柱，深深地吸引住了这位女神。她不禁按下云头，仔细欣赏，可离皇宫越近，她越受吸引。奈菲拉终于按捺不住内心的好奇，轻轻地走下云船，踏上皇宫的一座大露台。

就在此时，年轻的奥耳科墨诺斯国王阿塔马斯，刚好穿过一扇门走到这座露台，他一眼就看见一位异常美丽的姑娘从天而降，而奈菲拉也发现一位英俊非凡的国王突然出现在眼前，两人都惊呆了。这时，阿佛洛狄忒女神的儿子厄洛斯，那个长着翅膀、无处不在、无所不知的小爱神，悄无声息地飞近他们，瞄准他俩的心脏迅速放出一支箭。于是，这两个年轻人相爱并结了婚。奈菲拉再也没有回到天上，而是留在了阿塔马斯的大理石宫殿里。

不久，他们有了爱情的结晶——佛里克索斯和他的妹妹赫勒，父母对他俩的爱胜过一切。可是，随着时间的推移，奈菲拉开始对人间的欢乐感到厌倦。她习惯了天庭无拘无束的自由，很难适应人间生活里的种种限制。尽管住在金碧辉煌的宫殿里，可她觉得自己就是一个囚徒。奈菲拉经常在露台上徜徉，仰望着天空的流云，感到内心深处翻起了无限悲凉。

有好几次，奈菲拉都铁了心要离开，但最终都因为孩子而放弃了，转而责备自己为什么这么自私。但是年复一年，奈菲拉越来越无力压抑内心深处那种日渐沉重的悲哀，只能把自己锁在屋子里，每日以泪洗面。

最终，那一天到来了。奈菲拉再也无法忍受了，她又一次走上露台，用期盼的眼神凝视着广袤的苍穹。这时，一片流云落下来，停在她的脚下。这次，奈菲拉没有半点犹豫，什么也阻止不了她要走的决心——即使是对孩子和丈夫的爱也无法阻止她。很快，她就忘记了在人间生活的经历，又一次开始在蔚蓝的天空自由地飞翔。

阿塔马斯在宫殿门口撞见一位陌生的姑娘时，他还没从失去妻子的悲痛中恢复过来。姑娘身上的长裙表明她来自贵族家庭，可她脸上写满疲惫与悲哀。

"我叫伊诺，"姑娘说，"我是卡德摩斯的女儿，忒拜的公主。天后赫拉将我赶出故国，她嫉恨我的妹妹塞墨勒[①]，因此也迁怒于我。从此，我被迫在外流浪，走过许多地方。今天命运把我带到您的宫殿前，现在我求您发发慈悲，就让我留在您的身边，即使做您的奴隶我也愿意。"

伊诺说话时，阿塔马斯在心中暗想："多么不可思议啊！一位刚走，另一位就到来了，显然这是众神的旨意。"

"你来得正好，"阿塔马斯说，"现在你需要我的帮助，同时我也需要你的帮助。只要你愿意，你可以留在我的宫殿里，还可以成为我的王妃，我只需要你发誓，今

---

① 即酒神狄俄尼索斯之母。——编者注

后要好好关爱我的孩子佛里克索斯与赫勒——他俩刚刚被生母无情地抛弃。"

"尽管他俩不是我的亲骨肉,"伊诺承诺道,"却是我丈夫的血脉。假使我做不到爱如慈母、贤若发妻,我就比忘恩负义更令人不齿。"

于是,阿塔马斯与这位忒拜的公主结婚了。

刚开始,伊诺确实真心地疼爱着这两个孩子,把他俩视为己出。可当她自己的第一个孩子出生后,伊诺对他俩就没有像以前那样上心了;第二个孩子出生后,伊诺对他俩开始越来越疏远;等到第三个孩子出生后,伊诺积攒下来的冷漠已经变成嫉恨。

佛里克索斯与赫勒在继母身边过得很凄惨。

兄妹俩常常溜到露台上仰望天空,希望能刚好看到他们的母亲坐着云朵从这里飞过。他俩一直相信,妈妈并没有忘记他们,但是每次等来的都是失望。尽管奈菲拉无时无刻不在挂念着他俩,但是她始终避开从奥耳科墨诺斯上空飞过。一想到人世间还生活着一对儿女,他俩一直渴望着母亲回到身边,她就心痛不已。即使她现在打算回去,也为时已晚,她的位置已经被他人取代了。

时间过得飞快,没几年,佛里克索斯就长成了一位英俊少年,他的妹妹赫勒则出落成一位花季少女,美得就像天女下凡。当奥耳科墨诺斯全城的人都以慈爱、自豪的目光关注兄妹俩时,伊诺却因为妒火中烧而不愿正眼瞧他们。

此时,阿塔马斯已近年迈,决定宣布自己的长子佛里克索斯为王位继承人。但这个决定彻底点燃了伊诺内心嫉妒的怒火,尽管她在表面上并没有露出一丝不快,暗地里却夙夜谋划,怎样让自己的亲生儿子莱耳科斯取代佛里克索斯继承王位。最后她发现,唯一的方法就是除掉奈菲拉的儿子。为此,她谋划了一个恶毒的计策。

在播种的季节来临之前,伊诺命令自己最信任的奴隶将所有的种子都烤熟。播种时,农民来宫殿谷仓领取的种子全是经过火烤而丧失生命力的种子,但没有人怀疑过种子有问题。农民把地仔细犁好,把种子播撒下去。细雨淋湿了大地，但是好多天过去了，没有一株禾苗从肥沃的黑土地里露头，只有一些杂草点缀着奥尔科墨诺斯周围大片光秃秃的土地。

"这是怎么回事？大地为什么没有披上绿装？孩子们吃什么呀？难道神灵在惩罚我们？"一时间人心惶惶。当饥饿横扫千家万户时，阿塔马斯决定派人去德尔斐请求神灵开示，找出罪魁祸首，以躲过灾祸。

这正中伊诺下怀，她亲自物色了前往德尔斐的代表，阿塔马斯对此并没有任何怀疑，自然也没有反对。伊诺的阴谋进展得很顺利。她高价收买了派出的使者，要求他们传递她事先编造好的谎言。

因此，这些代表根本不需要去德尔斐，当他们"返回"后，他们来到宫殿向阿塔马斯和伊诺汇报说："哎，我们从德尔斐带回重要消息。因为宣布佛里克索斯要继承王位，众神都非常生气，除非在拉菲斯廷山顶用奈菲拉的儿子为宙斯献祭，否则田地将永远颗粒无收。"

听到这些话，阿塔马斯顿觉五雷轰顶。

"我绝不会这样做！"他咆哮道，"我要誓死保护我的孩子不受任何伤害。你们仔细听好了，倘若想要活命，决不能泄露半点神谕的内容。"

"遵命！"伊诺平静地许诺，但是转身就把这则消息透漏给宫里的女人们。很快，奥耳科墨诺斯全城的人都知道了"神谕"，而且也知道阿塔马斯不打算遵守神谕。因为佛里克索斯很受大家爱戴，所以并没有人希望他去死。人们聚集在集市焦急地议论着此事。

"谁能保证，"许多人质疑说，"献祭之后田地一定会重新长出庄稼？到那时我们还要再献出赫勒吗？再后来难道要献出我们自己的孩子吗？"

"万一神谕不准呢？"一些人说。还有一些人不解地说："神灵怎么会要无辜的人来为他献祭呢？"

正当舆论就要搅黄伊诺的阴谋时，另一种声音传开了。

"佛里克索斯有罪！神灵惩罚他没错！"一位妇女大声喊道。她叫比亚狄克，嫁给了佛里克索斯的一个叔叔，是佛里克索斯的婶娘。可是没有人能识破这个狡猾女人的险恶用心。佛里克索斯曾鄙薄地拒绝了她的引诱，因此她抓住这个时机落井下石，开始向人群诉说，佛里克索斯如何寡廉鲜耻地亵渎了她的贞洁。因此，神灵才会迁怒于他。

这则捏造的指控很快就传遍了奥耳科墨诺斯，被饥饿逼疯了的人们迅速接受了这个"事实"，转而反对佛里克索斯。就在前一天，还没有人愿意看到佛里克索斯去死，而现在大家都一致认为只有牺牲佛里克索斯才能让大地长出庄稼来。

就算阿塔马斯并不相信佛里克索斯有罪，但人们已经不能再忍受了，纷纷站出来反对他。大批愤怒的人群聚集在宫门外，其中一些人已经做好了准备，要冲进宫殿，抓住佛里克索斯，把他拖到献祭的地方。与此同时，阿塔马斯忍受着内心的煎熬，犹豫不决地在宫中走来走去。

这时，伊诺觉得时机来了，她走上前说："现在您必须要做出抉择，比亚狄克说的是真的，如果还要怀疑，您看到的将只有神灵的愤怒。宫外的人随时都能违背您的意愿，要求把佛里克索斯抓到拉菲斯廷实施惩罚。面对现实吧，奥耳科墨诺斯的命运就掌握在您的手中。"

阿塔马斯明白，自己已别无选择。但这也不能怪他，他怎么会知道神谕是假的，怎么会想到自己的妻子如此阴险，又怎么会察觉比亚狄克是一个满口谎言的骗子呢？

因此，献祭的事就这么定下了。阿塔马斯的儿子将丢掉性命，因为他给奥耳科墨诺斯招来了灾荒。佛里克索斯以极大的勇气，平静地接受了自己的命运。尽管他蒙受了不白之冤，但只要自己的牺牲能够挽救国家，使人民免受饥饿之苦，他愿意牺牲自己。可是聪明的佛里克索斯早已看穿了这背后的阴谋，所以他的牺牲将毫无意义。赫勒，尽管年龄不大，也感到了丑恶的非正义行为将要发生——但她心里还藏着一个秘密的期望。

"妈妈在天空翱翔，"她对佛里克索斯说，"我相信她会知晓这一切，不会让我们受命运的摆布。"

第二天，太阳升起时，他们带走了佛里克索斯，让他登上献祭的山顶。他们虽不愿意让赫勒一起去，但谁也阻止不了赫勒，她坚持要与佛里克索斯寸步不离。而他们不幸的父亲，此时正悲痛欲绝、步履踉跄地紧跟在他们的身后。

一行人来到拉菲斯廷山的山顶，在宙斯的祭坛前停下来。士兵们架起献祭用的柴堆，祭司在袍子里裹了一把刀，走过来抓住佛里克索斯的胳膊。佛里克索斯与赫勒急切地扫视着天空，希望此时能有奇迹出现。突然，他们看到一片云飘了过来，云上有一个小点，他们的心不由得怦怦地乱跳起来。很快，人们可以清楚地看见云上站着一位仙女。"我们的妈妈来了！"赫勒情不自禁地叫起来，尽管她很弱小，却用尽全力把哥哥从祭司的手中夺过来。

祭司企图要赶走她，她大声说："我们的妈妈来了，难道你不让她吻一下自己的孩子，向临死的儿子道个别吗？"于是，祭司动了恻隐之心。山顶上的所有人都惊愕地看着一片云朵迅速落下来，上面站的正是奈菲拉。在孩子最需要她的时候，她赶到了！奈菲拉的身边有一只长着金色羊毛的公羊，浑身闪着金灿灿的光芒。看到这个情景，人们都被感动了。除了心怀叵测的伊诺，她死死地盯着奈菲拉，眼里燃烧着嫉恨的火焰。祭司也被感动了，他松开了手。佛里克索斯与赫勒一起扑到妈妈的怀抱中，奈菲拉张开双臂抱住孩子，眼里流出幸福的泪水。

她抹了一把眼泪，急切地对儿子小声说："佛里克索斯，你快骑上这头金毛羊。尽管没有翅膀，这头灵兽却能在天上飞行。你不必担心迷路，它会驮着你飞到遥远的科尔基斯，那里是埃厄忒斯统治的地方，他是赫利俄斯的儿子。你去请求他的庇护，作为回报，在把金毛羊献给宙斯后，要把它身上的金羊毛作为礼物送给埃厄忒斯。这将是他意想不到的珍贵礼物。"

于是佛里克索斯跳上羊背。

"带上我！我不想一个人留在这里！"赫勒在他身后焦急地大声喊道，随后也紧跟着跳上羊背。在周围人诧异的目光中，金毛羊飞到了空中。

"孩子们，一路走好！"奈菲拉向他俩告别。金毛羊驮着兄妹俩很快就从大家的视野里消失了。惊诧万分的父亲口中重复着奈菲拉对孩子的祝福，内心无法掩饰这个意想不到的帮助带给他的喜悦。围观的人群也向他俩道别，突如其来的奇迹让他们有些眼花缭乱并感到深深的懊悔，因为刚才他们还在坚持要这个无辜的孩子献祭。

很快，金光闪闪的公羊就变成了一个金色的小点，随后从人们的视线中消失，融入浩瀚的苍穹。

佛里克索斯与赫勒骑着公羊平稳地飞翔着，心里充满无尽的喜悦。他们飞过了高山、平原，飞到一片大海上空，海面点缀着星星点点的岛屿。如果后面的飞行能与此前的飞行一样平稳该多好啊！然而，当他们飞跃爱琴海与马尔马拉海之间的海峡时，天气陡然变得恶劣。空中黑云滚滚、电闪雷鸣，兄妹俩恐惧万分，以为世界末日来临了。与此同时，狂风大作，吹得他们坐立不稳。尽管金毛羊仍然顶风飞翔，但是赫勒的勇气已经消耗殆尽，被四面八方扑来的恶风吓破了胆子。佛里克索斯则保持着勇敢与镇静，竭力安慰妹妹，要她抓紧羊毛不要害怕。

但赫勒不是一个坚强的女孩，她越来越害怕，在肆虐的暴风中无法坚持，疲惫与恐惧吞噬了她最后一丝力气，她的手松开了。命运总是这样残酷无常，正当蔚蓝的天空已经出现在地平线上时，赫勒却绝望地大叫了一声，从光滑的羊背上滑落，迅速坠落到底下的深渊。

现在，佛里克索斯失去了妹妹，变得孤独又寂寞，他强忍着心中的悲痛，继续飞行。不幸的姑娘虽然死了，但她的芳名注定要永远留存。从此，她所坠落的海峡就被称作"赫勒斯庞特海峡"。人们都说，海峡里的海水有时会涨潮咆哮，但更多时候都像在不停地低声私语，这是为奈菲拉女儿的长眠所奏响的摇篮曲。

终于，不知疲惫的公羊把佛里克索斯带到了科尔基斯，停在王宫前。埃厄忒斯亲自在门口等候，这个年轻人的气度给他留下了深刻的印象，他邀请佛里

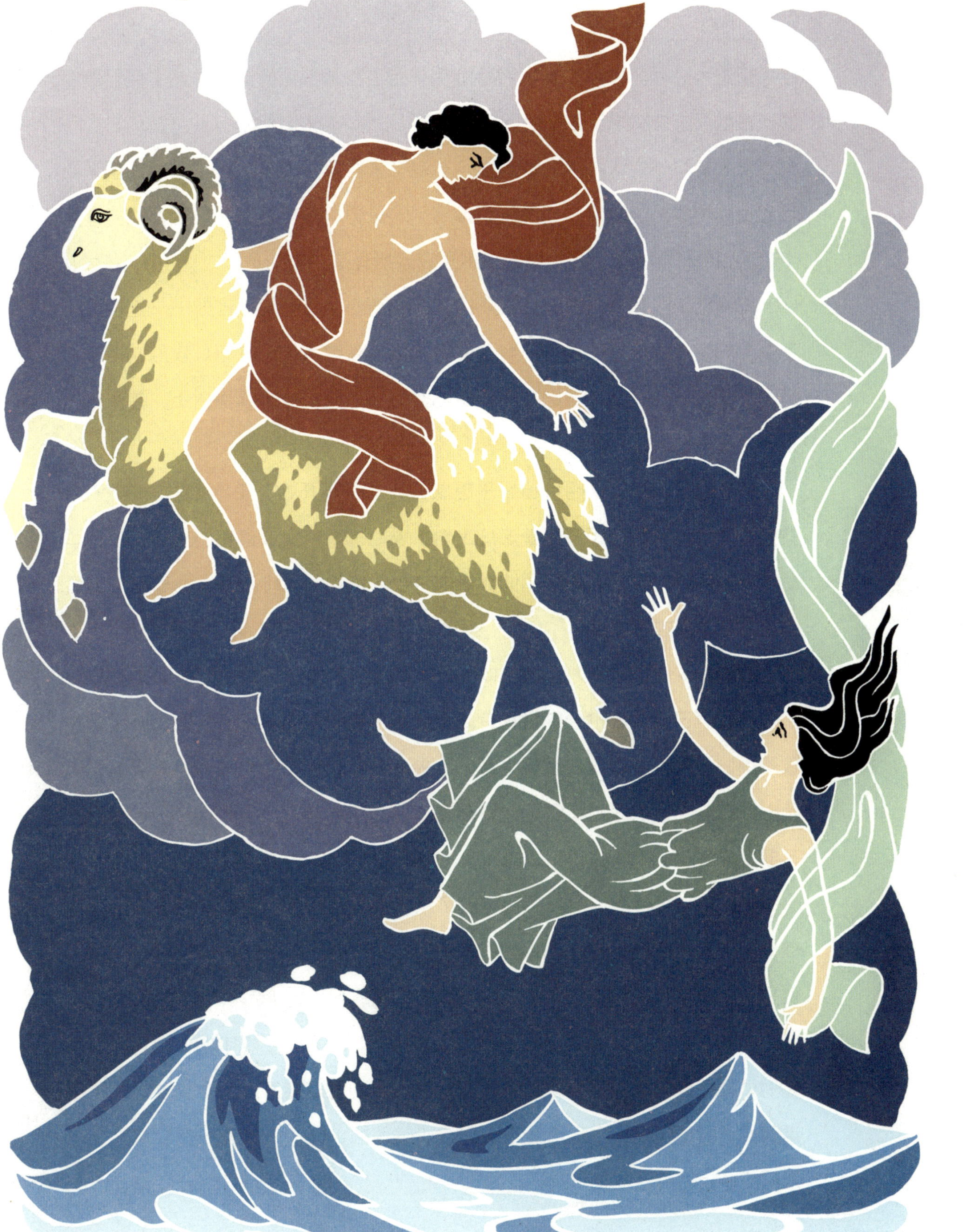

克索斯进入大厅。佛里克索斯带着金毛羊走进宫殿，他向国王讲述了自己悲惨的遭遇以及失去妹妹赫勒的经历。

埃厄忒斯一边认真地听着故事，一边打量着那头公羊的金羊毛。他意识到自己受到了命运的垂青，于是不仅接纳了这位勇敢的年轻人，还将自己的女儿卡尔塞俄佩许配给他。这桩婚姻使佛里克索斯有了四个儿子。

按照母亲的叮咛，佛里克索斯把这头神奇的公羊献祭给宙斯——这位流浪者的保护神，而把它的皮——有名的金羊毛，献给了埃厄忒斯。埃厄忒斯非常满意自己收到的礼物，把它挂在阿瑞斯圣树林里的一颗千年橡树上，并派出一条恶龙日夜守护。

金羊毛很快就被证明价值超乎想象，科尔基斯开始发生不可思议的变化：贫穷逐渐消失，富裕正滋润着这片土地，埃厄忒斯成为最富有的国王，他的军队也变成了世界上最强大的军队。很快，世界各地都流传开来：所有这些财富都来自金羊毛的魔力。

这也使得金羊毛成为无数勇敢的冒险家垂涎的目标，他们幻想如果能得到金羊毛，自己及国家也会变得富有。但是所有人都惧怕科尔基斯国王，心里犹豫不决，不知道是否应该冒着生命危险去进行一次鲁莽的尝试。尤其当他们听到一条口吐烈火的恶龙无时无刻不在守护着金羊毛时，这些"英雄"纷纷打消了攫取埃厄忒斯财宝的念头。

最终，一个名叫伊阿宋的人完成了这个看似不可能的冒险。这位英雄来自伊俄尔科斯，他历经种种磨难，凭借令人难以置信的勇气把金羊毛带回了希腊。但是，金羊毛既没有带来财富也没有带来幸福。

这也许是在警示我们：财富与幸福都像流水一般，当你伸手去抓的时候，它们就会从你的指缝间流逝，任凭你再怎么尝试也是徒劳。这个故事同时还告诉我们：要珍惜当下，珍惜眼前人。至于其他的含义，请读者在阅读完整个迷人的故事之后自己去做判断吧。

第 六 章

伊阿宋与"阿耳戈号"

就在金毛羊载着佛里克索斯到达科尔基斯时，伊阿宋在伊俄尔科斯出生了。看到孩子降生，而且还是个儿子，当父母的通常都非常高兴，但是伊阿宋的出生并没有给父母带来喜悦，而是带来了无比的痛苦。他的父亲埃宋，一直都在担心生下儿子，他有自己的苦衷。

埃宋是伊俄尔科斯国王克瑞修斯的嫡子，是王位唯一合法的继承人。但在父亲驾崩后，同母异父的兄弟珀利阿斯却篡夺了他的王位，而珀利阿斯根本没有继承权，因为他并非克瑞修斯所生。

珀利阿斯为人奸诈、无情，他夸口称自己的生父是让大地颤抖的海神波塞冬，因此他比埃宋更适合继承王位。埃宋性格温顺、生性怯懦，珀利阿斯并不惧怕这个兄长，但他担心埃宋会生下儿子。对此，他早有打算，假如埃宋生下儿子，他一定要阻止这个孩子长大成人，以免将来会讨要王位。

埃宋对此也早已心知肚明，这就是为什么在妻子生下儿子后，他感觉不到一丝喜悦。为此，夫妻俩迅速定下对策。他们放出风来，说孩子刚出生就夭折了，还举行了一次假葬礼，埋了一截用布包着的木头。暗地里，埃宋把孩子抱上佩里翁山，把他交给智者——人马喀戎养活。

喀戎是位富有智慧的名师。他很同情这位不幸父亲的遭遇，决定收留这个孩子。"我只求您一件事，"埃宋说，"千万别告诉别人这个孩子的生父是谁，我宁可与他永不相认，也不愿知道他每天的生命都掌握在残酷无情的珀利阿斯手中。"

可是，喀戎有他自己的打算。

"在他年小力弱的时候，我不会告诉他自己的身世，"喀戎说，"等他长大成人，聪明多识、身体健壮，不再惧怕珀利阿斯，而珀利阿斯开始惧怕他的时候，我会告诉他自己的生父是谁，他才是伊俄尔科斯王位的合法继承人。我向您发誓：我将尽我的全力把您的儿子培养成未来的英雄。"

"智慧大师，"埃宋说，"我知道自己给不了您任何建议，您就放手去做您认为最好的事情吧，我一辈子都会记着您的恩情！"

喀戎抱着小伊阿宋回到他居住的山洞，开始养育伊阿宋长大。当伊阿宋尚在摇篮时，喀戎的妈妈菲利拉照料着小伊阿宋，等到伊阿宋会走路以后，喀戎便开始亲自照料他。

在喀戎的精心照顾下，伊阿宋成长为一个力大无比、胆识过人的小伙子。他不仅善于使用标枪和弓箭，还精于剑术，熟读兵法。在其居住的佩里翁山上，野生动物随处可见，这使得伊阿宋成长为一名优秀的猎手。他实在太棒了，甚至还杀死了一只在当地为害已久的金钱豹。

人马看到这个孩子身披豹皮时，内心的自豪感溢于言表。

"将来，"喀戎由衷地赞叹说，"这个年轻人的创举将不可想象。"

喀戎不仅仅锻炼了伊阿宋的身体素质，培养了他的判断能力以及对学习的热情，还教授了他艺术与科学。

这位睿智的导师经常与这个孩子相对而坐，为他讲述世界历史。喀戎向他讲了神与人以及从远古到现在发生的事情。年轻的学生被老师渊博的知识迷住了，他倾听着导师讲述世界的起源，讲述大地母亲是怎样从一片混沌中诞生，然后无边无际的天空、山脉、河流以及所有公正且法力强大的神是如何形成的。

此外，喀戎还告诉他植物、动物是如何诞生，以及人类在大地上繁衍生息的五代。喀戎告诉他，爱与劳动是如何创造了一个美妙的世界，而仇恨和邪恶又是如何白白地毁灭掉这一切。

伊阿宋睁大眼睛听着可怕的提坦之战，那场有史以来神族之间爆发的最伟大的战争，并且知道奥林匹斯山众神最终取得胜利，而掌握着闪电的宙斯成为众神之王。当听到大地被洪水肆虐的惨状，以及因为热爱人类而被钉在高加索岩石上的普罗米修斯的悲惨命运时，他的心情很沉重。

喀戎把自己所知道的知识毫无保留地传授给伊阿宋，还告诉他佛里克索斯与赫勒的故事，以及金羊毛的神奇魔力。金羊毛现在就在遥远的科尔基斯，悬挂在阿瑞斯圣树林里的一棵千年橡树之上。

"如果有人把这个神奇的金羊毛带回来的话，"伊阿宋问道，"这是否意味着财富与富饶就会滚滚而来呢？"他带着好奇心，等待着睿智老师的回答。

"大家都这么说，"喀戎答道，"但是此举太过于凶险，没人能有勇气来完成它。而且科尔基斯由赫利俄斯的儿子埃厄忒斯统治着，他力量强大，会不惜一切代价守护金羊毛。负责看管金羊毛的是埃厄忒斯的女儿美狄亚，她是世界上法力最强大的女巫。此外，金羊毛还被一只可怕的巨龙——提丰和厄喀德娜的后代日夜守卫。它不但永不睡眠，而且永生不死。最后，从这里到科尔基斯，要通过危机四伏的海洋和荒野，一路充满数不清的凶险。所以，谁要去冒这个险，就是去送死。"

但伊阿宋对这个故事很着迷，他数夜无眠，脑子里幻想着前往遥远的科尔基斯的冒险。终于有一天，他鼓足勇气问喀戎："把金羊毛带回希腊的念头是不是很荒诞？"

"不，至少我不这么看，"喀戎回答说，"即使是最不可能实现的壮举，如果一个人有坚强的意志和力量，视死如归，有时候倒是值得一试。没有冒险就不会实现所谓的壮举，世界是在勇敢者的努力中诞生的，只有凭借更多的壮举，世界才会向前发展。"

"喀戎说得多么精彩、多么有智慧！"伊阿宋心中赞叹道，"不是去维护个人的蝇头小利，而是要做出光荣的事迹赢得整个世界的爱，这是多么高尚的境界啊！"

伊阿宋快乐的童年只有一丝遗憾，喀戎从未吐露关于他父母的一言半语。每当问及此事，喀戎总是避而不答。

只有一次，在伊阿宋一再坚持之下，喀戎说："伊阿宋，总有一天你会知道答案，也会因此充满欢乐。但是现在有一个重要的原因，使我不能向你揭示答案。"伊阿宋十分信赖喀戎，他不再急切地想知道答案了。

等他 20 岁时，老师认为期待已久的一天终于到来。不管看起来有多么不可能完成的任务，伊阿宋现在都能承担。于是，喀戎带他来到佩里翁山的一座山峰，从那里可以俯瞰伊俄尔科斯。喀戎张口道：

"那就是你的出生地，你父母的家。现在该是你知道自己身世的时候了。我以前不告诉你，是因为你有一个死敌，他就是珀利阿斯。如今，你已经长大成人，已经可以勇敢地去面对他了，所以你必须知道真相。听好了，你是埃俄洛斯家族的后人，埃俄洛斯是赫伦的儿子，而赫伦是希腊民族的创造者。他共有 7 个儿子，其中包括科林斯的创建者西西弗斯，奥耳科墨诺斯的创始人阿塔马斯，以及你面前这座城市的创始人克瑞修斯，你的父亲是克瑞修斯的儿子，而阿塔马斯的儿子是佛里克索斯。换句话说，你和佛里克索斯是有血缘联系的。

"现在告诉你，是因为过去我们常常谈起阿塔马斯的孩子和金羊毛的故事。事实上，有预言说：正如埃俄洛斯家族的人骑着金毛羊到达科尔基斯，另一个埃俄洛斯家族的人将再次到那个遥远的地方，把金羊毛带回来——那就是佛里克索斯到达埃厄忒斯的王国后，献给宙斯的那头公羊的羊皮——但我不知道那个人会是谁。

"我只知道，你也是埃俄洛斯家族的人，但是现在先不说这个。在你的祖父克瑞修斯死后，你父亲本应该成为伊俄尔科斯的国王。但是，他的兄弟珀利阿斯——克瑞修斯的妻子与其他人所生的儿子，攫取了王位。为了保命，你的父亲被迫让位给珀利阿斯，变成一个庶民，到城市边缘的贫民窟里生活。而你，倘若珀利阿斯知道有你的话，一定会要了你的命，以确保王位不会被你夺走。幸运的是，他并不知晓你的存在，你一出生就被你父亲抱给我来抚养。你才是伊俄尔科斯的合法继承人。你现在的任务就是推翻珀利阿斯的残酷统治，用你的智慧与爱心来治理这个城市，这恰恰是珀利阿斯所不具备的。你头脑聪明、身强有力、胆识过人，将来一定会成就一番事业。我相信你会成为一名有作为的领袖。

"但是，我必须提醒你，要把珀利阿斯赶下台可不是一件容易的事。他可能没有你拥有的力量与年轻，但他老辣狡猾、残酷无情，你根本无法想象他会怎样对付你。但是，只要你有坚定的决心并牢牢地掌握主动权，那么成功就是你的。

"该教的我都教给你了，我们也该分开了。现在，你知道了自己的身世、自己必须去哪里、自己必须做什么。而我只求你给我一个郑重的承诺：无论战斗多么艰难，都不能背离通往荣耀的道路。永远不要忘记，美德的翅膀比邪恶的翅膀让人飞得更高。但如果你把我的忠告都抛在脑后的话，那么我只能对你说：

我宁愿看到你被击败，也不希望你赢得不光彩的胜利。

"现在就出发吧，愿你成为一个终生真诚、正直的人。如果你想要感谢我，只要你在使用我教给你的知识时谨记我的教诲，我就很满足了。除此之外，我别无所求。"

听完这些话，伊阿宋深受感动，心中充满了快乐。他承诺永远不会忘记老师的教诲，之后便转身下山。但是没走几步，就踩到了一个人的脚上，那个人正躺在灌木丛后面。那家伙腾地跳起来，并没有抱怨被踩踏到，反而紧张地说："我什么也没听到，我不会告诉任何人的！"他结结巴巴地一连重复了好几遍，突然转身就跑，很快就没影了。

"我知道你要去哪里！"看到这个人飞奔而走，喀戎在身后大喊道。

"哦，没错，"他转身对伊阿宋说，"我认识他，他是出了名的探子，名叫特桑德罗斯。他要跑去把偷听到的内容兑换成赏金。但是不要为此担心，他知道的不多，我知道自己讲了什么。"于是，伊阿宋不再想这件事了，现在他的脑海里满是对于未来的各种奇妙计划。很快，他走下佩里翁山，前往伊俄尔科斯。

伊阿宋来到一条急流滚滚的河水前正要渡河，突然听到身后传来女人的声音。

"帮帮忙，年轻人！请帮一下我这个可怜的老太婆！"

当伊阿宋转过头看清楚是谁在跟他说话时，他不禁大吃一惊。这位老妇人肯定有一百多岁了，她衣衫褴褛，浑身脏兮兮的，满是皱褶的脸上有一片溃烂的伤口，上面还落满了苍蝇。然而，伊阿宋并不因此觉得厌恶，反而心中充满了同情。

"老奶奶，我能帮您什么忙？"他走上前问道，用手拂去她脸上的苍蝇。

"谢谢你的好心，孩子，"老妇人说，"大多数人都不愿走近我，可这条河对我这把可怜的老骨头来说实在是太难渡过了——所有的路人，没有人愿意帮我这个忙。唉，这个世道怎么就没有同情心呢？小伙子，你知道吗，人老了是多么糟糕，而且如果没有人可依靠的话，那就会更糟糕。"

"不要难过，奶奶，"伊阿宋说，"我这就帮您过河。"伊阿宋伸出强壮的胳膊把老人抱起来，走进河中。水流很急，伊阿宋必须非常小心。突然，湍急的水流把他的一只凉鞋冲掉了，等走到河对岸时，鞋子已经没影了。他小心地把老太太放在河岸上，询问是否还有其他能帮她的。

"再见，小伙子！"她说，"祝福你！"没走几步，伊阿宋又突然听到身后传来女子的声音："伊阿宋！"

"真奇怪！"伊阿宋心想。这倒不是因为那个声音与老太太的声音截然不同，而是因为喊的是他的名字。当他转过身时，他的好奇完全转变成了惊诧。他惊讶地发现，在那位面目丑陋的老太太站着的地方，此刻是一名身材修长、面容姣好的女子。她身穿华丽的长裙，头上戴一顶纯金花环。伊阿宋马上就意识到，那是女神赫拉。他盯着女神，一句话也没有说，心中充满敬畏与崇敬。

"伊阿宋，"女神说，"继续走你的路，我会一直站在你这一边，我就是你帮助过的老妇人。你来之前，有另外一个人也从这里经过，他是特桑德罗斯，那个偷听喀戎与你谈话的人。我也请他帮助我，但他甚至不愿靠近我。他问我：'你能给我什么，丑老婆子？''我的祝福，孩子！唉，我没有别的可给你。'我回答说。'那你就自己留着用吧。'他说，然后大笑起来，为自己的圆滑而自鸣得意。'那我就把诅咒给你吧！'我喊道。还用说什么呢？他根本就过不了河。他前脚刚踩上一块巨石，后脚就被激流冲走了。这就是为什么我要告诉你：'勇敢前进，我会保护你。'"

伊阿宋简直不敢相信自己的耳朵和眼睛，他虔诚地跪倒在这个强大的女神面前，内心充满了新的喜悦和信心。随后，他便再一次踏上前往伊俄尔科斯的路。

当伊阿宋快进入这座城市时，珀利阿斯正站在马车上，驱车驶出皇宫。此刻他并不是要上街游玩，而是看起来心事重重、局促不安。他仔细打量着路人，像是在找什么人。然而令人奇怪的是，他仔细查看的不是他们的脸，而是他们的脚。

原来就在几分钟前，珀利阿斯刚刚得到德尔斐的神谕。珀利阿斯一直都生活在恐惧之中，害怕有人会把他的宝座夺走，就像当年他从兄长埃宋手里夺走王位一样。于是，他派人去德尔斐请示神谕，启示他如何才能应对这种威胁。他得到的答复是："小心那个穿一只凉鞋的男子。"这就是为什么他现在会上街巡视，查看每个人的脚。

这时伊阿宋已经进了伊俄尔科斯城。街上的人纷纷回头看他，倒不是因为他只穿着一只鞋走路，而是因为他裹着豹皮。这种穿着让他们浮想联翩，敬佩不已。伊阿宋入城时最大的愿望就是和父母见面，于是他向路人打听埃宋一家住在哪里。

"你是谁呀，陌生人，打听埃宋干什么？"路人问道。

伊阿宋回答说："我不是陌生人，我也是伊俄尔科斯人，但我一出生就被送人了。现在我要回自己的家，我的第一个愿望就是见到我从未谋面的父母。"

正当这个路人试图弄清楚这个人到底是谁、想要干什么的时候，突然传来一阵杂乱的马蹄声和辚辚的车轮声。一辆金碧辉煌的马车驶近了，这是一辆皇家马车，国王珀利阿斯高高地站在车栏前。人群哗地一下就涌到两边，只留下伊阿宋独自站在马路中间。他立刻引起了国王的注意力，因为他光着一只脚。

珀利阿斯勒住缰绳，把马车停在这个"穿一只凉鞋的男子"跟前，然后从上到下地仔细打量这个陌生人。这个人气宇轩昂：年轻、英俊、坚强，眼睛里流露出果敢和自信的神情。而他所穿戴的豹皮，更让珀利阿斯心惊肉跳，因为能杀死凶猛野兽的人，可不是寻常之辈。

然而，珀利阿斯很快就从最初的震惊中恢复过来，他开始更冷静地思考。"我得先问清楚，"他暗想道，"现在还不确定，我必须搞清楚他是否就是神谕所指的那个人，但同时我要向他炫耀我的权威。"

"说话！"珀利阿斯命令道，"站在你面前的是伊俄尔科斯国王珀利阿斯。告诉我你是谁，从哪里来，为什么来到这里？我警告你，要说实话，否则你不会

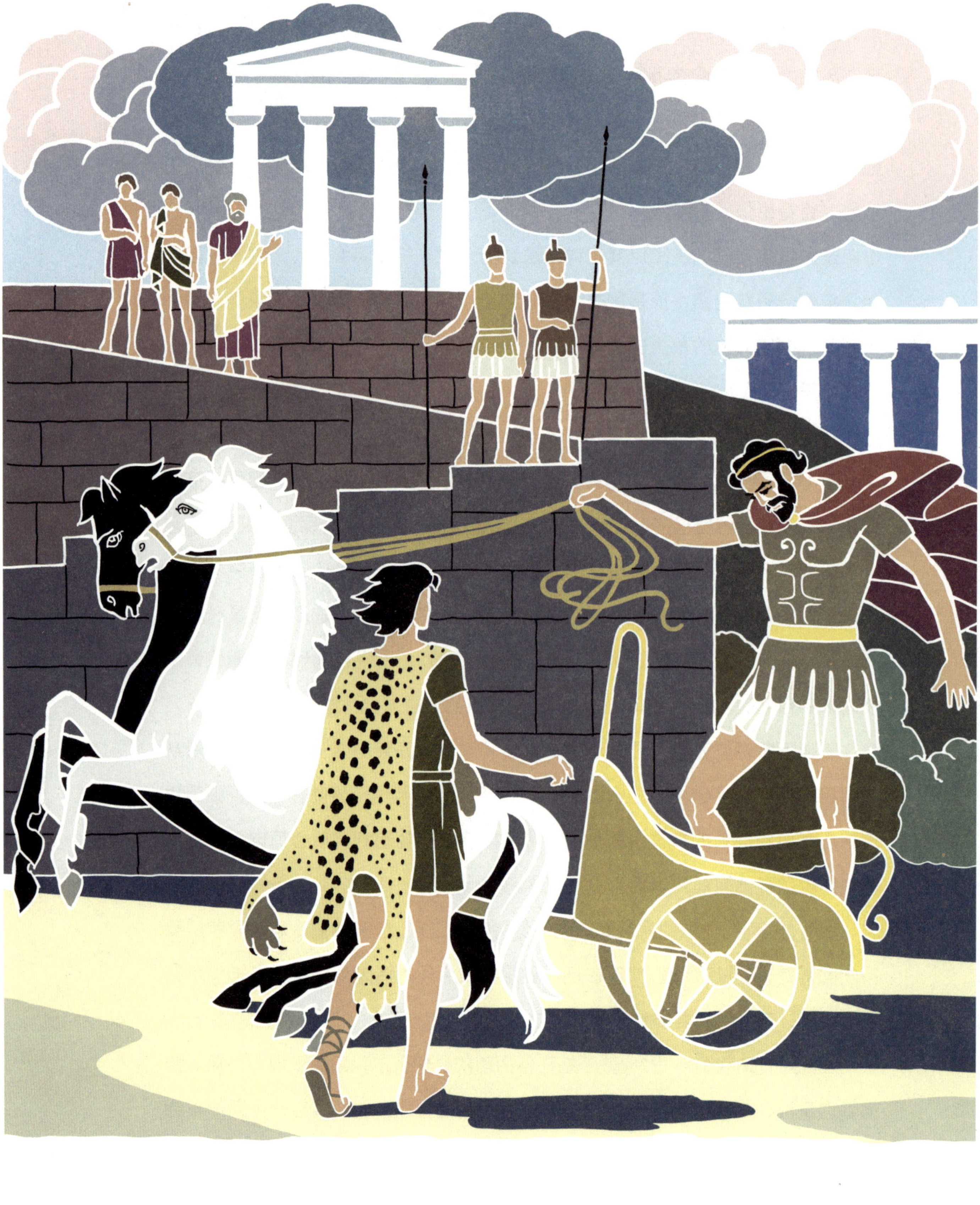

有好下场。"

"我可不习惯有人这样跟我说话,"伊阿宋反驳道,"但我还是愿意回答你。我叫伊阿宋,从佩里翁山来,在那里人马喀戎教会了我两件最重要的事:热爱真理和永不畏惧。但是与你最相关的是,我是埃宋的儿子。你最清楚不过了,你面前的这个人才是伊俄尔科斯王位的合法继承人。当年我父亲因为担心我会遭遇不测,隐瞒了我的出生,把我带到佩里翁山。现在时机到了,我来索要我与生俱来的权力——对你来说,是时候做出决定了,但这个决定必须合理、公平。毕竟我们是亲戚,应该友好地解决分歧,我也希望事情能这样解决。现在我只想知道在哪里可以找到我父母的住所,这样我好去看望他们。"

珀利阿斯听了这些话后,再也没有半点怀疑。站在他面前的就是神谕警告他提防的那个人。

"危险来了,大危险来了,"他心中暗暗叫苦,"但是事情或许还有回旋的余地。伊阿宋年轻冲动、涉世不深,肯定会陷入我为他设计的圈套。"想到这,珀利阿斯假意欢迎说:"年轻人,我很高兴认识你——埃宋的儿子,你大可不必担心,我没有你想的那样坏,也不反对把王位交付给你,只要你表现出能够承担如此重大责任的能力,我就心满意足,尽管这一点听起来似乎轻而易举。现在先去见你的父母吧,然后随时回来见我,我们坐下来好好商量这件事。"

说完这话之后,他吩咐随从带领伊阿宋去见父母,然后他调转车头,直接回了王宫。然而,尽管把握十足,在回家的路上他还是一直在盘算,如何让这个年轻人有来无回。

伊阿宋的父母流着幸福的泪水,迎接他们多年未见的儿子回家。宴席很快就摆了起来,亲朋好友纷纷涌来道贺,庆祝埃宋一家人幸福地团聚。欢宴举行了五天五夜,每天都有不同的亲戚朋友前来祝贺,有的甚至来自希腊最遥远的角落。其中,许多人不仅前来庆祝埃宋的儿子回家,更是前来支持伊阿宋的,因为他必须面对珀利阿斯这个既狡猾又奸诈的敌人。最后,盛宴结束的时候,他们都坐下来谋划，怎样才能使伊俄尔科斯的宝座重新回到合法继承人的手中。

"珀利阿斯亲口答应，他希望我俩友好地解决分歧，"伊阿宋说，"但是我担心与他见面时，他会给我设置苛刻的王位接受条件。"

"听着，伊阿宋，"一位老人说，"我们了解珀利阿斯，你不要单独去宫殿，否则还没等你开口说话，他轻轻做一个手势，躲在门后的士兵就会冲出来，把刀剑架在你的脖子上。"在场的所有人都赞同老人的明智意见。

第二天，在伊阿宋去宫殿的时候，他的新朋友们都陪伴在他身边。伊阿宋领着这群人出现在珀利阿斯面前时，国王懊恼地咬了一下嘴唇，心中叫苦道："我的计划泡汤了！"

现在珀利阿斯还能做什么？解决这个问题可并不容易。他静坐片刻，看着伊阿宋和他的同伴，最后他决定实话实说。

"我看到你不是一个人来的，这是你聪明的地方，"他说，"我承认在我第一次和你谈话的时候，我并不坦诚。但现在我要开诚布公地告诉你，当时我收到了神谕，警告我说要'小心穿一只凉鞋的人'。你可能记得我第一次见到你时，你恰恰只穿了一只凉鞋，现在你肯定清楚自己就是神谕提到的那个人。此外，你也清楚地告诉我，你回来是要取我王位的。依我看，你是一个有理智的人，希望你能像我现在一样坦诚地对我说话。请告诉我，如果你在我的位置，你会怎么做？你会像我一样轻易地放弃你统治了整整二十年的国家吗？"一瞬间，佛里克索斯的故事跳入伊阿宋的脑海。他想起了喀戎曾经告诉过他的事情，思绪一下子飞到了遥远的科尔基斯。他急切地想建功立业，为此他毫不犹豫。

"我如果在你的位置上，"伊阿宋说，"只要我的对手足以证明他比我更有价值当国王，我就会立刻放弃王位。因此，我会向他发起挑战，去完成最不可能完成的任务——把金羊毛带回来，把它悬挂在奥耳科墨诺斯城之上的拉菲斯廷山上。"

听闻此言，珀利阿斯喜形于色。

"一言为定！"珀利阿斯喊道，"你们都是见证人，我承诺如果伊阿宋能够完成他自己提出的壮举，我立即把王位让给他。"

自然，珀利阿斯宣布这些并不是想得到金羊毛，而是因为他确信，这个根本没有希望完成的任务会让伊阿宋永远地消失。但伊阿宋并不是孤立无援，他那些最勇敢的朋友和亲戚准备冒着生命危险与他一起去寻找金羊毛。就在当天，他们坐下来一起计划怎样完成这个艰巨的任务。当然，这个任务已经远远超出了任何一个人的能力。朋友们告诉伊阿宋："我们都支持你，而且不仅仅是我们，还有其他像我们一样的人，他们都愿意追随你。只要他们知道我们这次艰巨的冒险是为了取回金羊毛，为了给人类带来富裕和幸福。"

很快，伊阿宋的朋友开始在希腊走村串乡。每到一处，他们便吹号召集周围的人，然后用尽全力呼喊："如果你天生勇敢，喜欢冒险；如果你想了解异域风情；如果你希望帮助同胞，赢得荣耀，那么就跟我们一起去遥远的科尔基斯！那是由赫利俄斯的儿子埃厄忒斯统治的地方。有一个神圣的使命召唤着我们去那里：把金羊毛带回希腊。就是那头曾经驮着佛里克索斯逃离死亡、飞到埃厄忒斯国度的神奇公羊的羊皮。金羊毛会创造奇迹，把富裕和幸福带给人们。为了消除我们的贫困和苦难，我们准备不顾一切危险，到遥远的科尔基斯去。我们的领袖是伊阿宋，他是智慧大师人马喀戎的得意弟子。天后赫拉曾答应给予他帮助。你们当中有不怕危险的人，就跟我们一起去吧，加入我们这个世界上最伟大、最神奇的冒险之旅：寻找金羊毛！"

一个地方说完，他们就会到另一个地方，继续宣传："勇敢而喜欢探险的人们……"伊阿宋的朋友们一遍又一遍地吆喝着，他们走遍了希腊，招募勇敢无畏的伙伴。

最后，五十位英雄前往伊俄尔科斯，来参加这个伟大的冒险。首先赶来的是赫拉克勒斯，他正处于人生中最悲惨的时期。由于受女神赫拉的蛊惑，他杀死了自己所有的孩子，以为他们都是恶龙。这件事沉重打击了这位英雄，当他清醒过来后，简直无法相信自己的眼睛。尽管他是无辜的，但也没有什么能够让他原谅自己。在绝望中，他祈求死亡能让他得以解脱。

所以，当听说伊阿宋在招兵买马，他毫不犹豫地赶到伊俄尔科斯，愿意冒着失去生命的危险去成就这项辉煌的事业。年轻的小伙子许拉斯和他一道而来，在赫拉克勒斯遭遇到挫折时，许拉斯总是忠实地守在他的身边。

还有一些人也赶到了伊俄尔科斯：雅典的大英雄忒修斯；狄俄斯库里两兄弟，卡斯托耳和波吕丢刻斯，他们是宙斯的双胞胎儿子；忒拉蒙，第一个进入特洛伊的勇敢战士；墨勒阿革洛斯，没有什么武器或疾病可以伤害到他；伊达斯，他俨然就是赫拉克勒斯的翻版，甚至敢与阿波罗角斗；珀琉斯，他曾毫不犹豫地接受了战无不胜的女神忒提斯的挑战；阿德墨托斯也来了，他就是曾经把一只狮子和一只野猪套在一辆马车上肆意驱使的王子。

其他有特殊本领的人也赶来了：林叩斯，他有比众神更为敏锐的目光；舵手提菲斯，他的驾船技术无人能比；厄刻翁，他擅于谈判与演说，能让疑虑最重的听众打消顾虑；波瑞阿斯的两个儿子泽忒斯与加莱也来了，他们和自己的父亲一样双肋生翅，可以在天空翱翔；与这些人聚首的，还有世界上最伟大的歌手俄耳甫斯。

与此同时，伊阿宋开始物色能把他们带到科尔基斯的船。这可不是一件容易的事。以前从没有人进行过这么长距离的航行，特别是还要冒险通过危机四伏的陌生水域。因此，他们乘坐的船必须又大又结实，能够抵御最猛烈的风暴。幸运的是，有一个人自愿督造这艘船——他就是阿耳戈斯，那个时代最伟大的造船师。但是，当珀利阿斯获悉此事，他一点也高兴不起来，暗地里把阿耳戈斯唤进王宫，对他说："我的父亲海神波塞冬晚上给我托梦，让我告诉你，建造这艘船时，要尽量少用钉子。如果你还对波塞冬心怀敬畏的话，就必须服从他的命令。"

"遵命，因为我敬畏所有的神灵！"阿耳戈斯回答。但是他明白，冷酷无情

的珀利阿斯在撒谎。于是,阿耳戈斯决定在建造这艘船时,使用两倍于平时所需的钉子,并运用他的看家本领来建造。这样,这艘船就能够经受得住狂风巨浪的考验了。

造船工作在伊俄尔科斯城外的一个小港湾开始了。阿耳戈斯手持图纸,马不停蹄地在建造现场指挥。这个行业里最优秀的工匠们按照他的指示,不知疲倦地工作,每个人都竭尽全力。尽管要让阿耳戈斯这样的大师满意几乎是不可能的,但最后他们每个人都做到了这一点。

在那段时间里，大家本着友好竞争的精神工作。一句温暖的赞美之词是大家可以得到的最高奖赏，而得到阿耳戈斯这样的大师的赞扬，可不是一件小事。就这样，工作进展得很快。每一根木头都被精准地锯开，刨削成所需要的尺寸，然后紧紧地安插到位，因此，船根本不会漏水。造船的每一个细节都至关重要，不仅是船体，还有船舱、甲板和桅杆等，样样都不能马虎。一切都力求尽善尽美：船桨宽厚结实，桨位设置得当；划船坐的长凳安放舒适，不会使桨手疲惫；船帆结实耐用、大小合适。每一个细节都必须准确无误。事实上，这些匠人也的确做到了精益求精。

现在剩下的工作是给整艘船涂上沥青，然后上漆。最后的任务完成后，这艘世界上最好、最大、最快、最坚固的船就完工了。伟大的造船师阿耳戈斯带领工匠完成这个杰作，是为了它能像海豚一样劈波斩浪，载着船员驶向遥远、未知的国度；同时也希望它也能够抗击狂风恶浪，能勇敢地与暴脾气的海神波塞冬较量一番。

伊阿宋和伙伴们来到海港，欣赏这艘宏伟壮丽的船。阿耳戈斯和他那些技术娴熟的工匠们，也自豪地看着这艘伟大的船在阳光底下熠熠生辉。现在一切准备就绪，没有一处遗漏。巨大的船帆卷在桅杆十字横梁下，双舵柄在船尾安装就位，船头上矗立着最宝贵的物件：英雄们的守护神——赫拉女神的雕像。

女神雕像披着黄金制成的衣服，似乎在指示着方向，以确保这个大胆的冒险得以成功。这个雕像最宝贵的地方在于它的用料，这可不是普通的木料，而是取自宙斯的神树——多多尼的橡树，它能够预言凡人的命运。而这棵树的特别之处在于，它本身就拥有一种神奇的力量——可以说话。因此，在遇到危险时，赫拉神像能开口告诉英雄们应该采取什么行动。

"神给人的帮助是不可估量的，"阿耳戈斯感慨地说，"只要他们愿意帮助我们。除了你们都知道的赫拉女神之外，还有雅典娜女神的支持。每天晚上，智慧女神都会来到我的梦中，告诉我该怎么做才能让你们的船更加坚固和安全。

雅典娜女神也给我们提供了帮助，关注着勇敢无畏的人。你们已经把金羊毛作为自己的目标，这是美好而崇高的理想，值得为此冒一切风险。你们坚强而勇敢，众神将与你们同在，人们都在钦佩你们的勇气。你们现在已经拥有了这样一艘世人从来没有见过的好船。勇敢地出发吧！你们顺利地返航，将是我们工匠得到的真正的奖赏。"

"您的赞美之辞增加了我们的信心和勇气，造船大师！"伊阿宋回答说，"从一开始我们就渴望着奠定成功的基础，现在我们可以肯定这一点。但我还有一件事要说，现在船已经造好了，我们必须给它一个名字，而且我认为只有一个名字能与之匹配。"

"阿耳戈！"有人喊道。

"阿耳戈！"另一个声音喊道。

"阿耳戈！"大家异口同声地说。

"我们都是阿耳戈英雄！"伊阿宋补充道。他把阿耳戈斯拉过来，给了他一个热情的拥抱。英雄们对他的造船技艺的高度赞扬，使这位伟大的造船师非常感动，他说："现在剩下的工作，就是把'阿耳戈号'移到海里去。"

他拿起一把锤子，吩咐工匠们效仿他的做法。每个人都在支撑着这艘船的一个支架旁站好。

"你们稳稳地撑住船体的两侧，"他吩咐这些阿耳戈英雄们。在确定各就各位后，他举起锤子，高呼道："预备！"然后，停了片刻，他接着喊道："开始！"

一听到"开始"，所有的锤子都整齐地砸向了固定支架位置的木楔子，木楔子飞出来，支架"呼啦"一声倒在地上，"阿耳戈号"开动了。

"为了金羊毛！"伊阿宋大喊道。这艘将他们载到科尔基斯去的大船，滑下龙骨下方垫起的圆形滚木，缓缓地驶入大海。

英雄们立即用粗壮的缆索将阿耳戈系住，"阿耳戈号"浮在蓝色的水面上骄傲地起伏不定，迫不及待地等着勇敢的船员登船远航。

现在没有时间耽搁了，英雄聚集在伊阿宋的家中，决定在黎明时分启程。伊阿宋最后一个发言。

"当我答应珀利阿斯取回金羊毛时，"他说，"我知道我们要面对多少可怕的危险，这需要勇敢、可靠的伙伴一起来完成这项任务。首先，阿耳戈斯主动提出建造这艘船，这使得我们的使命不仅有了完成的可能，甚至可以说能确保成功。其次，你们从希腊各地赶来援助，赫拉克勒斯第一个赶到，其他英雄紧随其后。我们艰巨的任务明天就要开始了。我们即将踏上一个漫长而危险的航程，因为我们必须前往地球的尽头，但我们怎么到达那里，谁也不知道；我们的任务是赢得金羊毛，但我们如何做到，谁也不知道；最后返航时，我们可能会面临敌人的围追堵截，但我们可能遇到什么、如何逃避，谁也不知道。然而，这么多勇敢的朋友甘愿为我们的事业冒生命危险，这就是成功的保障。但是，除非我们齐心协力，否则就无法取得成功。为此，我们需要一位睿智而又勇敢的领导人，从始至终统领整个远征队。我知道每个人都具有这些品质，但是我确信我们中间有一个人在智慧、勇气和力量方面超越了其他人，这个人就是赫拉克勒斯。因此，我建议把他作为我们的领导者，并呼吁大家全部服从他的号令。"

但是，伟大的英雄断然拒绝了这个提议。

"伊阿宋从一开始就是我们的领导，"他说，"所以他一定要当下去，我相信自己不可能比他做得更好。冒险是他发起的，也是他向珀利阿斯承诺的，我们都是前来帮助他的，我们应该服从他。我们是一群志同道合的人，把我们聚在一起的不是个人私利，而是强大、坚不可摧的真正的友谊和崇高的事业。它们是所有高尚事业的两块基石，我们继续请伊阿宋做我们的领导，我们的目标是金羊毛——它将为我们的孩子们以及他们的子孙带来财富和幸福。"

赫拉克勒斯讲完这番话，领导的问题就解决了。

"趁天还没亮，我们现在就把货物搬上船去，"伊阿宋建议道，"然后我们就睡在船旁边的沙滩上，明天第一道曙光出现时就出发。"随后，他们把放在伊阿宋家里准备好的所有物品装车，运到海边。

第二天一大早，太阳还未升起，他们就被一阵人声吵醒了。距离这些英雄不远的地方，聚集了好多人，他们是赶来见英雄们一面，给他们送行的。

阿耳戈英雄们纷纷起身，做好准备。当曙光染红天空时，他们开始一一登船。围观者都以钦佩的眼神看着他们，以前从没见过哪一艘船能聚集这么多希腊英雄。人群向他们靠近，当探险者依次走上跳板的时候，都能听到人群中的议论声。

"看！那就是杀死牛头怪弥诺陶洛斯的忒修斯！"

"天呐！赫拉克勒斯！"另一个人充满崇敬地小声惊叹道，"还有伊达斯，为了美丽的玛尔珀萨而与阿波罗争斗的那个人！"

"看！卡斯托耳，世界上最伟大的驯马师！"

"还有他的弟弟，波吕丢刻斯，拳击冠军！"

"看！埃阿科斯的儿子珀琉斯，他们中最好的摔跤手！"

"瞧！我看到了什么呢？里面有两个长着翅膀的人！"

"他们是北风之神波瑞阿斯的儿子！"

"那是林叩斯，他的眼睛能穿透黑夜和浓雾，听说他甚至可以看穿云彩和群山！"

"那是墨朗普斯，著名的医生和先知！"

"还有摩普索斯，他也是一个伟大的占卜者！"

"墨勒阿革洛斯！"

"还有奥格亚斯，赫利俄斯的儿子！"

"忒拉蒙！"

"那是厄刻翁，他能言善辩，单靠一张嘴就能退敌！"

"还有来自伊萨卡的莱尔提斯！"

"那是佩里苏斯和波吕斐摩斯！"

"提菲斯和欧菲摩斯！"

"那个拿着竖琴的人是谁？难道是俄耳甫斯吗？"

"是的，他是世界上最优秀的歌手，他的武器就是他的琴，他就是用琴击败了卡戎！"

最后，只有伊阿宋还留在岸上。大家都想与他握手，但都自觉地让开路，让英雄的父母走过来。埃宋用他那布满皱纹的手臂紧紧地抱着他的儿子，伊阿宋的母亲流着泪亲吻着儿子，儿子的眼泪与她的眼泪在她的脸颊上混在一起。

只有一个人没来送行，那就是珀利阿斯。此刻他正待在宫殿里，当得知有这么多英雄赶来援助伊阿宋时，他气得脸色发青。

"但是，这样也好，"最后他狠狠地说，"他们都恨我，这可是他们自找的，就让他们迎接厄运的到来吧。"

就在伊阿宋即将上船时，珀利阿斯的儿子阿卡斯托斯跑了过来。因为看到有这么多英雄好汉前往科尔基斯，他也想加入远征队。但是，他只是在最后得知阿耳戈斯并没有服从父亲的命令，而是在修建船时用了大量的钉子后，才临时决定参加。

"我想与你一起去冒险，"他一看到伊阿宋就说，"我的父亲必须明白他做了多么不公正的事情。"伊阿宋举起双臂，拥抱了这个年轻人，然后他俩手握着手，在众人的欢呼声中登上了"阿耳戈号"。出发的时间到了，他们开始祭祀众神。伊阿宋亲自主持仪式，他把甜美的红葡萄酒倒入了大海。

"去科尔基斯！为了金羊毛！"他们齐声大喊。

英雄们在各自的桨位前坐好，舵手提菲斯走到了船尾，而目光敏锐的林叩斯站在船头。

伊阿宋下令解开泊绳索。

"一路顺风，安全返航！"围观者大声祝福道。

"带着金羊毛回来！"另一些人补充道。

一支支船桨插入水中，海水被搅动得泡沫飞溅，一场探索未知领域的伟大冒险开始了。当英雄们将"阿耳戈号"划出海岸的庇护范围后，他们就升起了巨大而宽阔的帆。船帆立即在海风中展开，给这艘船注入新的动力。水手们收了桨，回到甲板上。岸上的人群被这壮阔的场面感动了，纷纷挥舞手臂和头巾向勇敢的冒险者进行最后的告别。

鲜红的太阳从海面升起。俄耳甫斯用手指有力地弹击着竖琴的琴弦，唱起雄浑而高亢的歌声。

他的歌声让阿耳戈的英雄们沸腾起来。从没有人听到过如此美妙的歌声，也没有人能用琴弦弹奏出如此悠扬的音乐。英雄们一个接一个地加入合唱，但丝毫盖不住俄耳甫斯雄浑的歌声。豪迈的曲调和动人的歌词洒满周围的海面，被海风带回岸上，就像是对最终到来的胜利做出一个大胆的预言。

俄耳甫斯，这位无与伦比的歌手和诗人，用歌声给这些英雄插上了前行的翅膀，他们正去履行一项神圣的职责：

> 我们前往一个未知的国度，沿着一条未知的路。
> 只有永生的众神才知道我们的宿命，
> 而我们只能相信勇敢与信念。
> 我们的心在燃烧！
> 光荣的梦想是火焰燃烧的干柴。
> 我们出发去寻找金羊毛！
> 是为了把幸福带回希腊！

岸上送行的人沉默无语，这样的时刻，千年只有一次。埃宋夫妇噙着泪水，尽管这是一次分别，却是他们一生中最美好的时刻。

船快速驶离岸边，阿耳戈英雄们的歌声渐渐听不到了，太阳在"阿耳戈号"前方缓缓升起，"阿耳戈号"驶向了东方。

很快，歌声再也听不到了。勇敢的探险者们现在已经行驶到遥远的海面上，他们头顶是灿烂的太阳。最后，"阿耳戈号"变成了小小的黑点，慢慢消失在海浪中。可是，埃宋还盯着远方。"谁知道我能不能再见到自己的儿子，"他说，"谁知道一路上他们会遇到什么，谁知道他们能不能把金羊毛带回希腊呢？但无论结果如何，为这样一个神圣的目标而冒险是值得的，我要耐心等待。"看到妻子苍白的脸颊上泛着点点泪痕，他温柔地帮她擦了擦，说："我们必须这样做。"然后埃宋挽起妻子的手臂，缓缓地走回了他们简陋的住处。

第七章

驶向科尔基斯

一到外海，他们便朝东行驶。科尔基斯具体在哪里，谁也不知道，但是喀戎曾经说过：它远在太阳升起的三海之外；在那里，提坦巨神普罗米修斯被钉在波涛上方的一块石壁上。

关于那片远海，有很多可怕的传言。有的人甚至被吓破了胆子，不敢去那里航行。但是这些阿耳戈英雄没有被吓倒，他们坚信自己能排除万难，并且相信众神也会出手相助。因此，他们勇敢地向前航行。

经过一段漫长而疲惫的航行之后，他们到达了莱姆诺斯岛，决定在这里进行航行以来的第一次登陆。他们需要稍微休息一下，恢复体力，补充淡水和给养。然而，这座岛上存在的巨大诱惑正等待着他们，而远征科尔基斯的航程差点断送于此。

那时，莱姆诺斯岛上只有女人。因为从前岛上的男人对待她们很残酷，当她们再也无法忍受压迫和屈辱时，便偷偷武装起来向男人们开战，经过一番殊死搏斗后，最终把所有男人都从岛上赶走了。在这之后，别的地方的男人以为这是一个抢劫和掠夺的绝好机会，可是岛上的女人骁勇好战，所有那些贸然出击的人最终都铩羽而归，悔恨不已。他们入侵的企图更坚定了莱姆诺斯岛女人们的决心——绝不允许任何男人上岛。

所以，当她们发现有一艘船靠近，并且船上载着很多男人时，她们立即拿起武器，在女王许普西皮勒的带领下来到岸边，准备迎战。

伊阿宋看到一群全副武装的女人在等待他们，立即对厄刻翁说："她们准备与我们作战，只有你才能说服她们放下武器。我们不是来这里打仗，尤其不是和女人打仗的。请向她们解释清楚我们要去哪里。只有你能做到，要让她们明白，我们来这里只为补充淡水和食物，并稍做休整。"

伊阿宋选厄刻翁做他的代言人，实在是太明智了。厄刻翁从他机敏的父亲——赫尔墨斯那里学习了雄辩术，再加上他风度翩翩、言辞恳切，总能让听众相信最令人难以置信的故事。

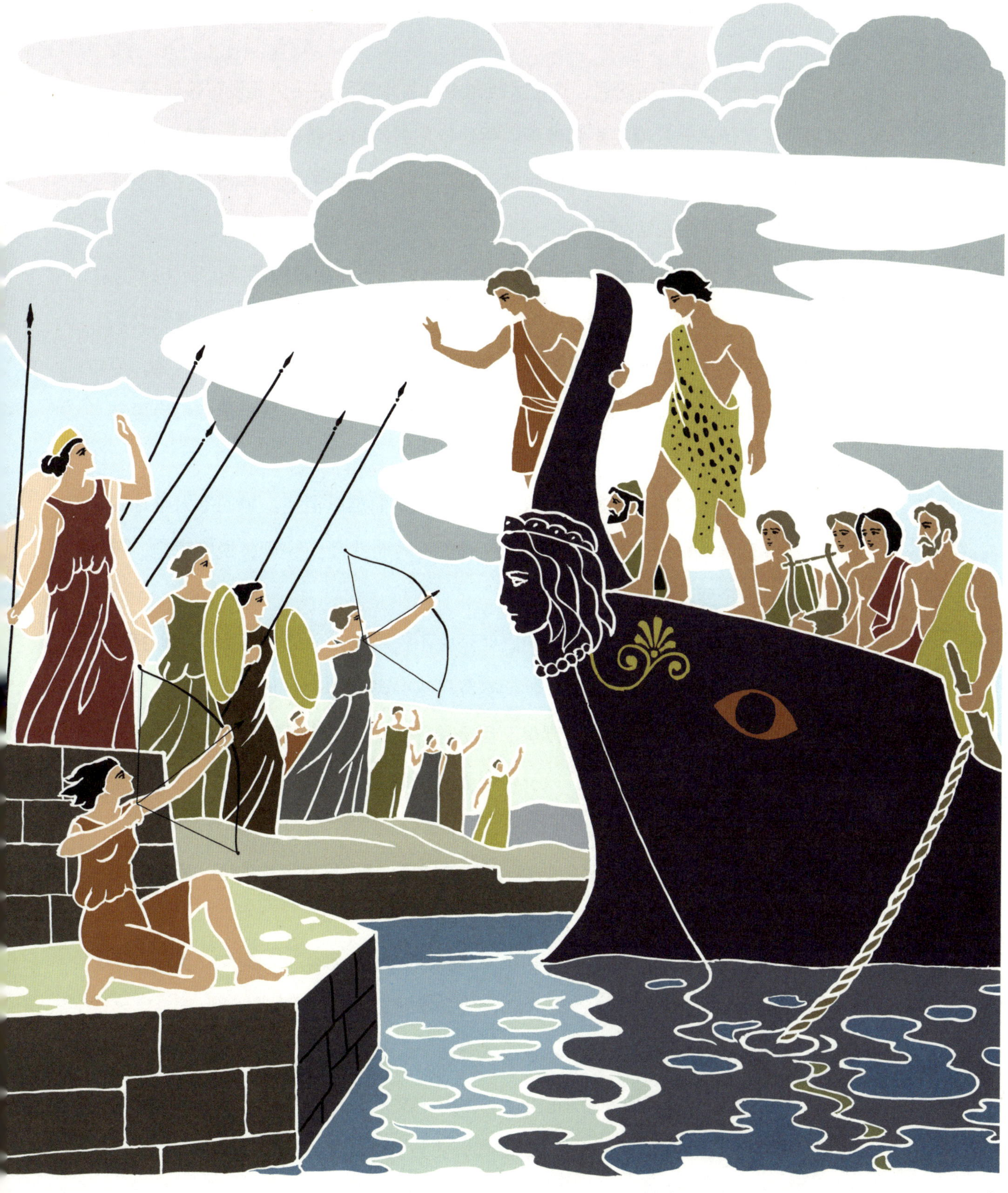

迎着一张张拉开了的弓,这位大雄辩家从容地来到船头。还没有等他开口,就听见船下传来一片嘲笑声和嘘声。但他依然保持着友善的笑容,使他看起来像天神一样英俊。他开始耐心地等待,直到女人们嘴里的威胁声和诅咒声安静下去,然后才开始说话:"听我说……"

但是,女人们立马叫喊着让他滚,并挑衅地挥舞着手中的武器。

厄刻翁又像刚才一样耐心地等待。这样的情况重复了五、六次,直到女人们也觉得厌倦了,她们受到好奇心的驱使,想听听这个陌生人会说些什么。厄刻翁说:"如果你们知道我们想要什么以及为什么需要的话,我相信你们会更友善地对待我们,请让我把话说完,求求你们了。"

这种呼唤她们善良天性的要求,顿时让女人们难以拒绝。她们都为难地转向女王许普西皮勒,请她拿个主意。这时女王向他喊道:"说吧,说完就走,不要浪费时间企图说服我们让你们上岸。"

不过,这正是厄刻翁所希望的。他开始不慌不忙地陈述,轻而易举地打消了女人们的戒备心理,很快就让她们安静下来,急切地想听他把话讲完。厄刻翁告诉女人们他们是谁、要去哪里、目标是什么。当她们听到他所描述的想象中的国度和无法克服的障碍,以及他们要以坚忍不拔的意志面对种种危险甚至死亡时,女人们的嘴角露出微笑。

"我们绝对不希望你们受到伤害,"他总结道,"如果是那样的话,我们现在就可以发起进攻。"

现在女人们对他的态度已经软化了,愤怒也完全消失了,取而代之的是由衷的钦佩。

"他看起来像阿波罗!"一个女人小声说。

"他说话的样子就像是赫尔墨斯!"另一个女人说。

"他的舌头好像涂上了蜂蜜,说话那么甜!"又一个女人说道。

"他们都像是天神,是真正的英雄啊!"其他女人说。

厄刻翁轻松、坦率地说完他们想要什么，最后补充说："如果你们仍然不愿意接受我们，对我们充满恐惧，没关系，我们这就离开。我们能理解你们的犹豫，但我们对你们没有任何恶意。周围还有其他岛屿，我们会找到欢迎我们的地方。"

厄刻翁的最后一句话完全征服了女人们，连她们之中疑心最重的人也被说服了。对这些女人来说，唯一体面的做法就是热情招待这些陌生人。

然而，有一个人对厄刻翁精彩的话语充耳不闻。原因很简单，她是个聋人。

"你们要做什么？"她尖叫起来，"我肯定这伙人都是来自色雷斯的海盗，是在我们丈夫的帮助下找到这里来的，不要让他们上岛，否则我们就死定了！"

"不要理她！"波吕克索喊道，她是许普西皮勒明智的老奶妈，"我们一定要邀请这些男人到我们的城市来，并且要热烈欢迎。"

然而作为女王，许普西皮勒深知自己责任重大，所以并不急于表态。她把女人们拉到一边，说道："刚才我们听了船上人的漂亮言辞，但是我认为我们不能太信任他们，漂亮的言辞往往带有欺骗性。所以我建议派一些人拿来最好的葡萄酒和足够的食物、淡水。把这些东西送给这群陌生人，然后请他们赶快离开。这是我们最明智的处理方式。否则，有一天我们会说出'如果当时我们全都是聋人该多好'之类的话。我们绝不能让他们进入我们的城市。"

其他女人也赞同许普西皮勒的意见，认为她考虑周到、目光长远。但是波吕克索的看法不同。

"陛下，"她说，"我看护你长大不单靠奶水，还靠我的忠告。你小时候总是听我的，现在你已经长大成人，当了女王，你依然经常听从我的建议，因为你觉得我的想法明智且合理。还有你们，莱姆诺斯岛上的女人，也听听我的话。逝去的岁月虽然沉重地压在我的肩膀，却教会了我明辨是非。拒绝让这些男人登陆是错误的决定，因为就我们所知，他们可能是众神派来的。我们不但要欢迎他们上岸，而且要设法把他们留在我们身边。难道你们没有发现，如果没有男人带给我们孩子，我们这个种族注定要灭亡吗？你们怎么能拒绝我们面前这些出色的男人呢？难道你现在还不相信，他们与我们以前见到的那些男人不同吗？请他们立即下船到我们的城市来，接受他们，不要像对待从此处经过的陌生人一样对待他们，而要像对待你的丈夫那样对待他们，保护好你们和他们的爱，播下新一代的种子吧！这会为我们的岛屿带来财富和幸福。"

波吕克索明智的话语说到了女人们的心坎里，于是女王许普西皮勒走到船前，表达出所有女人的心声。她说："你们可以自由上岸，并进入我们的城市。我们会很高兴地迎接你们，让我们一起庆祝允许男人再次登岛的决定。"

那些阿耳戈英雄高兴地上了岸，同女人们一起进了城，只有赫拉克勒斯选择独自留守"阿耳戈号"。他为自己亲手造成孩子的死亡而深感悲痛，决定用自我牺牲和自我惩罚来得到灵魂的赦免，因此，他绝不允许自己加入同伴与莱姆诺斯岛女人的欢情。

与此同时，这些英雄正在许普西皮勒的宫殿受到热烈欢迎，一场似乎永远不散的盛宴开始了。英雄们和莱姆诺斯岛的女人一起嬉戏，他们异常高兴，完全抛却了返回"阿耳戈号"的念头。而且，即使他们想要离开，女人们也不会让他们走。现在，许普西皮勒已经爱上了伊阿宋，并开诚布公地对他坦白："起先我们不想让你们上岸，"她对他说，"但现在我们不想让你们走了，经过这几天，我们完全了解了你们，已经深深地爱上了你们。我们希望你们永远留在这个岛屿上，和我们生育孩子，建立家庭。另外，不能否认我们真的需要你们的力量和技能加以保护，因为我们周围强敌环伺。最后你们可以放心，如果有男人对我们坦诚相待，我们定会回报他们十倍的厚待。"

当然，阿耳戈英雄们无意永远留在莱姆诺斯岛上，所以他们尽量避免说"是"；可另一方面，在这里他们确实过得很开心，也不能违心地说"不"。所以日子就这样一天天过去了，没有一个船员想回去。最糟糕的是：在莱姆诺斯岛上待得越久，对获取金羊毛的想法就变得越令人生厌，尤其当他们想到在船桨前经历过的艰难时刻以及在航行中等待他们的未知危险时，就更觉得厌倦。

难道他们勇敢的追求，命中注定要被轻易地遗忘吗？难道他们心中点燃的火焰，会在这么短的距离内就被熄灭吗？难道没有人及时提醒他们一下最初的目标吗？幸运的是，有这样一个人。他就是赫拉克勒斯，他一直在耐心地等待着，直到最后，他耐心耗尽，便跳上岸，冲向城市。

阿耳戈英雄们正在许普西皮勒的宫殿里吃喝玩乐，门"砰"的一声打开，大英雄冲了进来！

宫殿里顿时陷入一阵凝固般的沉默。赫拉克勒斯惊诧地盯着他的同伴们，而他们正躺在那里羞愧地低着头。突然间，他的怒火爆发了。

"真丢脸！"他大吼道，"我竟然会同意与你们为伍，真可耻！难道这就是你们甘愿冒着生命危险追求的崇高目标吗？这就是你们背井离乡、抛家舍业的原因？你们心中燃烧的梦想到哪里去了？人们若知道我们逃避面前的困难和危险而在此安乐享受，他们会怎么说呢？伊阿宋，如果人们知道你抛弃了实现世界上最不可能完成的崇高事业的诺言，将会怎么说你？忒修斯，那个曾经冒着生命危险杀死了牛头怪弥诺陶洛斯、拯救雅典孩子们的大英雄，现在竟如此堕落，人们会怎么说你呢？还有伊达斯，你曾毫不犹豫地凭一己之力与神抗争，现在却变成这样，人们又会怎么说你呢？好吧，让我告诉你们吧！人们会说，你们都糟蹋了'英雄'的名号！他们会说，当你们面对危险时变得像狗一样畏缩不前！现在，你们终于都露出真面目了！"

"求您不要说了，赫拉克勒斯，把我们一个一个都杀死吧！但请不要这样羞辱我们了。快点，男人们！回到'阿耳戈号'上去！快起来，金羊毛在前方等着我们！"

伊阿宋发出命令，瞬间又从许普西皮勒的情人变回了坚定的指挥官。

船员们把面前的盘子推到一边，都跳起来跑到外面。惊慌失措的女人们不知道变故为何来得这么突然，她们满脸泪水，恳求这些男人留下来。许普西皮勒请求伊阿宋继续留在莱姆诺斯岛做他们的国王，但无济于事。

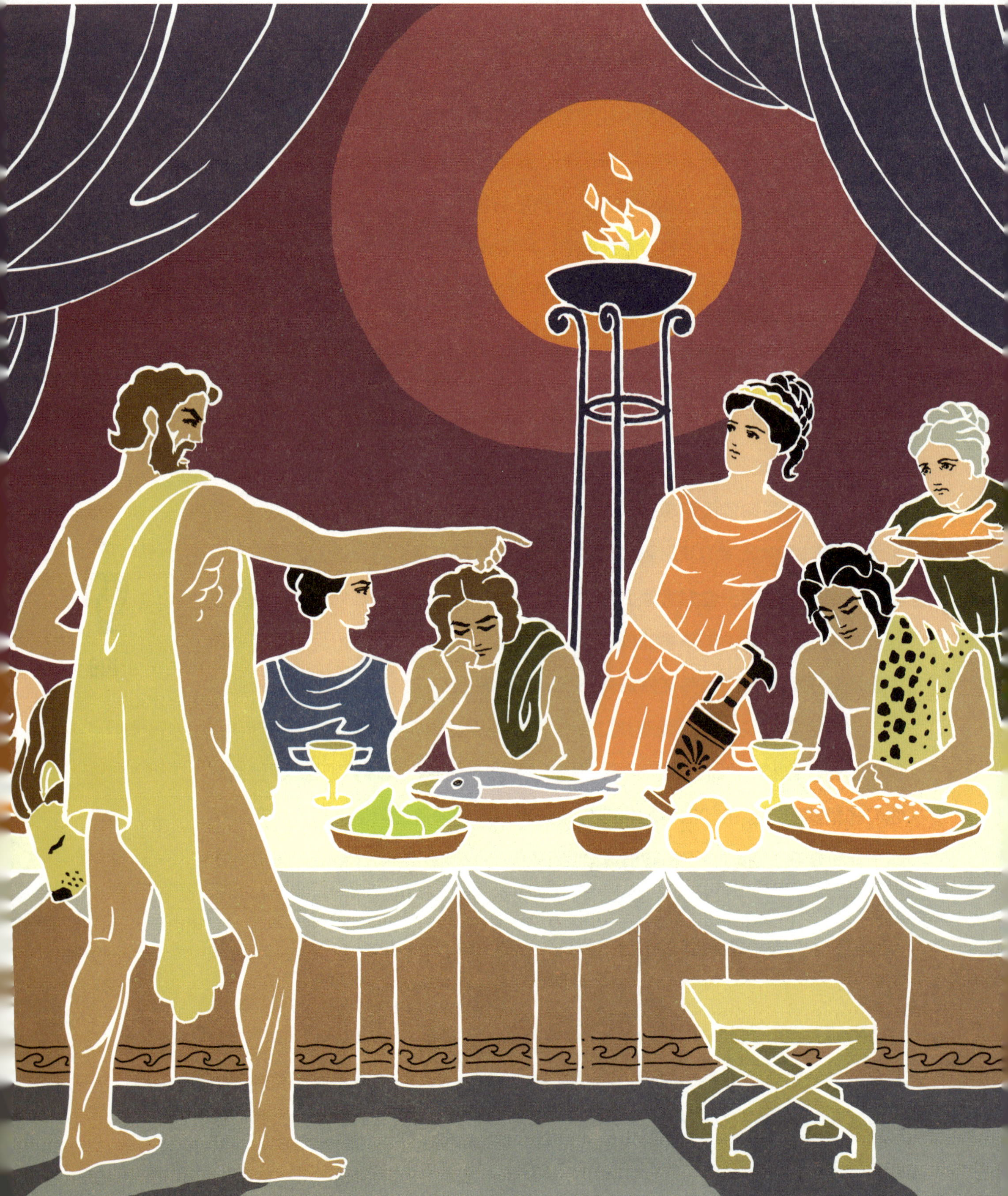

英雄们不顾一切地走向"阿耳戈号"。要不是最后一刻，一些女人跑来给他们送来食物和水，他们甚至没有想到要带上什么东西。很快他们全部跳上了船，开始起锚。提菲斯站在船舵前，其他人开始弯腰划桨，"阿耳戈号"在一片痛哭声中驶出海港。岛上的女人伤心欲绝，不仅因为她们深爱这些男人，还因为短暂的幸福之后，她们会生下永远见不到亲生父亲的孩子。但是现在一切都结束了，"阿耳戈号"正快速驶离莱姆诺斯岛。

经过几天的航行，阿耳戈英雄们发现他们正在接近赫勒斯庞特海峡。在穿过海峡之前，伊阿宋决定最好先拜访附近的因布罗斯岛，了解一下他们在此可能会遭遇的各种危险。事实证明这个决定很明智，因为他们获悉特洛伊国王拉俄墨冬拒绝任何外国船只进入赫勒斯庞特海峡。

伊阿宋对伙伴们说："根据情况，我们必须做好冲过去的准备。"

因布罗斯岛上的一位老人说："这样做只有死路一条。拉俄墨冬有一整支舰队在防守海峡，你们根本无法通过。"

这时林叩斯表现出了他超人的果断性。

"这很简单，"他说，"我们可以在夜里摸黑通过，今晚将阴云密布，我们到时候悄悄地通过海峡。"

"在黑暗中你如何认路？"老人反问道，"这海峡实在是太长了，即使你能清楚地知道从哪里走，也不可能在天亮之前完全通过。而且船如果在黑夜中划得太快，就一定会撞上岩石。"

但林叩斯对此不以为然。

"我们会避开礁石，这一点可以肯定。"他告诉老人，同时意味深长地瞥了伊阿宋一眼。伊阿宋明白了他的意思，于是当下决定，他们将在夜深人静时通过赫勒斯庞特海峡。

"还有一点，"赫拉克勒斯提醒道，"我们必须在天亮之前驶出海峡，我想我们可以做到，你们说呢？"他用询问的眼光看着同伴们。

"当然！"他们齐声回答说。

英雄们出发了。当他们驶近海峡时，夜幕已经降临。他们什么也看不到，甚至连入口也不知道在哪里，好在林叩斯那双目光敏锐的眼睛能看得一清二楚。

没有等伊阿宋下命令，他就走到提菲斯身边，大声说："尽全力划桨，我们就能成功，前方没有任何障碍。"

"我们一定可以做到！"赫拉克勒斯在后面喊道，他使出最大的力量划桨。其他人随着他尽全力划桨，"阿耳戈号"以不寻常的速度向前冲刺，林叩斯在一团漆黑中给提菲斯指明方向。

过了一会儿，他喊道："我们已经进入了海峡，从现在开始，我们将遭遇拉俄墨冬的舰队，但是他们看不到我们，我们要做的就是用力划桨。"

"阿耳戈号"像一道闪电向前驶去，进入狭窄的海峡。英雄们不知疲倦地划着船，多亏林叩斯锐利的双眼，"阿耳戈号"成功地躲开了岩石和敌舰。整个晚上船员都在不停地用力划桨，直到林叩斯放声高喊："我能看到海峡的尽头了！"

在热情欢呼中他们力量倍增，英雄们终于把"阿耳戈号"划到了广阔的海洋中。

黎明到来时，他们已驶出几英里外，附近看不到任何敌舰的踪影。就这样，阿耳戈英雄们闯过了由强大舰队把守着的海峡，所有功劳都归功于林叩斯。他之所以叫林叩斯（Lynceus），是因为他的目光极其敏锐，能看穿最深的黑暗，就像擅长在夜间活动的猞猁（Lynx）一样。

英雄们借助风力继续航行。现在他们已到达三海之中的第二片海，目前他们最需要的是找一处安静的海港停泊，然后休息一阵。从船的右舷看去，海岸线清晰可见，在他们面前横着一片海角，好像是从海底升起的山脉。一圈窄窄的岩石与大陆连在一起，形成了一个天然海港。

"让我们在这里抛锚吧，"提菲斯建议道，"这座山能帮我们挡住海风，我们在这儿给'阿耳戈号'寻找一个安全的庇护所。"

大家都同意了。船驶近时，他们发现自己不仅置身于一个安全的港湾，而且还靠近一座城市。

他们把"阿耳戈号"泊好，上了岸。在岸上，他们受到了当地居民的热烈欢迎。这些居民是多利俄尼亚人，勤劳好客。碰巧这天是他们年轻的国王库孜科斯大喜的日子，要举行一场盛大的宴会。英雄们也受到了邀请，库孜科斯请伊阿宋坐在自己的身边。除了赫拉克勒斯之外，所有的阿耳戈英雄都出席了宴会，赫拉克勒斯再次选择留守船上。

"碰巧你们在今天这个快乐的日子里来到这里，"库孜科斯说，"你们可能觉得我们的生活总是这样快乐，因为这里土地肥沃、人民勤劳。但不幸的是，我们有两个强大的敌人，他们从不让我们安享劳动成果。在你看到的那座山上，住着一个可怕的巨人部落，每个人都长着六只手，他们常常搬起巨大的石块，毫无缘故地砸向我们并以此为乐。好像嫌这些巨人祸害我们还不够似的，裴拉斯吉亚人也一直在袭击我们，掠夺我们的财富。"

库孜科斯话还没说完，他提到的那些可怕怪物就已经爬上高高的岩石，向下张望，一看到"阿耳戈号"，就开始搬起巨石要将其击沉。虽然只有赫拉克勒斯一个人留在船上，但他还是成功地保护了这艘船。他抓起弓箭，射向那些巨人。箭无虚发，几个巨人中箭而亡坠入海中，其余的则被迫撤离。

与此同时，其他阿耳戈英雄则从陆地发起进攻。他们杀死了一些巨人，迫使其他人逃到岩石顶部，而赫拉克勒斯弦上的箭就在那里等着他们。巨人们全军覆没，多利俄尼亚人终于不再遭受这些可怕家伙的欺负了，他们非常感激这些英雄，送给英雄们很多礼物。由于给养太多，以至于如何放置这些东西都成了问题。作为回报，阿耳戈英雄们把他们以前的锚石作为礼物送给多利尼亚人，然后又雕刻了一个更大的锚石留为己用。几个世纪以后，多利俄尼亚人的后裔仍在向游客展示这块锚石，以证明著名的阿耳戈英雄们曾经到过这里。

"阿耳戈号"刚辞别热情好客的多利俄尼亚人，就遭遇了大风暴。到了夜间，情况更糟，船被风暴肆意地吹来摆去。最后在林叩斯的帮助下，提菲斯设法将船带到一片安全的水域，并在此抛锚过夜。然而，他们没有料到，船只不过是围着海角绕了一个圈，然后就在海角与大陆相连的岩石海峡的另一边抛锚了。在一团漆黑中，谁也无法弄清这个地方的特征，就连林叩斯也不例外。尽管觉得多少有点眼熟，但他也和其他人一样，以为他们现在应该已经远离了昨天的朋友。

而那些多利俄尼亚人万万没有想到，阿耳戈英雄们又转回来了，由于过去经常遭受裴拉斯吉亚人在夜间的侵扰，所以他们这一次也立即向这些"入侵者"猛扑过去，要把他们击退。

黑夜中一场盲目的战斗就这样打响了。尽管阿耳戈英雄人数不多，但足以给多利俄尼亚人造成重大伤亡；要是没有黑暗的遮蔽，可能会造成更严重的伤亡。事实上，只有伊阿宋可以肯定，他杀死了一名袭击者，并且可能还是他们的首领。冲突持续了好几个小时，直到破晓时分，一个多利俄尼亚人突然喊道："别打了！我们是在朋友们交战！"

战斗一下子就结束了，当双方看清对手时，脸上都充满了悔恨之情。很快悔恨就变成痛苦的呻吟，因为他们发现，在这个夜里发生的冲突中，唯一死亡的竟是英俊、勇敢的库孜科斯国王。几个小时前他还在庆祝他一生中最快乐的一天。然而，在这个不祥的早晨，逝去的不只有库孜科斯。他年轻的妻子，可爱的克雷忒，由于担心丈夫而跑过去寻找他。当看见库孜科斯躺在那里时，克雷忒发出一声凄厉的哭叫，便一头扑倒在丈夫的尸体上，再也没有站起来。她因伤心过度，气绝身亡。

现在，昨日的新娘和新郎都已双双死去，昨天的欢乐变成了今日的悲怆。

在深深的哀悼中，多利俄尼亚人安葬了库孜科斯和克雷忒，阿耳戈英雄们也沉浸在无比的悲痛之中。第二天，他们建议举行葬礼运动会，来纪念亡魂。在比赛中，所有的阿耳戈英雄用自己的实力赢得了多利俄尼亚人的钦佩。

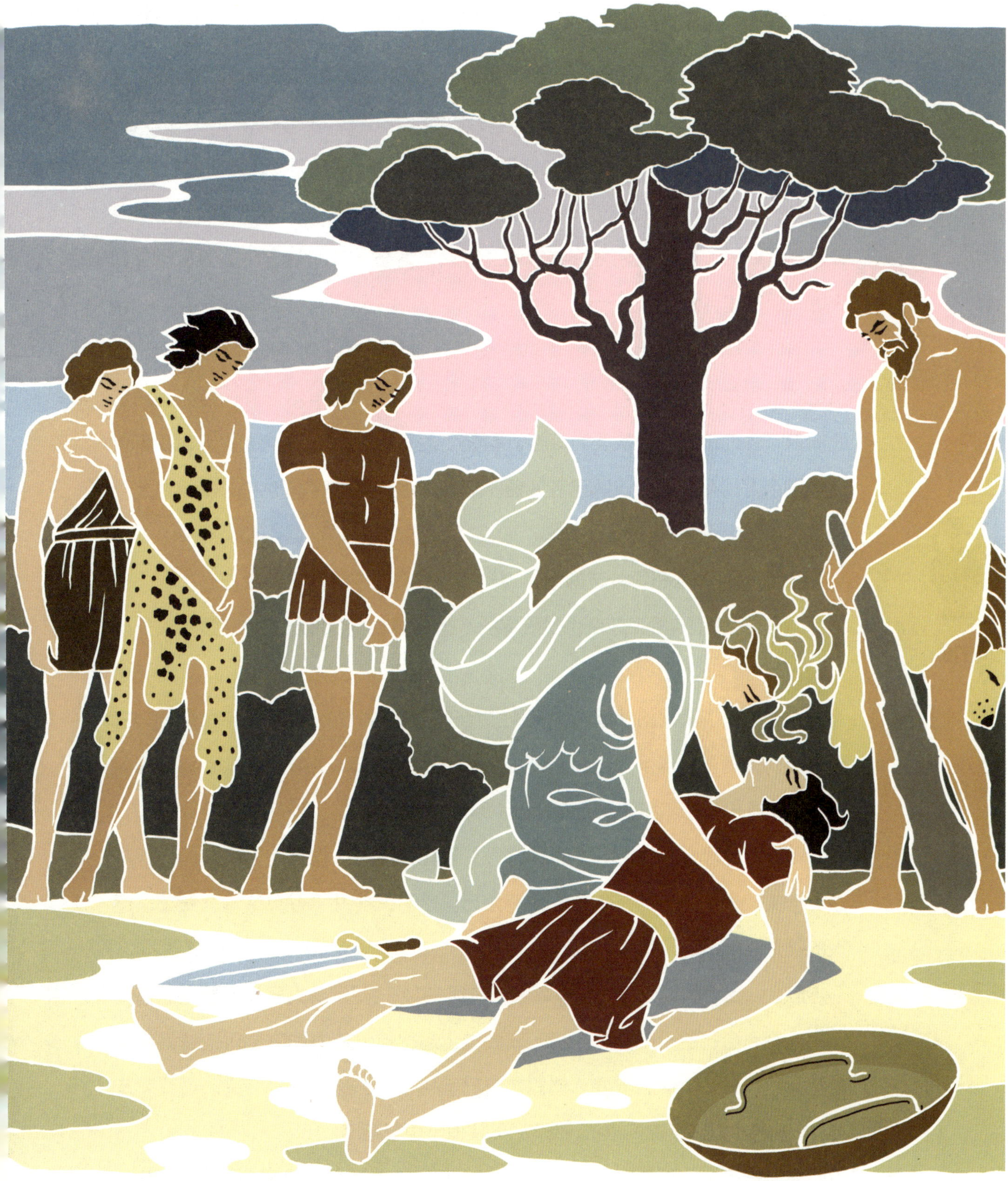

英雄们怀着无比沉重的心情离开了，从此，这座城市被人们称为"库孜科斯城"。在他们出发时，伊阿宋提议举行一场划船比赛，来纪念那些死去的人。

"我们都在同一艘船上，怎么能进行比赛呢？"波吕丢刻斯表示反对。

"我有一个办法，"赫拉克勒斯说，"我们大家一起划船，谁坚持的时间最长谁就是胜利者。现在我们分成右边和左边两支队伍，我们指定一个评委会来判定哪一队更出色。"

很快，比赛就开始了。俄耳甫斯在一边弹琴助威，桨手们则奋力划着桨，推动"阿耳戈号"迅速向前冲。在很长一段时间内，这艘船沿着一条完美的直线向前行驶，这说明两队实力相当。但随后船开始偏向一侧，这说明现在只有一队在用力划船，而另一队已经疲惫不堪。评委们宣布了获胜的一队，它是赫拉克勒斯和伊阿宋所在的一队。

"现在获胜的队伍再分成两组，"赫拉克勒斯说，"继续比下去。"

"卡斯托耳和波吕丢刻斯也加入你的行列，"评委下令说，"他们是失败一队中最强有力的队员。"

大家接受了裁判的规定，比赛又开始了。就这样，比赛不断持续进行，直到最后只留下两对选手：一边是赫拉克勒斯和伊阿宋，另一边是狄俄斯库里兄弟，也就是卡斯托尔和波吕丢刻斯。

兄弟俩竭尽全力保持着"阿耳戈号"沿直线前进，但他们无法长时间保持这一势头。不久，卡斯托尔已经筋疲力尽。然而，他并不打算认输，继续以超人的毅力坚持不懈地划着手中的桨。

但是，因为赫拉克勒斯和伊阿宋还有很多力气，"阿耳戈号"开始略微偏向一侧。看到自己的兄弟不顾一切，试图做出超出自己能力的举动时，波吕丢刻斯感到既难过又同情。于是，他假装自己坚持不住，速度慢了下来。当"阿耳戈号"开始大幅度偏向一侧的时候，桨从他手中滑落了。

拿到第三名或第四名又有什么关系呢？不管怎么说这两名对手力量充沛，

狄俄斯库里兄弟很明显无法与之匹敌。卡斯托尔也用尽了力气，松开了紧握的长桨。现在他明白了波吕丢刻斯为什么放弃比赛。"要是我能为我的兄弟这样着想就好了。"他心中暗想，羞愧地低下了头。

狄俄斯库里兄弟退出比赛后，伊阿宋和赫拉克勒斯继续进行最后的比拼，他俩顽强地继续推动着"阿耳戈号"破浪前进。尽管两人汗流浃背，却依然划着桨向前冲。很显然，赫拉克勒斯还有很多力气没有使出来，而伊阿宋只能凭借坚定的信念来汲取力量去击败那个强大的英雄。一连好几个小时，只有他俩在划船。伊阿宋顽强的意志力让他如虎添翼，所有人不禁对他的忍耐力感到惊叹。但是，想要打败赫拉克勒斯？不，那是绝对不可能的，没有人能够实现这样的奢望——伊阿宋也不例外。最后，伊阿宋筋疲力尽，再也坚持不住了，船桨从他手中滑落。

"提菲斯！"赫拉克勒斯吼道，"把好舵，保持'阿耳戈号'直行！"然后，这位力大无穷的英雄继续坚持比赛，虽然他已经赢了。现在他需要使出两倍的力量来保持"阿耳戈号"平稳前进，但不知疲倦的英雄的确做到了。当赫拉克勒斯在桨把上使出他可怕的力量时，船桨在桨架上"咯吱咯吱"地叫着，像拉满的弓一样向后弯去。"阿耳戈号"还在继续前进，所有事物都有一个限度，不过达到极限的不是赫拉克勒斯，而是船桨，它突然断成两截。英雄悲壮地低头看看手中残留的桨把，然后厌恶地把它扔进了海里。

"伊阿宋！"他喊道，"我们必须找个地方停泊，再做一支桨。"

"我们也需要补充淡水了，"伊阿宋表示同意，"我们留了那么多汗，大家渴得几乎把酒桶都喝干了。林叩斯！帮我们找个合适的抛锚地，现在我们该休息一下了。"

林叩斯睁着鹰隼一般目光锐利的双眼，很快就发现了一条植被茂盛的海岸线，在那儿不仅能找到淡水，还能找到笔直的大树来制作新桨。提菲斯操纵着"阿耳戈号"转向林叩斯所指的方向，很快，阿耳戈英雄们便驶入一个安静的小海港，在密西亚的海岸登陆了。

英雄们在沙滩上用完餐休息时，赫拉克勒斯起身对年轻的随从许拉斯说："带上一个水罐，我们走。你去找水，我去找一棵树。"

他们一起离去，但很快两人就分开了。许拉斯去一个方向汲水，而赫拉克勒斯去另一个方向砍树。

"不必等我，"力大无穷的英雄对许拉斯说，"你把水罐装满后，就直接回去吧。我得爬上山去弄个新桨，要花更长的时间。"

事实上赫拉克勒斯爬了很高的山，才找到一棵非常适合做桨的枞树。他迅速把它砍倒，剪掉树枝，扛到船停泊的海滩，再把它削成一支船桨。然而，等他回到了岸边，他惊讶地发现年轻的许拉斯还没有回来。又等了一会儿，他开始着急了，决定亲自去找许拉斯。

英雄像爱自己的儿子一样爱着这个男孩。这个孩子刚刚失去了父亲，而他也刚刚失去孩子，于是他收养了这个男孩。许拉斯脾气好、为人温顺、相貌英俊，赢得了船上所有人的喜爱。

来自塞萨利的英雄波吕菲摩斯主动提出："我和你一起去寻找许拉斯吧。"于是，两个人一脸严肃地出发了。

他们把所有能想到的地方都找遍了，但还是不见许拉斯的踪影，他们只发现汲水用的罐子，丢在幽深峡谷里一个寂静的水潭边。

"许拉斯！许拉斯！许拉斯！"他们开始大声喊叫，但听到的只有回声，除此之外，什么也听不到。

他们搜寻了好几个小时，还是徒劳无获。许拉斯既不见踪影，也不回答他们的呼唤。那么，那个年轻人到底去哪里了？他遭遇了什么不测呢？

其实，许拉斯并没有遭受不幸，他只是堕入了一场出乎预料的美好冒险。许拉斯来到潭水边上（也是事后赫拉克勒斯和波吕斐摩斯发现水罐的地方）的时候，他立刻被这里的幽静和美丽深深地吸引住了，所以并不急着装满水就离开，而是出神地凝视着水晶般清澈、幽深的潭水。他看到了只有在湖泊和河流中才能看到的水草、岩石、洞穴、五彩斑斓的小鱼和其他令自己感到愉悦的事物，却没有注意到，在碧水深处有双眼睛正注视着他。那是仙女德律奥佩，她正躲在岩石旁水草后面。许拉斯跪下来，低头凝视着眼前的美景，德律奥佩则羡慕地仰望着他，惊讶于他金色的头发、蔚蓝色的眼睛、轮廓鲜明的嘴唇和敏捷而年轻的身体。仙女被他的容貌迷住了，立即爱上了他。

这时许拉斯弯下腰想去喝一口水，他不是很渴，只是为了享受周围的凉爽与清新。当他的嘴唇触及湖面时，一种令他陶醉的愉悦传遍身体，就好像有女神给了他一个香吻，于是他忘记了周围的一切，就像身处一场倦怠的梦中，放任自己沉醉于与清澈的潭水接触的体验。就在这时，两只雪白的手臂从水中伸出来，一把将他拉进甜蜜的怀抱。那是德律奥佩的胳膊，她想要许拉斯和她一起，永远生活在潭水的深处。

许拉斯甚至还没来得及表现出惊讶，就发现自己已置身于水中仙女的王国。德律奥佩那些可爱的姐妹们高兴地赶了过来，带领这对年轻夫妇前往一个迷人的洞穴。欣喜若狂的许拉斯要和美丽的德律奥佩结成夫妻。然而就在这时，从水面传来一阵熟悉的声音："许拉斯！许拉斯！许拉斯！"这使他猛然醒悟，他撇下了亲爱的同伴，现在他们正在焦急地找他。他感到胸口一紧，但是水中仙女不能在水下与凡人讲话，而许拉斯也不能告诉同伴他在哪里、他现在有多幸福。

就这样，朋友们永远失去了许拉斯，而他永远留在了密西亚。事实上，当地人说许拉斯仍然生活在那里的湖泊和河流中，并已变成永生的神。他们甚至说每年在邻近的普鲁萨，人们都要为他举行一次献祭仪式。祭司会大喊三次他的名字，而人们也会高喊三次作为回应，就像是祭司喊声的回音。最后，人们会在森林里散开，假装寻找这个失踪的年轻人，边走边喊："许拉斯！许拉斯！许拉斯！"人们以这种方式保留着对德律奥佩爱人新鲜的记忆，就像从未忘记

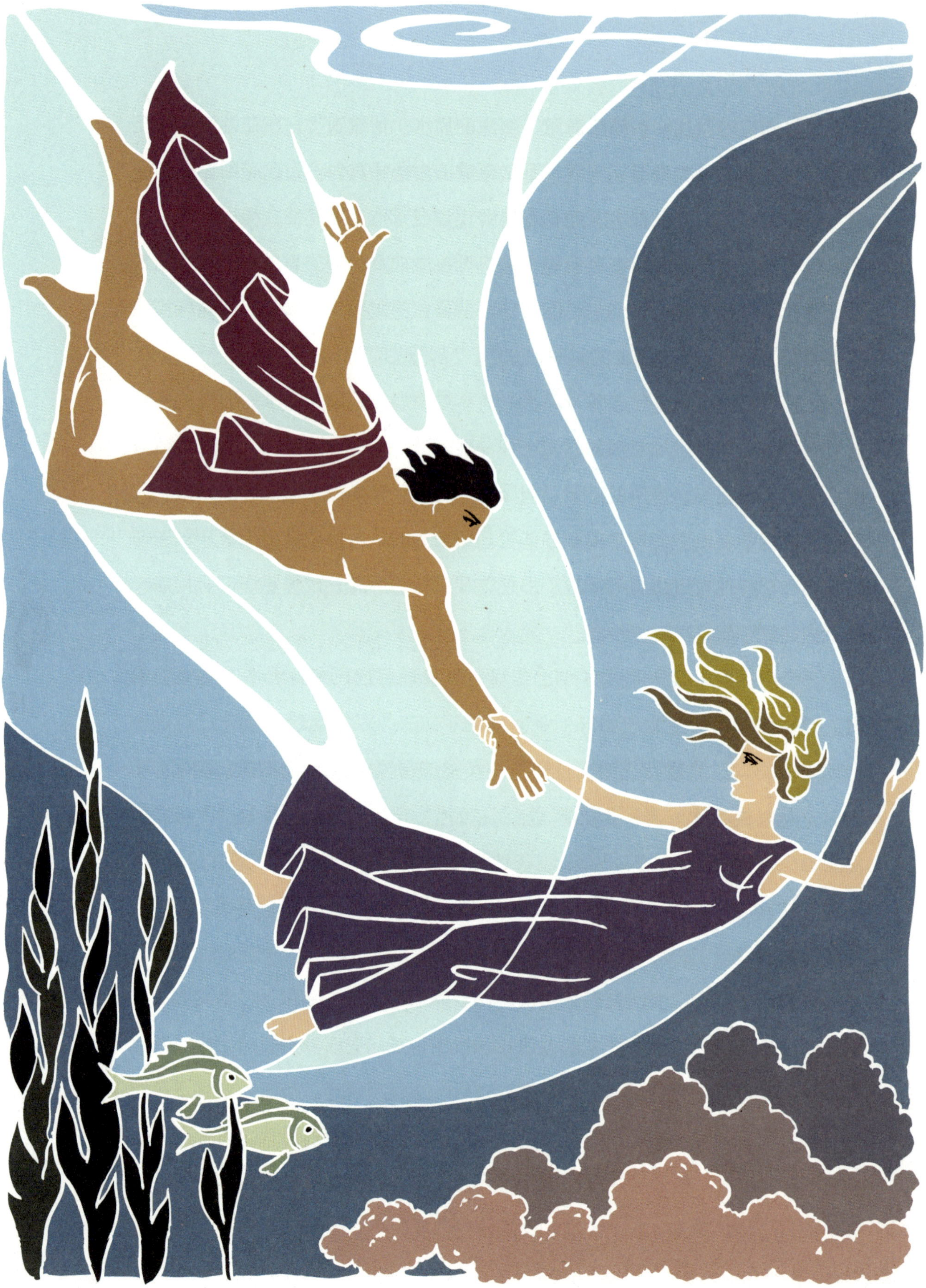

赫拉克勒斯和阿耳戈英雄们从这里经过一样。

与此同时，赫拉克勒斯和波吕菲摩斯仍然没有放弃寻找。他俩不知疲倦地搜寻了一整天，直至夜幕降临时，他们彻底失望了，决定原路返回。但他们在黑暗中迷了路，不知不觉地朝着相反的方向前进。第二天早晨，他们才发现已经远离了海岸，但仍然不清楚该走哪条路返回。这时，宙斯的使者——赫尔墨斯出现在他们面前，安慰他们说，现在许拉斯正幸福地生活在水中仙女的王国里，他们永远也找不到他了。他又补充道："你们也不能再回到同伴中间去了，这是宙斯的旨意。你，波吕菲摩斯，必须等到夜幕再次降临、克里俄斯星座出现在天空时，朝着星座的方向走。当你到达海边时，会发现有一个被高山庇护的天然海湾，然后请你把这个地方指给当地人看，并呼吁他们帮助你在那里建造一座城市。他们会听从你的号召，请你把这座城市命名为"克里俄斯"，你将成为这座城市的国王。现在你呢，赫拉克勒斯，宙斯的儿子，你认真听好。"

"我是安菲特律翁与阿尔克墨涅的儿子，"赫拉克勒斯立刻回应道，"你为什么称我是宙斯的儿子？"

"你是宙斯的儿子，但你的生命充满了痛苦和折磨并将继续下去。你的父亲——或者更准确地说，我们的父亲，因为你我是兄弟——要你回到希腊去。你将继续遭受折磨和羞辱并多次危及生命，但是你将建立前所未有的丰功伟业。所有的暴君都会在你的力量前害怕地发抖，盼望你遭到毁灭；而普通人会非常爱戴你，甚至连众神都会羡慕你的名声。前进吧！请在宙斯为你铺设的道路上继续前行吧，不要为你们的同伴感到不安。"

说完这些话，赫尔墨斯抬起一只手向他们致敬，然后披上一片云彩，顿时消失得无影无踪。

尽管他们有些犹豫，但这两位朋友别无选择。不过赫拉克勒斯并不急着回希腊，他希望先帮助波吕菲摩斯建造克里俄斯城。最终，它成为一个美丽的城市，今天被称为"基俄斯城"。

"阿耳戈号"的英雄们耐心地等待着他们失踪的伙伴,一直等到风从陆地上吹起来。这时伊阿宋下令全体人员登船,准备起航。

"我们不能再等了,"他说,"也不能再派出更多的伙伴去寻找,而让他们也迷失在这片未知、危险的地方。"

阿耳戈英雄们心情沉重地离开了,船在沉默中继续航行。大家都心事重重,整只船都笼罩在沮丧的气氛中,最后伊阿宋站出来说:"我们已经失去了一些朋友,但我们绝不能在整个航程中哀叹我们的命运,俄耳甫斯,请拿出你的琴,弹奏一些欢快的曲子吧,请你给'阿耳戈号'带来快乐和活力!"

但赫拉克勒斯最忠实的朋友忒拉蒙并不赞成这一提议,他气愤地大吼:"真无耻,伊阿宋!你就这样对待他们?我们刚刚失去了三个伙伴,可对你来说好像没什么大不了的。现在我总算明白了,你很高兴赫拉克勒斯的离开,对吧?被我说中了吧,你害怕他会夺走你的荣耀,这就是你要如此匆忙出发的原因。好吧,我再也不走了!提菲斯,调转船头!回去寻找我们失去的同伴!"

"忒拉蒙!"伊阿宋警告道,"这艘船我说了算,'阿耳戈号'不会改变航向!"

但忒拉蒙根本不理会伊阿宋的话,他冲向提菲斯,粗鲁地把他推到一边,紧紧抓住舵柄,迫使这艘船来了一个急转弯。然而,这种笨拙的操控几乎给大家带来了灭顶之灾。"阿耳戈号"猛地掉过头,狂风从侧面掀起了帆,使得船尾高高地悬在半空。这时,如果没有神灵从波涛里及时跃出,扶住船身,船早就沉没了。帮助他们的是水手的保护神格劳科斯,他先前是一个卑微的渔夫,后来成为海神和先知。

"你们不能返回!"他用嘶哑的声音大吼道,"这是宙斯的意志,你们的伙伴在密西亚,你们不必替他们着急,他们安然无恙。继续团结一致向前走,永远不要忘记你们的目标是金羊毛!"

说完这些话,格劳科斯以一己之力把"阿耳戈号"拉回到正确的路线上,还强有力地推了它一把,"阿耳戈号"轻快地继续向前航行。

忒拉蒙立刻向伊阿宋和其他英雄道歉,这时俄耳甫斯拨动了琴弦,在歌声中,大家很快就忘记了刚刚发生的不快。

他们航行了很长一段路程后,看见比苏尼亚海岸上有一座城市,决定到那里补充给养。一上岸,他们就看到一眼泉水,准备前去取水。但是当他们刚走到跟前,就听到身后一声大喊:"离那泉水远点!我们的水不轻易给人!"

他们转身一看,发现是一个身材高大的男子,他满脸凶相,一看就是一个野蛮冷酷的人,身旁还围着一群全副武装的人。阿耳戈英雄们停住脚步,感到十分惊讶。只见那个陌生人摇晃着身子走上前,用傲慢的目光审视了每一个人,然后说:"我们这里有个规矩,你们可能觉得太野蛮,可我们觉得很有趣。有外人来这里,我们会告诉他们,如果他们想从我们的井里取水,就必须选一个人与我决斗,然后被我打死,不管来者是谁。所以请选出你们中最好的拳手,一旦我杀了他,你们就能得到你们想要的水。我再说一句,以这样的方式得到你们需要的水很划算,要知道你们看到的这眼泉水,可是我父亲给我的礼物。我父亲是撼地者波塞冬。现在让我来介绍一下自己:我是阿密科斯,伯布里坎人的国王和所有邻国的噩梦!"

听到这番话,阿耳戈英雄们的心都为之一沉,但是有一位勇敢地站了出来,他就是波吕丢刻斯。

"我来和你打!"他接受了挑战。

波吕丢刻斯是一个出色的拳击手,在整个希腊没有人比他的拳头更重,但是,这似乎仍然是一场毫无悬念且不平等的比赛。卡斯托尔试图劝阻他的兄弟,但无济于事。与此同时,阿密科斯正嘲弄般打量着波吕丢科斯,因为他年龄不大、身材矮小,看上去也没什么特别之处。"我不会和一个活腻了的人打,"他讥笑地说,"我只和那些自认为能杀得了我的人打。"

波吕丢刻斯立即以其人之道还治其人之身,他甚至看都不看阿密科斯一眼,就对那些阿耳戈英雄们说:"让他过过嘴瘾吧,这个大草包,他很快就会完蛋。"

"我看你这个臭小子很是狂傲,"阿密科斯咆哮道,"好吧,这可是你自找的,但是先向你的伙伴道个别,因为你很快就要到冥界报到去了!"

"别吹牛了,我们打吧!"波吕丢刻斯简短地回答道。

他俩迅速戴上比赛手套,阿密科斯嚣张地围着场地转圈,边转圈边向空中挥舞出一记记重拳,以博得观众的喝彩;而波吕丢刻斯则显得表情严肃、若有所思,因为他发现自己遇到了一个棘手的问题:只有当他击中阿密科斯头部时,才有可能获胜,但是对手个子太高,他很难打到那里。

"唯一的办法就是先耗尽他的气力。"波吕丢刻斯心中暗想。

比赛开始了,阿密科斯挥拳进攻。他满门的心思就是一拳击中波吕丢刻斯的脑袋,要了他的命。所以,他在拳头上集中所有可怕的力量,直奔那个年轻人的下巴打去。

但是他击空了,攻势之猛几乎让自己的肩膀脱臼。他从没想到对手的身手竟然如此敏捷,一时间被波吕丢刻斯快速的躲闪惊呆了。

他又发起了一次进攻,但这次比上次还差。现在这个巨人来了狠劲,一拳重似一拳,但所有这些攻击都是徒劳,因为波吕丢刻斯的脚步移动非常灵活,或是施展假动作骗过这些攻击,或是用指关节把它们挡开。阿密科斯愤怒得发狂,开始疯狂地挥舞拳头,指望一拳能打晕对手,然后再用重拳要了他的命。

但是这种战术并没有奏效,阿密科斯开始意识到,自己遇到了强劲的对手,特别是当波吕丢刻斯开始使用雷霆之力进行还击时。

更糟的是,随着时间的推移,阿密科斯发现敌人变得越来越强大,而自己的步子变得越来越慢,越来越笨拙。很快,他意识到自己的力气已经消耗殆尽,而对手仍精力充沛、斗志昂扬。他害怕得冷汗直冒。"我很庆幸我长得高,他打不到我的头,"阿密科斯暗想,"不过,我得小心我的肚子。"

就在这一瞬间,波吕丢刻斯的一记重拳突破了巨人的防守,击中了阿密科

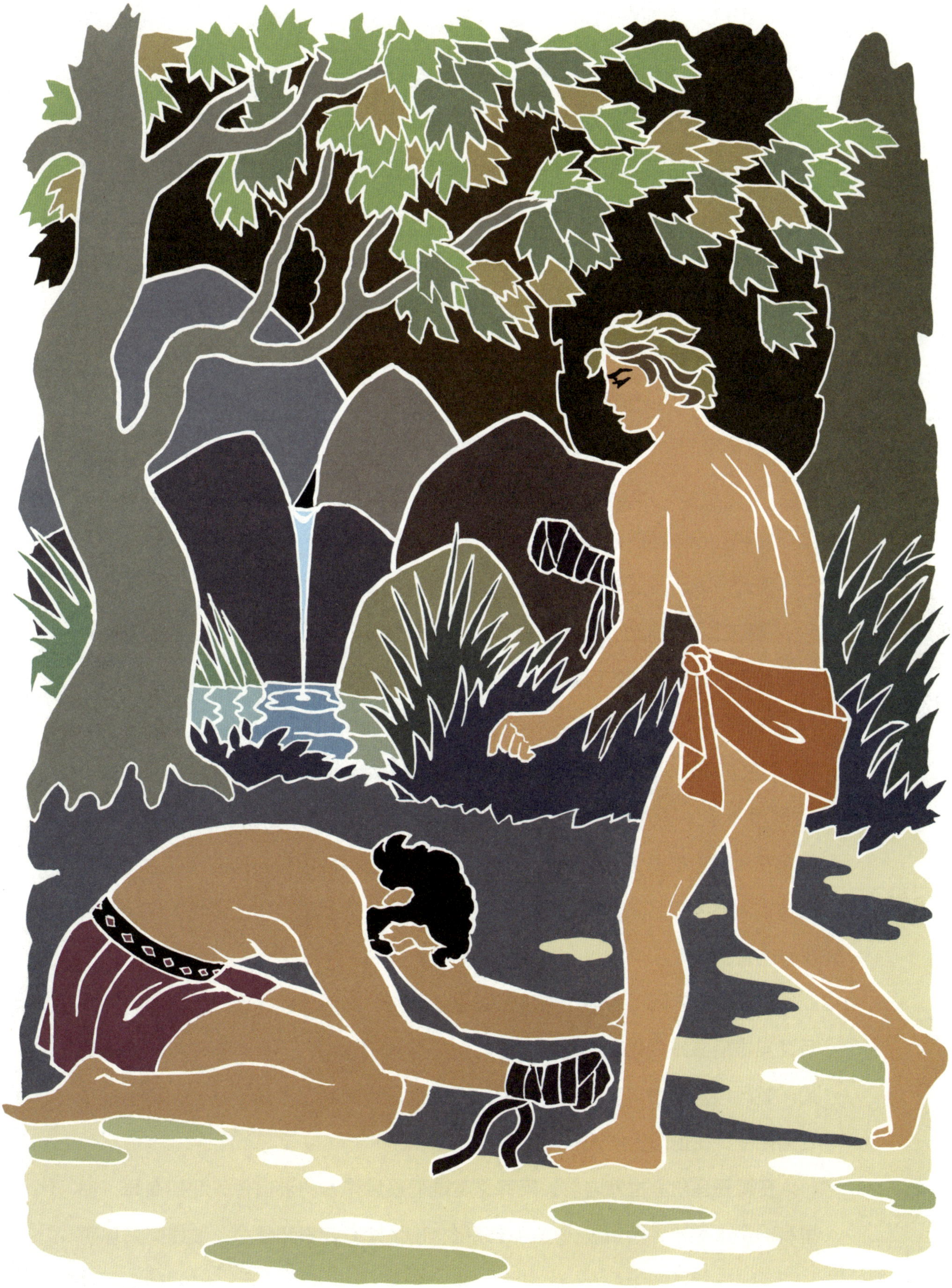

斯最担心的地方——圆鼓鼓的肚子。阿密科斯痛苦地弯下腰，却恰好把自己的脑袋暴露在波吕丢刻斯的拳头下。他挨了重重的一拳，被打得头晕目眩，这下他终于明白世界上还有比他拳头更硬的人。如果这一拳落在他的太阳穴上，那么他就会当场毙命；但即便这一拳没落在那儿，他也完全无法继续战斗了。阿密科斯双膝跪地、两臂瘫软、四肢无力。波吕丢刻斯的眼睛里闪着残忍、仇恨的目光，阿密科斯知道自己的末日已经到来。

"发发慈悲！"他气喘吁吁求饶道。

"发发慈悲？你什么时候发过慈悲？"波吕丢刻斯愤怒地咆哮道。

"饶了我吧！"巨人哭着说。当他看不到被饶恕的希望时，便匍匐到波吕丢刻斯脚前，亲吻他的脚背。

但这个举动，只能激起年轻人愤怒的嘲笑。

"懦夫！"他吼道，"我在问你话呢，回答我！"他狠狠地把拳头砸到阿密科斯的脸上，重复了他的问题：

"回答我，你什么时候对无辜的受害者手下留情过？"

"饶了我吧，我将把所有你想要的黄金都交给你！"

"我不是为了你的金子，我只想喝一杯水而已。你该死，但是我不能杀死一个爬在我脚边摇尾乞怜的可怜虫。你可以救自己，既然你自称波塞冬之子，那么请以波塞冬的名义发誓，从今往后你绝不对任何要求淡水和食物的陌生人有半点伤害！"

瑟瑟发抖的阿密科斯，做出了郑重的承诺，然后他命令手下，为所有的阿耳戈英雄们拿来食物和丰富的礼物。他们装满了水罐，阿密科斯和手下祝愿他们一帆风顺。阿密科斯遵守了他的诺言，他已经得到了教训，从此，再也没有任何陌生人在伯布里坎人的国度遇到危险了。

在离开马尔马拉海之前，阿耳戈英雄们最后停靠的港口位于北部海岸，那里有一个小城市，港口被一座山丘环绕，山上建有宫殿和堡垒。波瑞阿斯那两个有翅膀的儿子——泽忒斯和加莱——很熟悉这里。这个城市叫萨尔梅德苏斯，矗立在色雷斯的东海岸上。

"这里由菲纽斯统治着，他娶了我们的姐姐克里奥帕特拉，"他们说，"他是伟大的先知，也是唯一可以知晓众神秘密的凡人。我们必须去见他，他将为我们的使命提供宝贵的忠告。"于是，阿耳戈英雄们上了岸，走进了这座城市，但这里荒凉破败的景象着实令他们大吃一惊：街道空无一人，整座城市遍地鸟粪，臭气熏天。谁也猜不出这里究竟发生了什么，于是，他们决定登上卫城去皇宫看看。

当他们到达山顶时，发现了一座废弃的王宫，门窗破烂衰败，屋顶坍塌了一半。但最奇怪的是，这里的鸟粪更厚，覆盖了整个房间、走廊和所有东西的表面。他们走进大厅，看到了最令人震惊、最为可怕的一幕：一张巨大的木桌上堆着厚厚的鸟粪，在臭气熏天肮脏的粪堆中坐着一个老人。他瘦得只剩皮包骨头，衣服上也沾满了粪便，眼睛只剩下凹陷进去的两个空洞。甚至连泽忒斯和加莱都不敢相信这就是众神的宠儿菲纽斯。他们都对这个不幸的老人报以深

深的同情。伊阿宋问他是谁，又怎么会陷入这样一个无望的地步。

"我是萨尔梅德苏斯的国王，菲纽斯，"这位瞎眼老人开口说，"这里曾经是一座美丽、富有的城市，但现在已经沦为废墟，我遭受的痛苦你们也亲眼看到了。曾经有一段时间，众神喜爱我，他们不但把波瑞阿斯的女儿嫁给我，而且经常邀请我到奥林匹斯山，在那里和他们一起在黄金宫殿里吃饭、喝酒。他们对我没有什么隐瞒，告诉我他们的烦恼和欢乐，甚至向我透露了一些他们之间的秘密，好像我也是众神中的一位。但是我毕竟是一个凡人，我会怜悯被众神所迁怒的同胞，有时为了帮助他们，我会透露一些我从神灵那里打听到的消息。当宙斯和其他众神知道我泄露天机之后，他们的愤怒如此可怕，以至于决定对我施以严厉的惩罚。因此，我这个曾经在众神餐桌上吃饭的人，突然间发现自己成了众神最痛恨的人，他们夺走了我的眼睛。然后，宙斯掀起了一场可怕的风暴，电闪雷鸣，一夜之间摧毁了我的宫殿。最后，众神好像嫌我经受的痛苦还不够，便派出了身披双翅、人身鸟形的怪物，那些怪物给我的生活带来了无休止的折磨。只要我坐在桌前，它们就飞来抢夺我的食物，只留下一点可以续

命的口粮，以确保我可以继续受折磨，之后用粪便来弄脏一切，甚至连我吃饭的盘子也不放过。饥饿是可以忍受的，但是这个地方的污秽是无法忍受的。这就是为什么其他人都逃离了萨尔梅德苏斯，而剩下我独自一人来承受惩罚。遭遇了像我这样的不幸，生活已经变得很艰难，尤其是从身处高位坠落到如今此番境地，更是上百倍的艰难。"

所有的阿耳戈英雄对菲纽斯充满了怜悯之情，特别是波瑞阿斯的两个儿子，因为这个人曾是他们的姐夫。他们决定帮助他，他们把随身携带的食物放在桌子上，让不幸的老人吃；但是他甚至还没有把第一口食物送到嘴里，可怕的人身鸟形怪就出现了。

它们是一种腰部以上长得像女人、身体其他部分像飞鸟的怪物。它们从屋顶上的大破洞里飞进来，盘旋在菲纽斯的上空，瞬间吞噬了摆在菲纽斯面前的食物。然后在盘子里、桌子上等房间里的各个角落都拉下粪便，散发出一股让人窒息的恶臭。

见此情景，泽特斯和加莱立刻跳起来。他们握着利剑，张开了他们巨大的翅膀，扑向人身鸟形怪。那两个怪物恐惧地飞向天空，两兄弟紧追不舍。它们飞得越快，兄弟俩在后面追得就越快。它们飞过陆地和海洋，又飞过希腊和整个伯罗奔尼撒半岛，最后筋疲力尽地来到了扎昆索斯南面的几个小岛上，在那里两兄弟追上了它们。他们正要挥剑把这人身鸟形怪剁成碎片时，绝望的它们向神灵发出了求救。

这时，女神伊里斯现身了，命令波瑞阿斯的儿子手下留情。于是，在人身鸟形怪许下诺言、答应永远不会再次侵扰菲纽斯之后，两兄弟才听从女神的命令放了它们。从此以后，这几个小岛在希腊文就被称为"斯特罗法德斯群岛"或"掉头群岛"，因为正是在这里，泽特斯和加莱才掉头回去寻找他们的同伴。

就这样，菲纽斯从人身鸟形怪的魔爪下得以解脱。为了表达感谢，菲纽斯决定给他们忠告，这对他们的未来航行而言是极其宝贵的。

"我知道你们是谁以及要去哪里,"他对他们说,"多年以来,我一直在耐心地等待着你们的到来。因为我是个先知,我知道总有一天我的煎熬将会被阿耳戈英雄们终结,他们要经过这里去科尔基斯,前去寻找金羊毛。"

英雄们都睁大眼睛看着菲纽斯,他继续说道:"这是一个神圣的使命,但是很艰难。离开这儿不久,你们将遇到一个困难,需要你们使出超常的力量去克服。那儿有两座高大的岩石,它们阻挡了这片水域的通道,阻止任何船只到达大海最遥远的海岸科尔基斯。它们的开合谁都无法预料,任何企图穿过它们之间的船只,都会被夹得粉身碎骨。但如果你们遵循我的指示,并且有神灵和自己强壮双臂的帮助,你们就不用害怕。现在注意听你们必须做的事情:接近岩石时要保持安全的距离,然后只要你看到它们打开,就放出一只鸽子。如果鸽子成功地飞过且未受伤害的话,那么当岩石下一次打开时,你们也会安然无恙地通过;但是如果鸽子在岩石之间被压碎,那就意味着你们别无选择,只能返回,即使你们决定冒险通过,'阿耳戈号'也会被挤碎,而你们也将无一幸免。"

听到这个消息,阿耳戈英雄们倒吸了一口凉气。他们重新登上"阿耳戈号",真心希望那两块巨大的岩石只是一个被苦难折磨到神志不清的盲人老头的臆想。然而起航不久,一个异象引起了他们的注意。

此时天空晴朗无云,他们却听到了从东方传来的滚滚雷声。当他们驶近时,雷声越来越大,可是天空中竟然没有一片云彩。当他们再驶近一些,声音变得更加容易分辨——这是一声雷鸣般的咆哮,而且每隔一段时间就重复一次。但这些奇怪的声音从何而来,英雄们谁都无法辨认,直到林叩斯大叫道:"我们正在接近那两块岩石,它们隐藏在天边的雾霭中,很快就会清楚地显露出来!"

的确,那两块巨大的活动岩石很快就横亘在他们面前。它们彼此撞击时,发出的轰鸣声震耳欲聋。现在已经离它们很近了,阿耳戈英雄们能够看得清清楚楚,这个壮观而可怕的景象使他们变得沉默,内心充满了敬畏。他们看到那两座山一样大的巨石以惊人的速度冲向对方,然后相撞在一起发出惊天动地的巨响，就如同一百个天雷和闪电同时击中大地一样。大片水花从水面上腾起，直达云霄，再散成水雾从天而降，瞬间遮蔽了一切。在水花腾起的同时，海水也开始上下翻涌，如同沸腾一般。就是盛怒之下的海神波塞冬，也无法用他那三叉戟搅出这么大的动静来。现在看来，菲纽斯警告他们的，与他们现在所看到的根本无法相比。

此时，"阿耳戈号"距离岩石已经很近，再向前走将会十分危险。让"阿耳戈号"冲进那片沸腾的"地狱"只是一种疯狂，但也没有一位英雄愿意后退。就在这个绝望的时刻，伊阿宋记起赫拉女神的话："前进，伊阿宋，我将在你身边。"他从笼子里掏出一只鸽子，环视同伴，看到他们脸上充满了信心，于是放出了鸽子。岩石即将开放，鸽子像箭一样向前飞蹿，但岩石间的缝隙很窄，很快又开始关闭。受到惊吓的鸽子飞得更快，以逃避死亡，最后几秒钟它是否逃脱，谁也说不准。

"石头要把它压碎了！"提菲斯绝望地叫道。

"不，鸽子飞过去了！"林叩斯高喊道。

"飞过去了！"他们都一起大叫起来，掩饰不住内心的喜悦。

的确，那只鸽子从两块巨岩的狭窄缝隙之间飞过去了。但是那两块巨岩在合拢时压住了它的一点尾巴，两片白色的羽毛在空中飘飞了片刻，这时两块巨岩发出惊天动地的撞击声，随后那羽毛便消失在海面上腾起的茫茫水雾中。

"准备！"伊阿宋喊道，当岩石再次打开的那一刻，"冲锋！"

英雄们像着了魔一般，拼命地划桨，"阿耳戈号"向空隙方向冲过去。很快他们就置身于巨浪滚滚的海面，他们的船只像软木塞一样被恶浪肆意摆布。面对这种情况，他们竭力使船头保持上风向，但"阿耳戈号"突然改变了方向，脱离了提菲斯的操纵，开始在原地旋转。他们陷入了一个巨大的漩涡，很快船被吸向漩涡的中心，那里隐藏着一个巨大的黑色深渊，要把他们吞噬。所有的希望似乎都已消失了，眼看深渊即将吞没"阿耳戈号"。突然，一股看不见的力

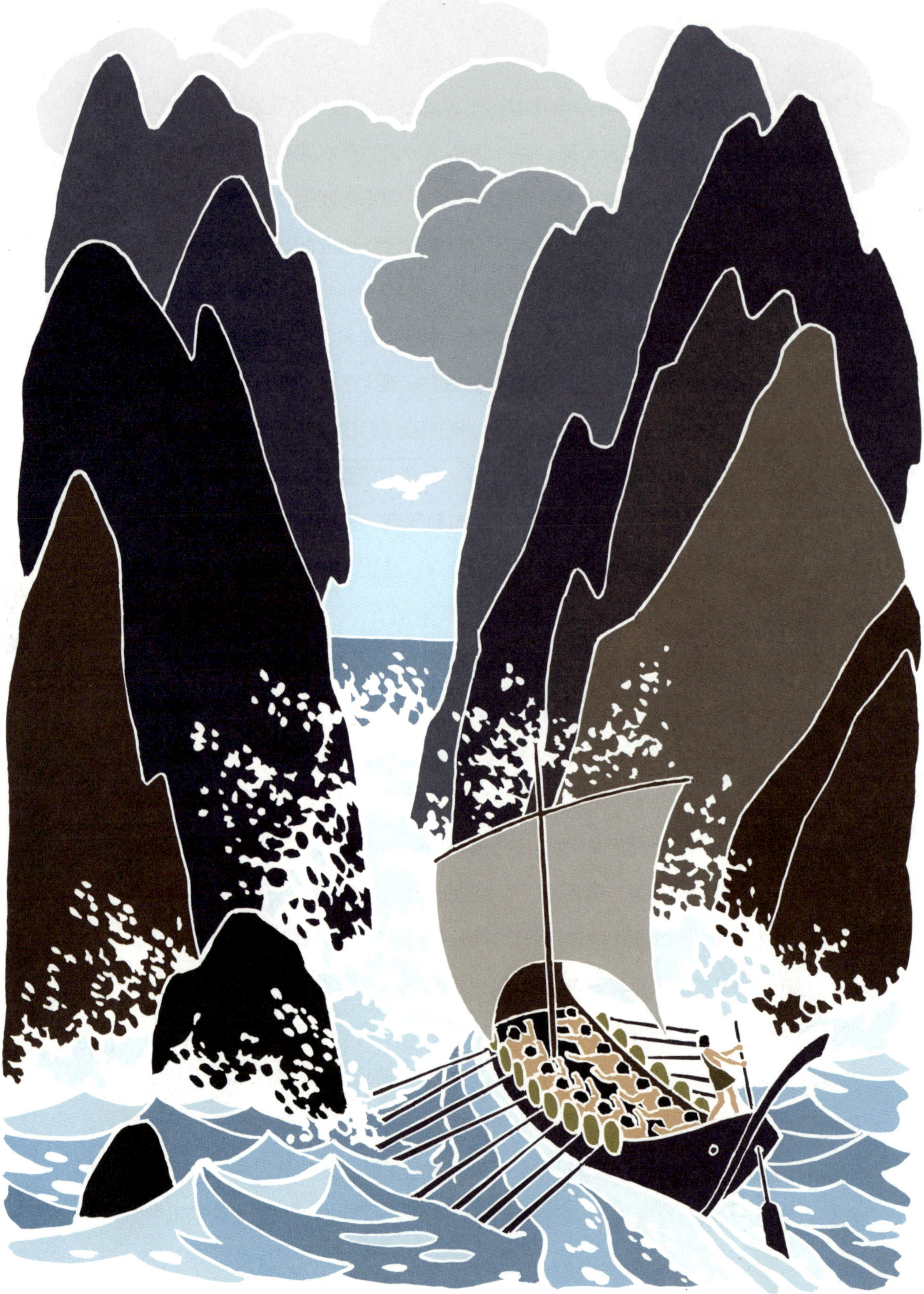

量猛地将船从漩涡的边缘拉开，并将其推入岩石之间的狭窄缝隙！英雄们如释重负，松了一口气。这时，他们听到一个女人的声音："伊阿宋，你帮了我一次，该我偿还你了。"

声音来自船头的木头雕像，女神赫拉没有忘记他。

英雄们抖擞精神，继续向前划船，"阿耳戈号"像闪电一般从两块巨石之间穿过。正当向前冲时，两块高耸的岩石从他们两侧开始合拢。他们刚刚通过，两块巨石就在一声惊天裂地的巨响中，又撞在一起。如果稍晚一秒钟，"阿耳戈号"就难逃厄运。但巨石还是夹住了船尾末梢，压碎了上面的木制装饰物，就像那只鸽子尾巴的遭遇一样。阿耳戈英雄们在毫发之间成功地逃离生天。事实证明，菲纽斯的确是一位伟大的先知，他给予的帮助和赫拉的帮助一样宝贵。"阿耳戈号"通过之后，这两块巨石又一次打开了，而且没有合拢——命中注定，如果有一艘船能够成功地通过，两块岩石就再也不会合拢了。凭借他们无畏的勇气，阿耳戈英雄们已经实现了这个看似不可能完成的任务。通向东方的海道从此向人们敞开了。

现在，英雄们驶入了一片广袤而陌生的海洋，没有人知道在到达目的地之前还会航行多久。他们听过很多关于这些遥远地方的传言，有人说沿着通往科尔基斯的路线航行会经过一个地方，在那里塞尔墨顿河流入大海，河岸上住着好战的亚马宗人，他们骑在马背上作战，周围所有的部落都害怕他们。在另外的地方，生活着卡利比亚人，他们擅长打铁，既不种地也不放牧，完全依靠他们的手艺生活。在这个地区的其他某个地方，还住着提巴瑞尼亚人，女人从事全部体力劳动，而男人看家做饭。莫厄西诺齐安人的国家也在这附近，他们是一群勇猛的战士，善于建造高大的木头城堡，使用长矛和常春藤叶子形状的盾牌作战。阿耳戈英雄们还知道，在科尔基斯以外的某个地点，提坦巨神普罗米修斯被高高地钉在一块石壁上，遭受着其他众神或凡人无法忍受的、最可怕的折磨，而这一切都是因为他对人类的爱。但是，所有这些地方究竟在哪里，谁也不清楚，包括林叩斯，尽管他可以看穿大山。

在这片新土地上的第一个停靠港，当地居民闻讯赶来热烈地迎接他们。英雄们一踏上岸，马里安迪尼国的统治者吕科斯国王就跑过来欢迎他们。当他得知，这些陌生人教训并羞辱了他最痛恨的敌人阿密科斯时，便对他们赞誉有加，设宴来款待他们。分别时，国王还为他们提供了充足的补给，并指派自己的儿子达斯库洛斯随行，为英雄们充当引路人。

虽然吕科斯热情友好地招待了阿耳戈英雄们，但命运在这里给这些英雄准备了一场残酷的欢迎。在打猎时，先知伊德蒙被一头可怕的野猪咬伤。伊达斯抓着长矛飞奔而至，把那可怕的野兽刺死了。然后，他扛起伊德蒙回到同伴身边，包扎伤口。但是野猪的獠牙刺得太深，伊德蒙不治而亡。

"伊德蒙是一位先知，"伊达斯说，"早就知道自己会死在这次冒险途中，这是他亲口告诉我的，但要求我不要提前说出来。他是一个勇敢的人，虽然他知道命运的安排，但是当我们所有人带着崇高的理想去寻找金羊毛时，他不甘落后，也不愿逃避命运的召唤。"

可是，勇敢的伊德蒙之死，并不是阿耳戈英雄们遭遇的唯一打击。他们出色的舵手菲提斯突然病倒了，而且病情迅速恶化。在夜幕降临之前，他们又失去了这个伙伴。连续三天，英雄们为两位死去的朋友哀悼，并为他们举行了火葬，把他们的骨灰装在两个瓮中下葬，还用土堆起了两座坟丘，在每个墓顶竖起一支船桨作为纪念。几个世纪以后，马里安迪尼的居民们仍然虔诚地让陌生人瞻仰那两座插着船桨的土墓，在那里埋葬着两位阿耳戈英雄。

提菲斯死后，他的舵手位置由萨摩斯的安凯厄斯取代。事实证明，他是一个合格的继承人。

在海上又航行了几天，他们停泊在一个叫西诺普的海岸城市。那里的人民热情好客，英雄们受到了热烈的欢迎。登陆的当天正赶上当地的一个传统节日，当时正准备举行献祭仪式。当地的统治者邀请阿耳戈英雄们也参加这个活动。

为了表示感谢，伊阿宋询问这个献祭是为哪位神灵而举行。他被告知，正在祭拜的是河神阿索波斯的女儿——仙女西诺普。

"看来，你们不并知道西诺普的故事，尽管她也来自你们那里，"统治者说，"现在既然你们来到这里，那么最好也了解一下。"他立即叫来一位年轻、英俊的吟游诗人，让他向英雄们讲述了他们的城市以"西诺普"命名的原因。吟游诗人走过来坐在这些阿耳戈英雄的旁边，拨动琴弦，开始吟唱阿索波斯女儿的神话故事。

"西诺普从遥远的阿尔戈斯来到我们这里，"他在歌中唱道，"她是一位仙女，她的美貌能使太阳黯然失色。宙斯一看见她，就爱得发狂。但西诺普生性害羞、胆小，一看见宙斯，她就惊恐万分，撒腿就跑。宙斯在后面紧追不放，但她跑起来就像一只野山羊那样敏捷，一直灵敏地躲开宙斯。日复一日，宙斯一直在追捕这个可爱的女神，但是当西诺普跑到这个地方时已经累了，最后宙斯终于抓住了她。即使这样，宙斯仍然不能赢得仙女的芳心，他想送给她一件礼物，却不知道怎么安抚这位因害怕而颤抖的少女，所以，最后他决定让她自己提一个要求。

"'你愿意给我任何我想要的吗？'她紧张地问。

"'任何你想要的，'急躁的宙斯立刻回答，'放心吧，我绝不会食言。'这时西诺普的脸上露出笑容，她毫不犹豫地大胆说：'我想永远保持处女之身。'

"宙斯惊诧地差点咬掉自己的舌头，但是事已至此，不得食言。因此，西诺普从未结婚，永远留在了这里。我们为了纪念西诺普，就用她的名字命名我们的城市。"

这个美妙的故事让这些阿耳戈英雄感到愉快，他们感谢歌手和他的统治者。然后，俄耳甫斯拿起他的七弦琴，唱起了希腊的歌曲，希腊正是西诺普美丽的故乡。

俄耳甫斯的歌声感动了所有的听众，但有三个年轻人最受感动，他们眼中含着泪水，对阿耳戈英雄们说："我们也是希腊人，我们是三兄弟，跟随赫拉克勒斯来到这里寻找希波吕忒的腰带。但有一天晚上我们迷路了，便一直留在这里。现在我们想加入你们，帮助你们完成任务，同你们一道回家。"伊阿宋和其他所有的阿耳戈英雄都高兴地欢迎这三个同胞。现在桨手的位置上刚好出现了空缺，因此他们的援助十分宝贵。三个年轻小伙子来自塞萨利的特里卡，他们的名字分别是代里翁、奥托吕科斯和佛罗基尤斯。

英雄们再次扬帆起航。他们强有力地划着船，驱动着"阿耳戈号"越行越远，但没有任何迹象表明他们正在接近长途航行的目标。有时，他们能在右舷看到一片未知国度的海岸，时近时远；与此同时，在左舷只看到一望无垠、空旷的大海。

终于，他们到达了一个小岛。尽管这座岛看起来十分荒凉，但它正处在航线上，所以英雄们决定在这里登陆。然而，还没等他们系好缆绳，一位名叫俄伊琉斯的英雄突然痛苦地大叫了一声——一支箭正插在他的肩上颤抖着。伊阿宋赶忙跑了过来帮他拔出箭头，发现这并不是一支箭，而是一根用青铜制成的沉重、尖头的羽毛。幸运的是，俄伊琉斯没有受到严重的伤害。但很快，另外一根羽毛也射入了船体。

"拿起盾牌掩护，用弓箭还击！"伊阿宋喊道，"准备击退敌人！"但是敌人在哪？英雄们抬头看向岸边，却什么也没看见。

"没有人隐藏在这里，"林叩斯说，他的眼睛甚至可以看到岸边岩石的背后，"有一只鸟，一个巨大的鸟，在我们的上空。小心！又来了一些！就是它们在攻击我们，它们的羽毛是青铜的，是真正的箭，同刚才的箭一样。它们就是赫拉克勒斯当年从斯廷法利亚湖赶走的那些鸟。"

这些阿耳戈英雄都是优秀的弓箭手，等那些可怕的恶鸟飞近，一场殊死搏斗开始了。金属羽毛像雨点一样从天而降，但英雄们反击的箭也像雨点般射向天空。在恶鸟肆意发射羽毛的时候，阿耳戈英雄们射出的箭百发百中。中箭的

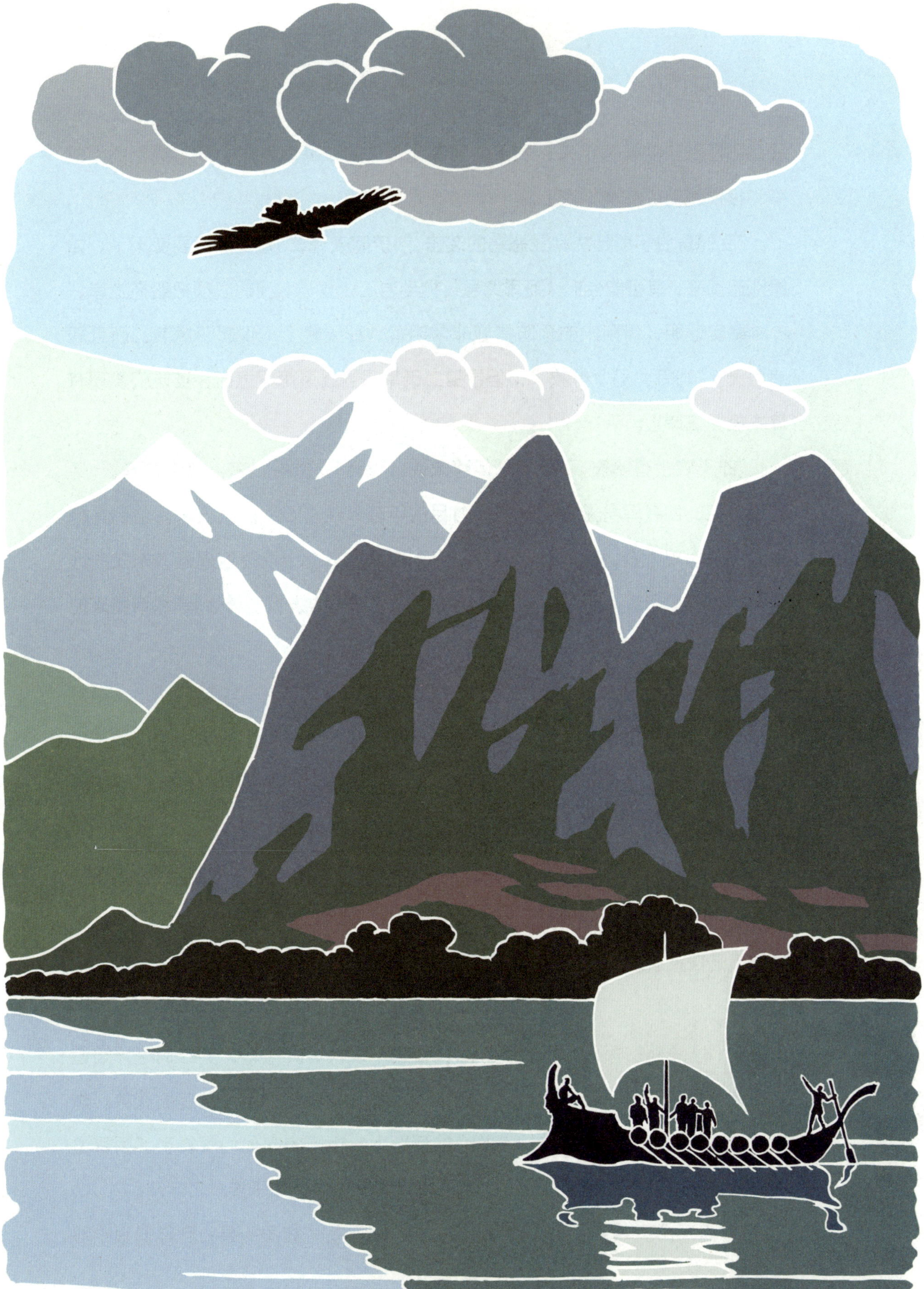

恶鸟不断从天空掉落下来，剩下的则向北方飞蹿，嘴里发出恐怖与绝望的尖叫声，很快就消失在地平线上。

"我们摆脱了斯廷法利亚恶鸟的袭击，"伊阿宋说，"但我感觉要变天了。如果涨起潮来，有可能会把'阿耳戈号'抛到岩石上撞碎，我们必须把船拖上岸。"

事实证明，伊阿宋的预防措施非常明智，那天晚上不仅起了风浪，而且恶浪滔天。"阿耳戈号"得救了，但是第二天早晨当暴风雨平息时，英雄们发现有碎木板浮在岸上。

"昨天晚上有船被撞坏了，"伊阿宋说，"我们去看看，有没有幸存者。"话还没说完，四名浑身湿漉漉、筋疲力尽的年轻人从岩石后面钻出来。他们是什么人？从相貌上看，他们非常像希腊人，但是怎么会出现在这遥远、未知的地方，简直不可思议。于是，阿耳戈英雄们向这四个人发问："你们是从希腊来的吗，朋友？"

"我们来自科尔基斯，"那些年轻人回答说，"我们正在去希腊的路上。看起来神似乎并不打算让我们回到祖国的土地上。我们是埃俄洛斯家族的人，佛里克索斯的儿子，我们和父亲一样不幸。他遭受了很多厄运，背井离乡，死于思乡的痛苦中。"

伊阿宋听说他们是他的叔父佛里克索斯的儿子，简直无法抑制自己的情绪。"你们是我们的兄弟呀！"伊阿宋哭着说，眼里充满了欢乐的泪水，"我也是埃俄洛斯家族的人，是埃宋的儿子。"伊阿宋与他们拥抱在一起，并相互一一亲吻。

他们从意外的惊喜中恢复平静后，便坐下来谈话。阿耳戈英雄们这才知道这四个年轻人确实在昨夜里遭遇了船难，但被一个浪头抛上岸奇迹般获救。然后，谈话转移到阿耳戈英雄们最关心的话题上。伊阿宋向他们解释了"阿耳戈号"要去哪里以及为什么去。这时，佛里克索斯的一个儿子接过了话头。

"你们可找了一个艰巨的差事，"他对英雄们说，"如果不是看到你们眼中那份坚定的决心，我会劝你们早点打消这个念头。金羊毛由赫利俄斯的儿子埃厄忒斯守卫。你们一定知道埃厄忒斯本来就是一个强大的国王，当他获得神奇的羊毛后，他的力量变得天下无敌。只要他察觉有人在觊觎，甚至图谋把金羊毛带走，厄运就会降临在这个人身上。我们知道埃厄忒斯，因为他是我们的外祖父，我们的母亲是他的女儿卡尔塞俄佩。他的小女儿是美狄亚，是月亮女神赫卡忒的女祭司，还是一个法力强大的女巫。埃厄忒斯还有一个儿子阿普绪耳托斯，但与他的姐姐们不是同一个母亲，姑娘们都是由继母带大的，但继母恨她们，而她们也恨继母，因为继母只爱她自己的儿子。很快，阿普绪耳托斯成为国王的帮手，同时他也是他母亲的好儿子，对两个同父异母的姐姐怀着深深的仇恨，并把这种仇恨延续到我们身上。为了败坏我们的声誉，他告诉国王埃厄忒斯，我们打算偷盗金羊毛。要不是顾及我们是他的外孙，而且他也忌惮会引起众神的愤怒，我们肯定会丧命。埃厄忒斯把我们放逐在船上，就是那艘昨晚被击毁的船，把我们派往希腊。埃厄忒斯毫无根据地提心吊胆，因为他绝对不能失去金羊毛。有一条永生不死、不可战胜的恶龙日夜不眠地守着它。还有另外一件东西使得金羊毛更不可能被偷走，那就是美狄亚的魔法，她守护着珍贵的金羊毛，甚至比他父亲更不允许别人染指金羊毛。"

"你是说美狄亚将是我们最危险的对手？"伊阿宋问库提索罗斯。

"她是一个法力高强的女巫，独自一人就能挫败你们的目标，"库提索罗斯回答说，"但是埃厄忒斯大权在握，根本不需要美狄亚的帮助。不过，他非常尊重美狄亚，也对她保持着戒心，因为她是唯一可以拿走这无价之宝的人。然而，美狄亚没有任何必要这样做，相反，作为埃厄忒斯的女儿，她有责任保护金羊毛不丢失。基于上述所有这些原因，我坦白地说，你们永远无法触及金羊毛，所以现在就听取我的忠告，回家吧。一旦你们踏上科尔基斯的土地，可能一切都晚了，而你们也无法挽救灭亡的命运。在力量与狡猾上，没有人能与埃厄忒斯相比，也没有人能够藐视像美狄亚这样的女巫，没有人能够对付那样一条恶龙。最重要的是，没有人能够违背神的旨意——让金羊毛永远留在科尔基斯显然是众神的愿望。我知道你们中没有一个懦夫，但是如果要白白地送命，确实令人遗憾。"

"拿不到金羊毛，我们就不回去！"伊阿宋坚定地说，"尽管有些神希望金羊毛留在科尔基斯，但还有一些神希望看到金羊毛升起在拉菲斯廷山的宙斯祭坛上。今天我们能在这里相遇，足以证明有强大的神在背后支持我们。你认为这是偶然吗？在这个孤岛上我们遇到了能给我们提供如此重要的信息的人，那么谁给我们提供其他帮助呢？我相信还会有其他人。"

"我们支持你！"四兄弟异口同声地说。

库提索罗斯补充道："你们救了我们的命，我们有义务帮助你们，并甘愿和你们生死与共。"

不久之后，"阿耳戈号"被推到海里，所有人都做好了准备，出发前往科尔基斯。有了佛里克索斯的儿子做向导，航行变得容易多了。现在他们知道要去哪里以及如何到达那里，这非常重要。

一连航行了九天，一路风平浪静。到了第十天的早晨，太阳慢慢升起，一座巨大的山阻挡了它的光芒。

"高加索！"库提索罗斯喊道。

听到这个字，大家都想到了普罗米修斯，那位坚强不屈的提坦巨神，一直被钉在那高耸的岩石上，遭受着世界上最可怕的折磨。就在这时，一只老鹰从天而降，英雄们不由得惊恐万分、头皮发麻。这是宙斯派来的折磨者，每天都要用利喙撕裂普罗米修斯的胸膛。他对人类该有多么深的热爱，才甘愿天天承受这种可怕的折磨！

这时，库提索罗斯补充说："现在我们已经到达科尔基斯，安凯厄斯，向右转，朝着那个河口方向行驶。我们来到了法希斯河的河口，这条河灌溉着埃厄忒斯的王国。""阿耳戈号"很快驶入了法希斯河。

"加油划！"库提索罗斯喊道，"我们划到这条河上去。在岸上我们会找到埃厄忒斯统治的埃亚城，我们的航程快要结束了！"

他们逆流划了一段时间后，伊阿宋同意了佛里克索斯的儿子们的建议，先靠岸休息一下，第二天再溯河而上。

在他们抛锚之后，库提索罗斯再一次细数了他们将面临的种种困难，这一次更为具体。虽然这些困难看起来无法克服，但所有的阿耳戈英雄，尤其是伊阿宋，都对未来充满了信心。这种乐观并不是盲目的，因为就在此时，奥林匹斯山上的女神赫拉正在想办法帮助她看中的人。但要解决这些困难，即便对她这样法力无穷的女神来说，也绝非易事。但是别忘了，赫拉有一个聪明的盟友——智慧女神雅典娜，她一人的头脑抵得上奥林匹斯山上众神头脑的总和。

"我必须求助雅典娜，"赫拉决定，"她聪慧无比，又偏爱真正的英雄，所以肯定会助我成功的。"

听完问题后，雅典娜思忖了片刻，然后回答说："有一种办法能帮助阿耳戈英雄们，以实现他们凭自己难以实现的梦想。那就是伊阿宋必须赢得一个人的青睐，唯有这个人才能帮助他。我指的就是埃厄忒斯的女儿美狄亚。"

赫拉听了雅典娜的建议，惊讶得扬起了眉毛。

"美狄亚怎么可能去帮助伊阿宋呢？她自己也在看护着金羊毛，比她父亲更不愿意别人觊觎金羊毛。想想别的解决办法吧，雅典娜，让我们不要为不可能实现的事情白费工夫。"

"许多事情都可以一箭解决，而我们只需要让阿佛洛狄忒的儿子厄洛斯在美狄亚的心窝射一箭就行。咱们不要浪费时间了，去寻找爱神阿佛洛狄忒吧。"

"啊，现在我明白了！"赫拉高兴地叫起来，一把抱住雅典娜，狠狠地亲了一口。就这样，看似困难的问题迎刃而解了。事实上，最明智的方法往往都非常简单。

她俩去找女神阿佛洛狄忒说了想法后，女神当即表示愿意提供这样的帮助，同时也为自己拥有这种能力而感到自豪。

"别担心，"阿佛洛狄忒告诉她俩，"事情将如你们所愿，除此之外，伊阿宋也没有其他方式能得到金羊毛。"

两位女神一走，她立刻把儿子厄洛斯叫过来，命令他带上弓箭迅速赶到遥远的科尔基斯帮忙。他的任务是让美狄亚对伊阿宋一见倾心。

此时天已破晓，阿耳戈英雄们正准备出发。他们正要弯下腰划桨时，突然发现一只鹰在天上追逐一只鸽子。很快，鸽子猛地飞到"阿耳戈号"上空，急于躲开猛禽，它径直扑到伊阿宋的双臂之间。现在鸽子安全了，但是老鹰并不放弃，还试图抓到它。老鹰猛扑过来，却一头撞到桅杆上，掉到甲板上死了。

"这是个好兆头，"从塞萨利来的先知摩普索斯说到，"鸽子，是爱之鸟，飞到伊阿宋的怀里寻求庇护。这说明又有一位女神发出了支持我们的信号。"

摩普索斯对此预兆所做的解释使英雄们从中汲取了新的勇气，他们高高兴兴地坐在桨位前，划着船逆流而上。当他们第一次望见科尔基斯的首府埃亚时，太阳已经西沉。城市的最高处矗立着埃厄忒斯金碧辉煌的王宫。英雄们的心跳加快了，他们经受了难以想象的冒险和令人胆战心惊的危险后，终于到达了旅途的终点。但是，如何获得金羊毛，他们还不知道。

伊阿宋仔细地观察了周围的环境，命令安凯厄斯把船驾驶到一片高高的芦苇丛后面，使外人很难发现他们。这时夜幕已经降临，他们得商量一下明天该做什么。现在每个人的意见都有必要听取，伊阿宋召开了作战会议。

第 八 章

寻找金羊毛

第二天，库提索罗斯和兄弟们带领伊阿宋一行，去王宫拜见埃厄忒斯。其中，还有赫利俄斯的另一个儿子奥格亚斯。他急着去见国王，因为那也是他的哥哥。他们昨晚开会讨论的结果是：最好在埃厄忒斯面前，大胆地告诉他必须把金羊毛交给他们带走。作为补偿，他们承诺即使冒着生命危险，也愿意向埃厄忒斯提供任何他所希望的服务，只要他愿意用金羊毛交换。他们以这种方式来表明，他们并不是一群前来抢夺金羊毛的土匪，相反，他们诚实可信，愿意用诚实的方式达到自己的目的。

然而，这次拜会的结果会是什么，谁都无法预测。毕竟，就这样走到强大的埃厄忒斯面前告诉他，他们历尽千辛万苦唯一的目的就是要让他交出他看得比命还贵重的东西，显得很冒失。但是，整个任务从始至终难道不就是一次又一次的冒险吗？在这最后关头，他们是否还会勇气十足？一点也不用怀疑。于是，他们勇敢地走向这座城市。

当他们走向埃亚城的城门时，一团浓雾罩住了他们。雾气是奈菲拉放出的，以防止他们被其他人发现。库提索罗斯和兄弟们自然认识路，所以他们在没有人察觉的情况下到达了王宫。他们一走进宫廷大院，雾气便消散了。

科尔基斯国王华美的宫殿耸立在伊阿宋和奥格亚斯面前，他们都为之惊叹。据说，这是伟大的工匠赫菲斯托斯的杰作，他建造这座宫殿是为了讨好埃厄忒斯的父亲赫利俄斯。一个装饰华丽、雕刻有四个头像的喷泉，给他们留下了深刻的印象。这也出自那位孜孜不倦的天神之手。

但比喷泉更令人印象深刻的是从头像的嘴里喷出的液体：从第一个头像的嘴里喷出牛奶；从第二个头像的嘴里喷出葡萄酒；从第三个头像的嘴里喷出香油；而从第四个头像的嘴里喷出泉水。库提索罗斯介绍说，冬天会喷出热水，夏天会喷出晶莹剔透的凉水。所有这些不仅显示了埃厄忒斯的富有，而且也证明了金羊毛的魔力。

第一个发现新人到来的是卡尔塞俄佩。她欢呼着跑过去拥抱她的儿子们，她曾经担心会永远失去他们。但不久之后，宫殿的大门打开了，埃厄忒斯现身了。他一看见卡尔塞俄佩的儿子们和一些陌生人，脸色顿时沉了下来。"我派你们去希腊了！"他气愤地大喊，"谁叫你们回来的？"

"因为我们的船沉没了，"库提索罗斯回答道，"我们被这些勇敢的人救了。起初我们以为他们是外人，其实他们根本不是外人，他们是我们来自希腊的同胞。"

"我是你的兄弟，从伊利斯而来。"奥格亚斯微笑着说，走上前去拥抱他。但是埃厄忒斯极不友好地退后了一步，态度冷冷地问："你们怎么会找到这里来？你们想从我这里得到什么？"

"让伊阿宋向你解释吧，"奥格亚斯指了指来自伊俄尔科斯的英雄说："他还是佛里克索斯的堂侄，正如你看到的，我们和你都有血脉相连。"

这时美狄亚进来了。她长着一双金色的大眼睛，一看就是赫利俄斯的嫡亲孙女。她像一块磁铁一样立刻吸引了伊阿宋和他的同伴的注意。美狄亚看到这些陌生人和佛里克索斯的几个儿子站在一起，也感到有点儿困惑；当听到她父亲大呼小叫时，就更加困惑不解。

"众神保证过那两块岩石永远都是封闭的，"他咆哮起来，"拉俄墨冬也禁止任何人进入赫勒斯庞特海峡。快说，究竟是哪个恶魔把你们带到这里来的？"

伊阿宋并没有回答他的提问，而是冷静地说："我们先向赫利俄斯的儿子，科尔基斯伟大的国王致敬……"

他一开口说话，美狄亚的视线就牢牢被这个大胆的陌生人吸引了，他看起来像神灵一样英武。正在此时，潜伏在一边的小爱神厄洛斯瞄准了她的心窝，不偏不倚地射出了一支爱之箭。

这就足够了。刹那间，一个素未谋面的男子突然就成了美狄亚世界的中心。这电光火石的一瞬间，足以将她送上一条不归路。她一刻都没有犹豫，为了眼前这个外人她甘愿放弃一切，只要他愿意，她会死心塌地跟着他走到海角天涯，

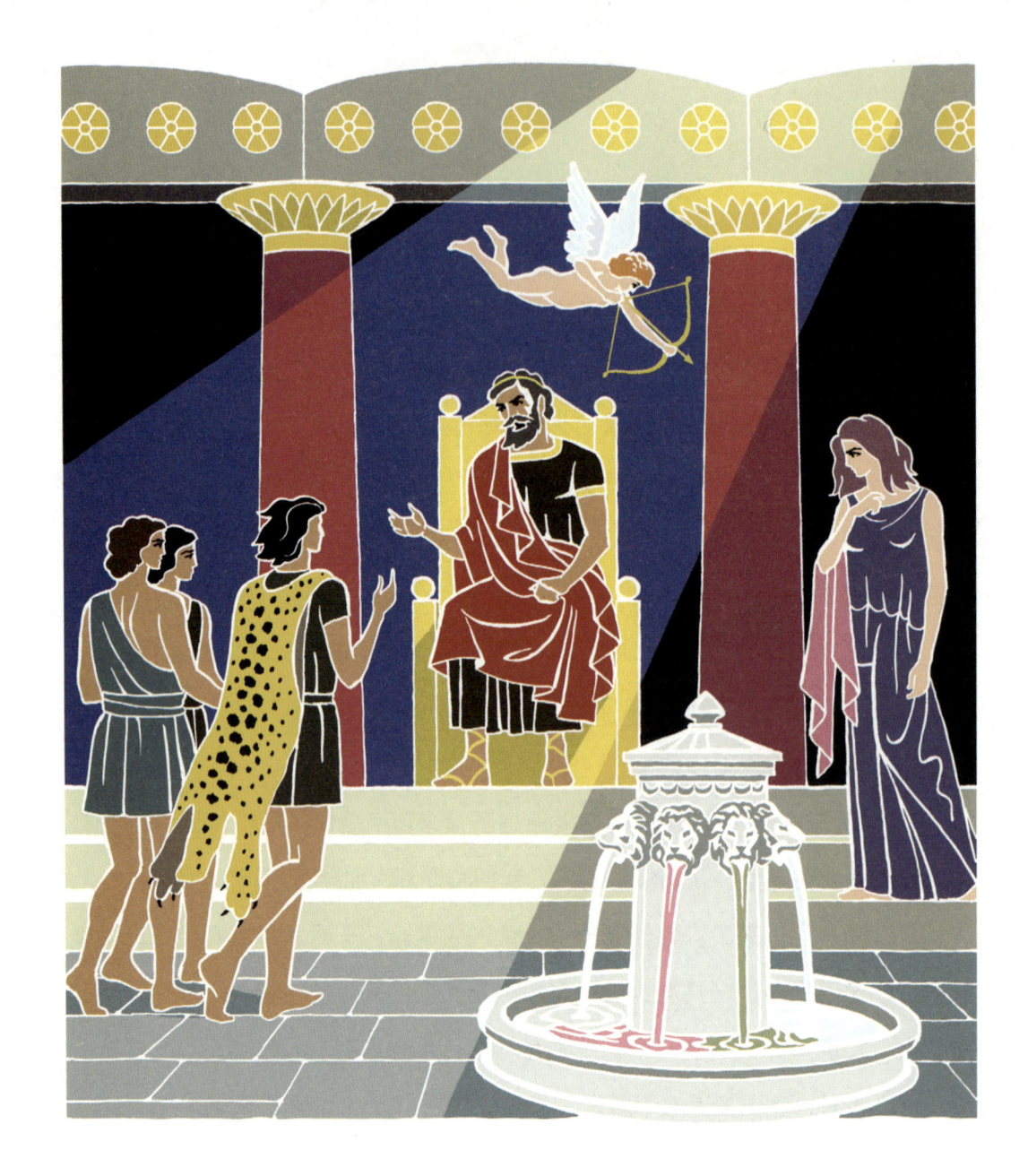

不管前方会遭受什么样的狂风暴雨。

伊阿宋也注意到了美狄亚，他立即意识到，这个可爱少女的心中正涌动着某种奇怪的感情，她站在那里，用那双金色的眸子凝视着他。当他和埃厄忒斯交谈时，伊阿宋隐隐感觉到他所说的每一句话都对这个陌生女孩有很强的吸引力。"遵照俄尔科斯国王珀利阿斯的命令，我们历经了漫长而危险的航行到达这里，"伊阿宋说，"有神谕说，埃俄洛斯家族的人会再次来到这里，把曾经从希腊带来的珍贵物品带回希腊。我就是那个神谕所指的人，我叫伊阿宋。我是埃宋的儿子，我的使命就是带回金羊毛。"

"你在胡说什么？"埃厄忒斯愤怒地叫道，他惊讶得简直不能相信自己的耳朵。美狄亚也同样感到十分惊讶，但她的惊讶只会加剧她心中涌动的春潮。

"我是说，我必须把金羊毛带回希腊。我以友好的方式请求您允许，因为您知道没有人能违背命运的安排。"

"白痴！"埃厄忒斯气得暴跳如雷，大声嚷道，"你真以为我会轻而易举地把金羊毛交给你带走？从没有人能从我身边拿走那件宝物，无论他奉什么神谕，或有什么神灵在背后支持。听好了，可别让我说第二次！"

"但您必须把它交给我，"伊阿宋冷静地请求说，"那只公羊来自奥耳科墨诺斯，它的羊毛必须要归还给希腊。只有这样，佛里克索斯的父亲阿塔马斯的在天之灵才能得到安息。但我并不需要您把它无偿地给我，我愿意为此与您交换。我有许多同伴，他们当中有希腊最伟大的英雄。您可以给我们下达任何命令，我们都会执行。我们能帮您剿灭国内的强盗，惩戒不法之徒；帮您猎杀森林里的野兽，消灭怪物；帮您击退入侵者。这些事情，或者其他您想要办的事情，您只需下个命令，我们就会做到。我们只求您答应，把金羊毛作为对我们的奖励。"

"这些事情，我根本无须任何帮助，"埃厄忒斯咆哮道，"我自己完全有这个能力！但是，"他的眼中闪过一丝狡猾的光芒，"既然你们非常渴望得到金羊毛，并愿意为此冒生命危险，那么有一个任务倒是值这个价，但这个任务超出任何人的能力。当你听到后，你就不会急于答应了。"

"我们不远千里而来，历经千难万险到此，就是为了实现不可能实现的目标。只要您下命令我就能做到。但是您先要发誓，一定会把金羊毛交给我。"

"我发誓，但是我警告你，这不等于你取得了胜利，相反是失败。因为你必须独自面对难以克服的困难。现在该你了，你要发誓，你将完成我所命令你做的事情。"

"我以宙斯的名义发誓！我要么成功，要么奋斗而死。"

"那么仔细听着，因为你要自寻死路：战神阿瑞斯给我托梦，要我找到一个愿意使蛮力的人，在他的石头地里耕田、播种、收获，所有这些工作必须在一天内完成。我已经答应了阿瑞斯，我会牺牲一个英雄来满足他的愿望。那么，现在我已经找到了一个愿意赴死的英雄——这个人就是你！"

"我不会死的！"伊阿宋反驳道，"我一定会克服一切困难，让你信守承诺。"

"你这个笨蛋！"埃厄忒斯嘲笑道，"如果我认为你能完成我所交给的任务，我还会许下诺言吗？我来告诉你，你用来耕种阿瑞斯田地的牲口可不是驯服顺从的牛，而是赫菲斯托斯亲自送我的两头口鼻喷火的公牛。只要你一接近它们，你定会送命。它们会立即冲上来用角刺穿你，用喷出的火焰烤焦你。如果你能成功地驯服它们，并给它们套上犁，那么你就必须把整片荒芜的石头田地都深翻一遍。

"对你来说，这个任务是根本不可能完成的。因为一旦在无数的岩石上犁地，犁铧将被撞成碎片。但万一你已经设法完成了耕作，那么当你来播种的时候，又会有新的危险正等着你。我给你的是龙的牙齿，而不是麦子，不要指望嫩绿的禾苗将从田地里长出来；相反，巨大、野蛮的战士将从地面冒出。你必须用利剑将他们全部砍倒，才能完成收割。现在掂量掂量，你是否能做到这一切——这些就是我的条件。如果你成功了，我会遵守我的诺言，让你去阿瑞斯圣树林拿走金羊毛。

"但是，即使完成了这些不可能完成的任务并活着走到林中，你也不要高兴得太早。因为那时你将面临最后一项最不可能完成的任务：如何接近金羊毛。你的同伴们都没有权利去那里协助你，就算是你们所有的人都去了，也抵挡不了那条守卫的巨龙。它是如此之大，可以一口就把你的所有船员都吞下去，包括你的船。即使来一支军队，也无望打败这条龙。为什么呢？如果你不知道的话，我告诉你——它根本不会死！也不要以为你可以在它睡着时降伏它，这条龙根本就不睡觉。它总是睁着双眼，不停地四处搜寻并喷射出烈焰。既然你愚蠢地跑到这里来讨要金羊毛，你会发现面前只有死路一条，你再也没有退路，你发过誓要完成我下达的任务！"

"不管发没发过誓言，我还是要冒这个险。"伊阿宋回答道。他瞥了一眼金色眼睛的少女，她正万分焦急地看着他。

"我来到这里就是为了寻找金羊毛，找不到它，无论如何我都不会回去，明天早上我就去阿瑞斯的田野。"

"您可真是位'英雄'，"埃厄忒斯语带嘲讽地说，"那么我就去见你最后一面，看看英雄是怎么丧命的。"

"不会让您失望的。"伊阿宋无比辛酸地回答道。此刻，他对自己能否活着回来已经不抱任何希望了。

说完这些话，他们就告辞了。此时伊阿宋万念俱灰，他和伙伴们一起回到了"阿耳戈号"，埃厄忒斯则扬扬得意地回房休息。至于美狄亚，她躲到一个角落里偷偷地流泪，内心十分难过和纠结。可怜的美狄亚现在进退两难、境况悲惨。她知道自己拥有不可战胜的魔力，如果她选择帮助这个男人，那么他一定能夺走金羊毛。但是她怎么能这样做呢？怎么能背叛自己的父亲、亲人和整个科尔基斯呢？可是她又怎么能对那个她一见钟情的陌生人见死不救呢？

是的，她必须置身事外，任由他被赫菲斯托斯的公牛撕碎，或者被那些从阿瑞斯田地里冒出来的巨人砍倒。她无权违背父亲的意志。事实上，众神所制定的第一部法律的条款之一就是：孩子应该尊敬和服从父母。

"哦，伟大的爱神！"她哭喊道，"您为什么要在我心中燃起这种火焰，这让我怎么活下去呢？我明明可以拯救我所爱的人，却只能眼睁睁地看着他去送死！"

美狄亚举棋不定、痛苦不堪，最终下定决心，做出了可怕的选择。既然她不能反抗自己的父亲，也不愿看着自己心爱的人去死，那么只能选择自己去死。从用来准备魔法的草药中，她很快找到了她需要的植物，其根部可以挤出一种致命的毒药。她拿起这棵植物，心里默念道："你会让我得到解脱。"

就在这时，卡尔塞俄佩突然闯了进来。

"美狄亚，快救救我们吧！"她哭喊着，"你父亲要杀我的儿子，就因为他们把伊阿宋带到了科尔基斯！"

美狄亚一下子就扑到姐姐的怀抱里，泪如雨下。她告诉姐姐，爱神阿佛洛狄忒在她胸中点燃了爱情之火，并向她解释了自己目前的困境。最后她说："我正准备服用这种草药自杀，你却救了我。现在我知道该怎么办了，我要阻止父亲的计划！"不等姐姐开口，她急匆匆地跑出城。

美狄亚在崎岖的荒野上跑了几个小时，一直跑到普罗米修斯受难的山崖下。那里生长着一种花，它在提坦巨神鲜血的浇灌下成长。她采了一朵花，然后赶到森林里的赫卡忒神殿。这时夜幕降临，皓月当空，正是会见月亮女神的绝佳时机。

她仰望天空，高高地举起手臂，大声喊了三遍女神的名字。月亮隐藏起来，光芒四射的赫卡忒出现在她面前，她们两个一起走进了神殿。

过了一会儿，美狄亚出来了，胸前紧紧地抱着一个小的珠宝盒。她和女神用普罗米修斯脚下盛开的花朵制成了一种药膏，它能给使用者带来令人畏惧、不可战胜的力量。现在她心花怒放，感谢完赫卡忒之后，就跑去找伊阿宋了。

与此同时，"阿耳戈号"正笼罩在阴沉的气氛中。其他英雄越是试图说服伊阿宋立即回家、不要去阿瑞斯的田地，他越是信心百倍地选择留下来。

"你的誓言不能算数，"忒拉蒙坚决地说，"这完全是一个圈套，是让你把自己的头放在绞索里。"

"求求你们了，我的朋友们，"伊阿宋最后说，"让我自己待一小会儿吧。"

他想出去散步，在树林里走走。离开船走了一段距离后，他听到旁边有声响。转过头，他发现黑暗中有一个女孩。

"你是谁，怎么会在黑暗中独自徘徊？"他惊讶地问，"你不害怕吗，莫非你就是埃厄忒斯的女儿美狄亚？"

女孩走上前。

"你猜对了,我就是那个不惧怕黑夜,却害怕明天的人。"

"我不明白你在说什么,我没有胜算通过那场严酷的考验,金羊毛永远都是你们家的,你还有什么理由害怕呢?"

"直到刚才我还在担心金羊毛的安全,但是现在我要替那个企图把它从我们身边拿走的人感到担心。"

"我还是不明白。"伊阿宋说,他向美狄亚的脸上看去。在明亮的月光下,两行清泪顺着她的脸颊不断流下,就像挂着两串闪闪发亮的珍珠。这时,伊阿宋才明白了美狄亚的心,便更仔细地端详:她宛若女神一样可爱。

"听我说,伊阿宋,"美狄亚说,"你可能很难相信,但我的确是来帮助你的。众神赐予了我法力,因此,我能让你具有犁耕阿瑞斯田地的能力,最后帮助你赢得金羊毛。现在你要仔细听,照我说的做,因为我们的时间不多了。拿着这个药膏,借着月光在河中洗个澡,然后用它涂抹全身。

"我是在月亮女神赫卡忒的帮助下把它制成的,我是她的女祭司。这种药膏是用一种经过提坦巨神普罗米修斯鲜血浇灌的花瓣制成的,具有不可思议的神力。涂上这种药膏后,你将在一天内变得比天神或者从古至今任何一个人都强壮有力。这样,那两头牛的犄角将不能刺穿你的身体,它们喷出的火焰也无法灼伤你的皮肤。用这药膏涂抹你的盾牌,它会变得坚不可摧,即使宙斯的雷电也不能将它击穿。再把它抹在你的剑上,剑就可以砍断石头。

"手中有了如此强大的力量,你将会无坚不摧,能驾驭神牛耕犁阿瑞斯的田地。随后播撒龙牙,当你看到全副武装的巨人从田里冒出来时,趁机搬一块巨石扔在他们中间,他们会误认为发生了一场战争,于是就会相互残杀。当这场混战快要结束时,你再主动出击,用你的利剑杀死所有残留的巨人。这样,你就会从这个可怕的磨难中获得胜利。至于金羊毛,我去对付恶龙,你将轻而易举地获得它。"

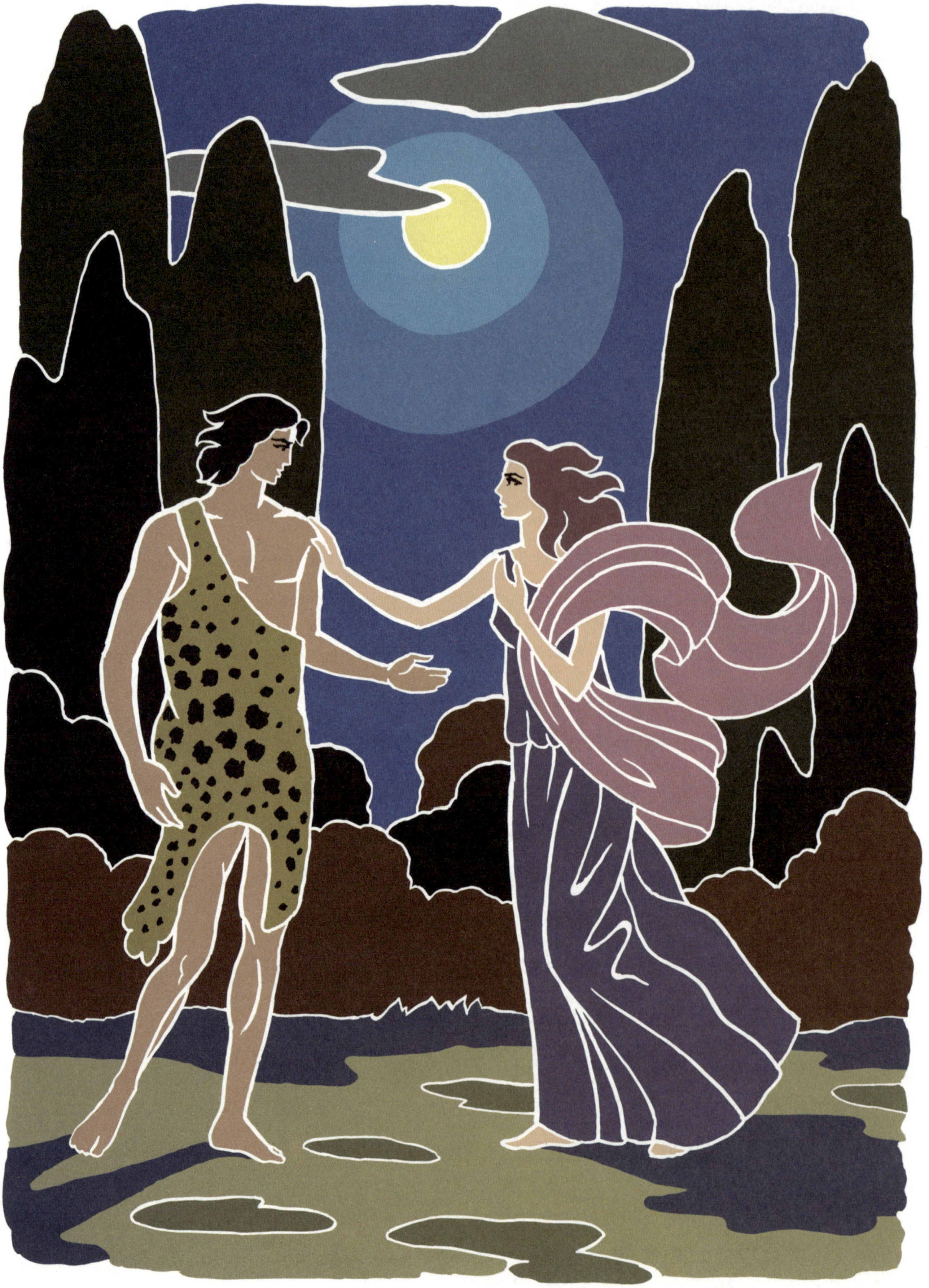

"你为我做的一切，我该怎样报答你呢，可爱的姑娘？"

"啊，伊阿宋，爱神在我心中为你燃起了爱情的火焰，我全部的要求就是爱。我要你带我走，让我做你的妻子，建立一个幸福的家庭，和你在一起快乐地生活，直到我们的生命结束。但是，如果有一天你把我抛弃……"

"绝对不会！"伊阿宋惊叫道，"我现在就向你所服侍的月亮女神赫卡忒发誓，向派你来救我的阿佛洛狄忒女神发誓，我永远不会对这位姑娘变心，她为了我背弃了自己的家和祖国，甘愿去未知的土地，在陌生人之间度过自己的一生。"

美狄亚喜极而泣，扑向伊阿宋的怀抱。但很快，她又挣脱了。

"没时间了，"她说，"天就快亮了，你必须在天亮之前做好准备，快去按照我说的去做。之后，马上去战神的田地，在犁上抹上药膏，然后等待我的父亲。他会在太阳升起的时候赶到。快去吧！你需要记住一件事：无论你涂抹在身体、武器和犁上的油膏的法力如何强大，除非你敢于冒险、坚持不懈、全力以赴，否则法力不会起作用——我的意思是，要使出你自己的原力，你使出的原力越强，油膏产生的法力才能越强。我希望你能明白，一切都取决于你，但不要害怕，我对你的胜利充满了信心。当夜幕再次降临，到这里来找我。"

伊阿宋马上跑到河边，按照美狄亚的指示进行。他很快意识到药膏确实产生了奇迹，他感到周身的血液在血管内奔腾欲出，看到全身的肌肉隆起，硬似钢铁，一种强烈的喜悦与乐观充满了他的心。

这天早晨太阳升起之前，伊阿宋已经站在阿瑞斯的田地等待。这时其他人还没有来，英雄环顾四周，发现这是一片荒芜的地方，不见土壤，全是岩石。在一个角落里，他看到一个牛棚，毫无疑问那里关着埃厄忒斯的公牛。牛棚外面放着一副轭，旁边摆放着犁。英雄立即上前，给犁涂上药膏，他特地涂抹了犁头，保证它不会在石头上撞碎。

很快，埃厄忒斯乘着皇家马车赶到，王后欧律鲁特、他的儿子阿普绪耳托斯和一大群随从也一道前来。他们所有人都是前来观看这个千里迢迢来到科尔基斯、妄想拿走金羊毛的粗鲁外乡人是如何送命的。美狄亚在姐姐卡尔塞俄佩的陪伴下也来了，当然，她来的目的不同。美狄亚的视线与伊阿宋的交织在一起，伊阿宋站在那里，显得无所畏惧、充满信心，美狄亚却是心急如焚，她心爱的人能否通过考验，会不会在阿瑞斯这个崎岖的山坡上丢掉性命？尽管药膏已经赋予他神力，但这项任务之艰巨，足以使最勇敢的英雄畏缩不前。好在卡尔塞俄佩的陪伴给了美狄亚足够的勇气，美狄亚对她没有任何隐瞒。

"如果没有神灵的帮助，伊阿宋就不可能走到今天这一步，"她安慰美狄亚说，"现在他又得到了你的帮助，你没有什么可担心的。"

埃厄忒斯向四周看了看，瞥了一眼伊阿宋，举手示意打开了牛棚。赫菲斯托斯的公牛立刻冲了出来。伊阿宋看了美狄亚一眼，然后准备迎接那两头朝他狂奔而来的狂怒公牛。它们把犄角压得很低，黄铜鼻孔里喷着火焰，蹄子把地面踩得响声震天。就在第一只公牛正要撞到他身上时，伊阿宋猛地抓住犄角，把它的头按在地面上，左右摇摆着这头牛。他灵巧地把它控制在身前作为盾牌，抵挡住了第二头公牛的攻击。公牛的头被压到地上，后腿又踢又蹬，却无法挣脱。火焰从它的鼻孔喷射出来，英雄却毫发无损，最后这头公牛屈服了，被迫套上轭套。而它的伙伴选择在这个时刻发动攻击，但这样做非常不明智，因为伊阿宋已经解决了第一头公牛，他又抓住第二头牛的犄角，迫使它低下头，然后给它套上另一个轭套。接着伊阿宋把轭架在犁上，赶着驯服了的公牛走到田野的一个角落，开始犁地。他用剑当鞭子，驱赶着那两头公牛在石头田地上拖着犁铧跑来跑去。犁铧深入地下，翻出小石块，劈开大岩石，犁起了灌木丛，在这崎岖不平的地面上犁出一道一道的垄沟。很快整片地都被翻耕了，于是英雄伸出手掌向埃厄忒斯跑去。

"现在拿出龙牙吧！"他喊道。

埃厄忒斯又惊又怒，满脸通红，只得交出了龙牙。

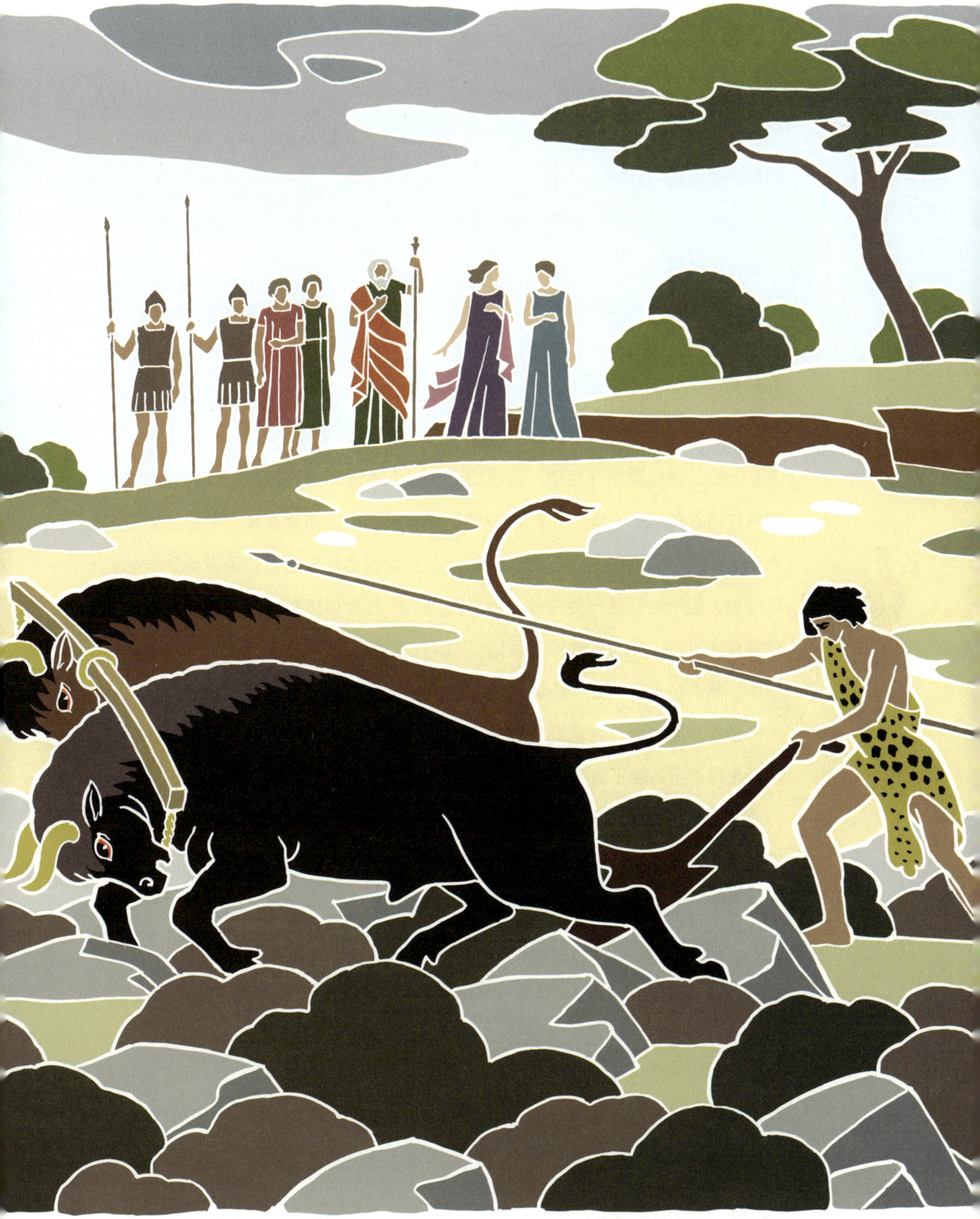

"这个外乡人挺能干的，"他不屑一顾地说，"不过当那些巨人一齐扑向他的时候，他就逃不掉了。"

这时，卡尔塞俄佩低声在美狄亚的耳边说："他能力非凡，会渡过一切难关，你根本不必担心。"

伊阿宋在巨大的垄沟间走着，一边走一边把手上的龙牙播撒下去，播种很快就完成了。不一会儿，巨人武士开始从地里冒出来，很快整个田地里挤满了野蛮的巨人，他们正睁大眼睛四处寻找敌人。伊阿宋藏在灌木丛后面，从那儿抓起一块巨石，把它扔到巨人中间。

一场血腥的厮杀开始了，武士们开始相互攻击，毫不留情。伊阿宋再也抑制不住自己的神力，卷入了这场冲突。伊阿宋不知疲倦地砍杀，就像在麦田割麦子一样。当太阳快要落山时，最后一名巨人武士被砍倒。伊阿宋跑到埃厄忒斯那里，告诉他任务已经完成。但是埃厄忒斯一看见伊阿宋过来，便立刻跳上马车直奔王宫，并吩咐他的朝臣们："我再也不想见到那个男子了，除非是他的尸体！至于金羊毛，我不会让他得逞的。"

但是，美狄亚已经听到了她父亲的话，她钦佩地瞥了伊阿宋一眼，然后就拉着姐姐的手跑回王宫。"要留心父亲的一举一动。"她说。

埃厄忒斯气急败坏地走进宫殿大厅，怒气冲冲地看着随从，喊道："召开作战会议！马上！"

"我们到齐了，陛下。"他最信赖的将军说。

"今晚我们就烧掉'阿耳戈号'，杀死所有的船员！"

"我正要建议这么干，"阿普绪耳托斯说，"但是如果我们想要彻底解决他们，就必须快点行动。"

"让军队随时待命，"埃厄忒斯命令道，"我要亲自带兵去！"

当所有人都同意采取行动时，王后欧律鲁特提出了不同意见。倒不是因为她认为这个计划不好，而是因为一直关注事态发展的女神赫拉，在神不知鬼不觉的情况下通过欧律鲁特的嘴说出了这些话："夫君，我同意你的计划，但是你首先要冷静下来，才能立于不败之地。如果没有什么能让你冷静下来，我可以做到！"

她用一丝温柔的微笑示意埃厄忒斯跟她走，于是埃厄忒斯中止了作战行动，顺从地跟着妻子走回房间。

此时，将军们也松了一口气，他们顿时感到眼皮沉重、困意来袭，也纷纷回去睡觉去了。然而，阿普绪耳托斯对母亲的干涉表示不满。他没有回房休息，而是走出王宫，消失在黑夜里。

与此同时，美狄亚一直在等待时机。一听到父亲的鼾声，她马上溜出宫，在约好的地点见到了伊阿宋。"我们必须抓住机会把金羊毛带走。"美狄亚说。

"得手后，我们必须马上离开这里前往希腊。我父亲打算烧掉'阿耳戈号'，把你们全都杀掉。"

"但是，金羊毛能这么轻而易举地到手吗？"伊阿宋迟疑地问道。

"这是不可能的，但是我们会设法拿到它。"

"那么，然后呢？"伊阿宋温柔地看着美狄亚。

"然后我将永远和你在一起，做你忠实而忠诚的伴侣，但我再次警告你，倘若你……"

"永远不会有'倘若'，"伊阿宋反驳道，"倘若有一天我把你抛弃，我将受到最严厉的惩罚，我就应该被众神和人类抛弃，离群索居，众叛亲离，死于荒野之中，我的尸体将被野狗分食。"

"你不用发毒誓了，伊阿宋，我相信你，这就够了。但是现在该去阿瑞斯圣树林了。"

他们借着月光向前走。突然走到林间的一片开阔地，看见一个悬挂在一棵高大树干上的物体，正闪耀着金色光芒。伊阿宋简直不敢相信，正在闪闪发光的就是金羊毛！然而在它附近，有两个红色发光的圆圈，就像两团火一般。这两团奇怪的光是什么？伊阿宋心中十分不解。但是当他走近时，突然明白了，那是恶龙的眼睛，正在向外喷射火焰。觉察到有人靠近，恶龙突然伸直了卷曲的身体，张开它山洞似的大嘴，露出可怕的牙齿和长长的分叉的舌头，发出恐怖的号叫。虽然伊阿宋是勇敢无畏的汉子，但是恶龙身上发出的那种令人恐惧的威慑力，对任何英雄甚至天神来说，都是无法承受的。伊阿宋站在那里，恐惧万分、寸步难行，但美狄亚独自一人平静地走向前。

她伸出手，嘴里念动咒语，很快就使这条恶龙安静下来，然后美狄亚呼唤来睡神——众神中最温顺、最不可战胜的神。她拿出一根带叶子的嫩枝，这根嫩枝已经用她调制的液体浸泡过，她把树枝上的液体滴洒在怪物的眼皮上，一次，两次，三次。恶龙身体放松了，它巨大的身体横卧在整个森林里，头垂至大地。自它被安排守卫金羊毛以来，它第一次闭上了眼睛。

"快，伊阿宋！"美狄亚叫道，"把它取下来！"

伟大的时刻到来了，伊阿宋走上前去，用双手抓住月光下金光闪闪的宝贵羊毛，片刻之后把它抱在胸前。实在太棒了，他简直不敢相信命运竟会如此眷顾自己，就在一天之前他似乎已经失去了一切。他凝视着美狄亚的眼睛，如果没有她的帮助和爱，他早就是一个死人了。怀着深深的感动，他走上前去拥抱美狄亚，却被她推开了。

"快跑回船上！"她低声说，"每一秒的拖延，对我们可能都是灭顶之灾。"他们还没有走几步，突然一道阴影从灌木丛中掠过，然后迅速消失了。

"那一定是阿普绪耳托斯，"美狄亚喘着粗气说，"他是今晚唯一没去睡觉的人，我们必须尽快回到船上，马上返航，一刻都不能耽搁。"

"阿耳戈号"船上的所有人，都在焦急地等待着。突然，他们看到伊阿宋和美狄亚一起跑了过来。当他们看到这位英雄高兴地展开金羊毛时，他们的焦虑变成了无法抑制的激动。金羊毛在满月的光芒下发出闪闪的金光。伊阿宋匆匆帮助美狄亚上船后，自己也跳上船，喊道："解缆！起锚！所有的水手到桨位上去！金羊毛现在是我们的了，但是他们会一刻不停地追捕我们，如果我们现在不走，我们就全完了！"

一些船员急忙拉起船锚，另一些船员则解开缆绳。但是即便如此，不断有人疑惑地打量着伊阿宋带回来的陌生人。伊阿宋很快就满足了他们的好奇心："这是埃厄忒斯的女儿美狄亚，她是爱神亲自送给我们的援助，没有她的法力和勇气，我们根本得不到金羊毛，而且还会搭上性命。如果我们被抓住，美狄亚将被她的父亲处死，我们现在有责任保护她不受任何伤害。我对她亏欠很多，根本无法偿还。我曾经向众神发过誓，我要让她成为我的妻子，一辈子都爱她。"

"阿耳戈号"现在已经离岸，飞快地向法希斯河下游驶去。安凯厄斯熟练地驾船绕过河弯，穿过狭窄的河道。幸运的是，月光照亮了前行的河面，林叩斯也能够看到远处的河床，并警告他们避开沙滩和礁石。

天还没有亮，阿耳戈英雄们已经能看到前方广阔的海面，大片银色的月光在波涛中嬉戏跳跃。

"我们逃脱了，"伊阿宋气喘吁吁地说，"危险已经过去了！"

"我不这么认为。"美狄亚却说。她是对的，因为他们溜下河时，阿普绪耳托斯气喘吁吁地跑回王宫，用力拍打父亲的房门，几乎要把它打碎。

"父王，快起床！"他大声喊道。这时房门打开了。

"外乡人带着金羊毛逃走了，美狄亚和他们在一起，您的女儿背叛了我们，这个吃里爬外的家伙！"

"不仅仅是美狄亚，"埃厄忒斯咆哮道，"还有这个，让她和她的爱抚见鬼去吧！"一记耳光恶狠狠地迎面打在王后的脸上，他把自己的错误归咎于妻子，尽管这一切并不是她的错。

埃厄忒斯暴跳如雷，风暴一样冲出了他的房间。

"出动舰队！"他歇斯底里地喊着。

整个科尔基斯舰队出发时，黎明还没有到来。埃厄忒斯站在船头，阿普绪耳托斯是他的副手，舰队沿河而下去追赶"阿耳戈号"。

"不要放过任何一个人！"埃厄忒斯大叫，"全都处死，但要确保金羊毛完好无损！"

"那么美狄亚呢？"阿普绪耳托斯问。

"留着她，她将受到比死更严酷的惩罚。"

"她应该死上一千次！"他的儿子恶毒地说。但他完全没有料到，他将会为此恶语付出沉重的代价。

第 九 章

逃离埃厄忒斯

高高的桅杆上挂着金羊毛,"阿耳戈号"迅速从科尔基斯撤离。但目前所处的位置,还不足以让英雄们放下心——埃厄忒斯肯定会带兵追来。

"我们有两条路可以回希腊,"佛里克索斯的儿子库提索罗斯说,"一条是走你们来时的路,另一条是走多瑙河。那是一条宽阔的河流,沿河而上可以航行到另一片大海,然后向西绕到爱琴海。我建议走第二条路,虽然它路程更长,更令人疲累,但或许能出其不意摆脱埃厄忒斯的追兵,他们根本料想不到我们会走多瑙河。"

英雄们都同意库提索罗斯的建议,于是安凯厄斯调转船舵,向北方驶去。他们听说过,多瑙河向北流入黑海。

一连几天,阿耳戈英雄们都在晴朗的天气里安静地航行。一天早晨,他们从远处看到一条漫长、扁平、狭窄的海岸带覆盖了整个西方的海平线。当他们靠近时,看到一大片稠密、高耸的芦苇立在水边,中间看起来像是宽阔的海湾。

"那可不是海湾,芦苇之间也不是海水,"林叩斯说,"那一定是多瑙河,我们一直在寻找的大河。"事实证明他的判断正确。

沿着海岸线走,他们很快就发现了一个郁郁葱葱的岛屿,岛上有一座白色的寺庙,寺庙为绿树所环绕。

"让我们在这儿靠岸吧!"伊阿宋当即决定说,"现在我们该休息了,借此机会感谢众神让埃厄忒斯难觅我们的踪迹。"

于是他们离船登岛,直奔寺庙而去。这座寺庙是祭祀狩猎女神阿尔忒弥斯的一座小神殿。在这里,阿耳戈英雄们向女神献祭,乞求她施与援助。之后,他们心情轻松、宽慰地回到泊船处。夜幕降临时他们就躺在沙滩上,毫无警惕地进入沉沉的睡眠中。

但是黎明时分,当他们醒来时,却看到整个海面上一片黑压压的战舰追了过来,老谋深算的埃厄忒斯已经猜到他们会走这条路。现在阿耳戈英雄们的处境十分凶险:他们人手太少,对付不了这么强大的敌人;要想偷偷地溜走,也已经丧失了机会。"不要放弃希望，"美狄亚安慰他们说，"我们有方法自救。"她把伊阿宋拉到一边。

"听着，"她低声说，"我们必须先对付阿普绪耳托斯，舰队没有了他，就成了无头的苍蝇。"

"好，但怎样做呢？"

"我们只有一条路可选，"美狄亚回答，"必须施诈把他引上岸，不然今天我们都得死。现在你先去阿尔忒弥斯神殿等候，我会骗阿普绪耳托斯过去。"

说完，她一人走向海边。这时埃厄忒斯舰队的第一艘，也是最大的一艘船正在靠近。她看到船首站着的正是她同父异母的兄弟阿普绪耳托斯，但现在变成了死敌。美狄亚走到岸边，阿普绪耳托斯一看见她露面，就破口大骂：

"你这个女妖！等我抓住你，要把你碎尸万段！我要你眼睁睁地看着，我怎样处死伊阿宋。你竟然为了一个外人背叛祖国、父亲和兄弟！"

"啊，阿普绪耳托斯，你怎么会这样说呢？"美狄亚流着眼泪，一脸委屈地叫道，"我原以为你是赶来救我的。这帮强盗，他们盗走了金羊毛也绑架了我。"

"住口，你这个骗子！那天晚上我亲眼看见你和伊阿宋一起钻进林子，是你把金羊毛交给了他！"

"难道你就没有发现，他那时正手持利刃威胁要刺穿我的胸膛吗？难道你忍心让我落在这帮无情的恶棍手中吗？如果他们看到你要进攻，就一定会杀了我，把我的尸体扔进海里。难道你愿意让他们杀死你的姐姐吗？我知道你恨我，但是你要让仇恨一直持续下去吗？仔细想想，阿普绪耳托斯，我会伤害我的父亲、我的兄弟和我的祖国吗？难道我会背叛所有人，把金羊毛拱手让人吗？"

说这些话时，美狄亚泪如雨下，泣不成声。听了这番话，阿普绪耳托斯内心开始动摇，他姐姐说的话如此真诚，他不禁为自己刚才说的那些恶毒的话语感到羞愧。

"可是，如果我们不发动进攻，我怎么救你出来呢？"他问道。

"我告诉过你，如果舰队开进来，我一定必死无疑。你如果想要出其不意地抓住他们，就一个人来接我。现在就行动，抢在他们找到我之前。我们还有时间去抢回金羊毛，它现在就放在阿尔忒弥斯的神殿里，没有人守护它，他们相信女神本人会守卫他们的战利品。但是女神是站在我们这一边的，阿尔忒弥斯和赫卡忒都管辖着明月之夜，我为其中一位女神服务，就如同我也为另一位女神服务一样。"

听完这些话，阿普绪耳托斯对他的姐姐深信不疑，于是一个人上了岛，跟着美狄亚跑向神殿。但在那里，伊阿宋正躲在一根圆柱后面等着他。

疏于防备的阿普绪耳托斯刚踏上台阶，正要走进神殿，伊阿宋突然从身后跳出，大喝一声，高高举起利剑向他袭来。伊阿宋最危险的敌人——对他心爱的美狄亚最致命的威胁——就这样被消灭了，他的鲜血染红了洁白的大理石地面。

然而，这次谋杀——美狄亚施诈杀死自己的兄弟的方式，理所当然激怒了

众神。宙斯无法原谅伊阿宋从背后捅刀子，也无法原谅美狄亚的背叛。而女神阿尔忒弥斯则立下重誓，要实施报复。她现在满脑子想的都是惩罚，因为他俩用阿普绪耳托斯的鲜血玷污了她的神殿，这是对她深深的侮辱。尽管赫拉试图解释这桩罪行是迫不得已，并恳求说这样做是为了挽救那些阿耳戈英雄的性命，但是她的求情毫无效果。因此，伊阿宋和美狄亚注定要在返回希腊的长途旅行中，为他俩的所作所为付出艰辛的代价。

但那一刻，伊阿宋并没有预见到神的愤怒。喀戎当年的忠告，"努力拼搏，但绝不要背离荣耀"已经完全被他抛在脑后。现在他所能想到的只有，"幸亏杀死了阿普绪耳托斯，才使'阿耳戈号'逃脱了埃厄忒斯的追捕"。埃厄忒斯现在正在寻找他儿子的尸体，以便将其安葬。然而，阿耳戈英雄们已经把他的尸体砍成碎片，抛入大海，让他花时间去打捞，从而失去了追捕的时间。儿子的横死让埃厄忒斯很受打击，他身心疲惫决定返航。然而，他并没有把所有的舰队都撤走，只带了一半随他返航。

"你们留下的人，"他命令道，"要继续追杀伊阿宋和美狄亚，活要见人，死要见尸，金羊毛也要一并带回来。如果你们胆敢空手回来，就等着全部被绞死在阿瑞斯的树林里吧！"

在返回科尔基斯之前，埃厄忒斯只得先安葬阿普绪耳托斯残缺不全的尸体。这个地方从此以后就被称为"托米"，在希腊文中的意思是"碎片"。现在的罗马尼亚城市康斯坦察就建在这个地方。

就这样，阿耳戈英雄们逃脱了，但奉命留下追击的科尔基斯人不知该往哪个方向追，只得待在那里，犹豫不决。

"阿耳戈号"沿着伊斯特罗斯河逆流而上，当时的多瑙河就叫这个名字。这是一次十分艰辛的航行，因为他们是逆水行舟。一路上，这些陌生的地方处处暗藏着凶险。在一处停泊地，可怕的狗头族向他们发动了袭击。这些奇怪而野蛮的生物有着人的身体，却长着狗一样的脑袋。它们疯狂地吠叫、撕咬，就像被恶魔附了身。一场恶战随即在岸边爆发，一直打到船上，许多英雄都陷入了绝望。一头怪兽从身后猛扑向美狄亚，她发出一声骇人的惨叫，让大家为之胆寒。危急关头，伊阿宋抢先用长矛刺穿了狗头怪物，救了美狄亚。但是，最终帮助阿耳戈英雄们脱险的是波瑞阿斯两兄弟——泽忒斯和加莱。他俩手持利剑从空中与狗头族激战，大多数怪物被他俩砍死，残留的怪物惊恐万分，哀叫着四处逃遁。

阿耳戈英雄们又出发了。现在，他们在多瑙河的航行越来越困难。一连数日，他们都在疲惫中划桨，竭力使船向更高的河面航行。这时，"阿耳戈号"已经进入群山环绕的荒野地带，对前途的不确定性和对灾难的担心轮流侵袭着每一个阿耳戈英雄的心。

"我们要去哪里？"他们当中很多人起了疑问，"我们是在回家的路上，还是众神要在这些荒凉的峡谷中把我们送上不归路呢？"

终于，前方的群山之间闪出一个缺口，透过缺口他们看到了广阔的大海：

在一片广袤的平原上，一条大河在阳光照射下闪着粼粼的波光。这片水域给这些阿耳戈英雄带来了希望。

"那就是罗涅河，"林叩斯确定地说，"它有一条支流从这附近发源，我们必须到那里去。"

"但是怎么去呢？"同伴问道。

只有一种方法可以帮助他们过去，可这几乎超出了他们的能力，但他们做到了。英雄们把"阿耳戈号"从水里拖到岸边，再把船抬上岸，有时候把船扛在肩上，举步维艰地行走，有时候把船放在砍倒后铺在地面的原木上，推着前进。就这样，英雄们或抬着，或拖着"阿耳戈号"，在荒山野岭中向上走。一瘸一拐、疲惫不堪的英雄们好多次想把船丢弃，靠双脚走出去，但伊阿宋不断给他们鼓励与信心，帮助他们最终走到了那条支流。把船放在通向罗涅河的河水中后，他们终于可以高兴地喘口气了。

现在他们向南，朝着这条大河的河口驶去，他们奋力划桨，顺流更是加快了前进速度。第二天他们到达海口，浩瀚的西海横亘在他们面前。他们将从这里回到希腊，可怕的考验正在接近尾声。俄耳甫斯心情轻松，弹奏起了竖琴。很快，激昂高亢的歌声就像一支胜利的赞歌一样，从他们口中唱出，回荡在无边无际的苍穹。

在这种愉快的情绪中，英雄们没有人注意到，天越来越黑，风越来越紧，掀起的海浪越来越高。突然一道叉状闪电从天而降，一下子就把船的桅杆劈成两半，船帆燃起了熊熊大火。英雄们的歌声中断了，宙斯的愤怒降临到他们头上了。

这位掌控风雷闪电的巨神，无法忍受这些英雄们高唱凯歌回家，就好像他们的良心从来就没有受到过谴责，而谋杀阿普绪耳托斯的罪行也从来没有发生过一样。在宙斯的盛怒之下，"阿耳戈号"在汹涌起伏的海浪中，像一个软木塞一样被扔来抛去。伊阿宋紧紧抓住断裂的桅杆，大声吼出一连串命令，来帮助他们摆脱风暴侵袭。英雄们以无与伦比的勇气牢牢地控制着船，抵御着风暴，随时提防海浪从侧面把船掀翻。只有泽忒斯和加莱，他俩曾在前几次危机中挽救了全船人的性命，现在却毫不理会船长发出的命令。他俩一声不吭地怒视着美狄亚，而她正紧紧地抱住伊阿宋的腿。最后泽忒斯再也忍受不住了。

"都是因为她，神才会用这样猛烈的风暴来打击我们！"他大喊道，"只要这个女巫留在船上，我们就会厄运连连。"

"我们得背负着阿普绪耳托斯的血债，"加莱帮腔说道，"如果我们想要大海平息，那么只有一个办法——把美狄亚扔到大海里去！"

"你们俩都疯了！"伊阿宋咆哮道。

阿耳戈英雄中心底最善良的欧菲摩斯支持伊阿宋。

"多亏了美狄亚，我们才逃脱死亡，而现在我们却想要牺牲她，来保全我们自己？如果这样做，定会遭到天谴，众神只会让我们死得更快！"

"如果伊阿宋和美狄亚杀死阿普绪耳托斯的罪孽得不到宽恕，你们将无一幸免！"另一种声音突然传来。

他们都吃惊地睁大了眼睛转过身看，因为他们听到的可不是人类的声音。它来自赫拉的木头雕像之口，甚至可以看到她的嘴唇正在开合。

"在你们前方即将遇到的第一个岛上，"女神继续说，"住着赫利俄斯的女儿——女巫喀耳刻，她也是美狄亚和阿普绪耳托斯的姑姑，你们必须祈求得到她的宽恕。如果她同意，你们都会回到希腊；如果她拒绝，那么你们永远无望再次见到自己的家园，因为天神的愤怒将永远跟随着你们的脚步。"

木头雕像刚停止说话，某种未知的力量驱动"阿耳戈号"劈风斩浪向前行进，直到轻轻地停在一片荒凉海岸的沙滩上。一到这里，风暴突然就停止了。阿耳戈英雄们不解地看着这片土地，这里似乎是一个孤岛，岛的最高处有一座城堡。现在他们明白了：他们已经鬼使神差地来到喀耳刻统治的小岛。女神赫拉再次出手相救，但接下来将会发生什么呢？

伊阿宋和美狄亚，以及佛里克索斯的两个儿子和另外三个阿耳戈英雄踏上通往城堡的道路。当他们走近时，看到一座闪闪发光的宫殿矗立在面前。伊阿宋和美狄亚让其他人留下，由他俩进入大厅。一个高大华丽的宝座上正端坐着喀耳刻，一位可爱的女神。她那双明眸里闪耀着金光，毫无疑问地证明她就是太阳神赫利俄斯的女儿。她没有卫兵，由两头狮子来守卫。它们匍匐在她膝下，只要陌生人走进来，两头野兽就会发出威胁的咆哮声，露出一排排尖利的牙齿。喀耳刻做了一个手势让它们保持安静，并邀请她的客人走上前来。伊阿宋开口介绍他是谁，从头开始讲述他的故事与悲惨的遭遇。

然而，尽管他详述了所有发生在他们身上的事情，但除了自己的名字外，他避免提及其他人的名字。但是，当他察觉到喀耳刻正带着敌意而不是同情的态度来听他讲话时，他又说："我已经把一切都告诉了您，是为了说明我们没有其他办法来拯救自己。如果要说我们采取欺骗手段，犯了谋杀罪并亵渎了神庙的话，这样的行为不仅仅是为了自救，还是为了救我们所有同伴的性命。但是现在，天神的愤怒对我们如影随形，所以我们来到这里，请求得到您的怜悯与同情，饶恕我们犯下的罪过。"

"你还没有告诉我受害者的名字，却要求我先宽恕和赦免这么严重的罪行？"

伊阿宋用一种几乎可以算作耳语的声音，坦白说："我们杀死了埃厄忒斯王的儿子，阿普绪耳托斯。"

"你们杀了谁？"喀耳刻喊道，一下子从宝座上站起来，"阿普绪耳托斯？还是在神殿内？"

话音未落，喀耳刻的脸开始裂开一道道皱纹，头发变得苍白而稀疏，鼻子拉长成一个薄薄的钩子，手变得像干柴棒上裹了一层羊皮纸，而先前华丽的长袍也变成了一件黑漆漆的寿衣。

"你们胆敢来找我？！"她嘶叫道，声音尖厉而发颤，"你们胆敢来找埃厄忒斯的姐姐帮你们洗刷你们所犯下的恶行？你们也太放肆了！"

喀耳刻瞬间的变化和她严厉的指责，骇得伊阿宋竟说不出话来。这时，美狄亚上前恳求。

"要不是阿普绪耳托斯赶来追杀我们，欲置我们于死地，这种事也不会发生。"她解释说。

但是喀耳刻并没有听她所讲的话，而是看着美狄亚的眼睛，因为在美狄亚的眼睛里闪耀着与她同样的金色光芒。

"可你是美狄亚！"她喊道，"你怎么也卷入这么可怕的谋杀了？"

"是的，我是美狄亚——尽管阿普绪耳托斯一直仇视我，但我从没有做过伤害他的事。如果要说我为了外人背弃了国家，帮助伊阿宋，那是因为阿佛洛狄忒在我心中点燃了爱情的火焰，让我陷入对这个男子的爱不能自拔。它超过了我对父亲，甚至对母亲的爱。因为在我年少、最需要帮助的时候，母亲已经去世了。"

喀耳刻被美狄亚的哀求打动了。但即使如此，她继续说："即使你俩的母亲不同，但阿普绪耳托斯毕竟是你的兄弟。"

"没错，但他的母亲教唆他，仇恨我和我姐姐。"美狄亚为自己辩解道。

"兄弟姐妹彼此仇恨是件非常可怕的事请，"喀耳刻严肃地说，"但是彼此杀戮更加可怕。"

但是，尽管她这样指责，她那干枯的脸又恢复了原来鲜活的模样，头发也变得乌黑发亮。很快，这位强大的女巫又变回之前那个年轻可爱的女神。伊阿宋和美狄亚怀着无比的敬畏看着她美丽的容颜再次绽放。

"不要惊异于这种变化，"喀耳刻解释说，"众神赐予了我老者的智慧，同时又赐予了我年轻娇嫩的容颜。我不生你们的气了，现在跟我来吧，我将把你们的罪孽清洗干净。"

说完，她拉起他们的手，带他们来到一眼泉水旁边。在那里，她宰杀了一只小羔羊，用它的鲜血洗了他俩的双手，然后命令他们在泉水里洗净身体。

之后，她告诉他们："你俩乞求我的事，我已经做完，只有神明才会知道为什么，但我确实喜欢上你们俩了。也许是因为你，伊阿宋，愿意冒着生命危险把金羊毛带回祖国；而你，美狄亚，为了爱情甘愿放弃所有。但是罪恶就是罪恶，现在我也为你们的罪恶所玷污。我已背叛了我的哥哥埃厄忒斯，作为先知，我知道自己会因此遭到报应。可是没关系，我已经做了我认为最好的事情了。

"现在你俩仔细听好了，经过洗刷，世人已无权来指责你们，就是众神也会区别对待。除了为自己，他们不会再为他人出头。但女神阿尔忒弥斯永远都不会宽恕你们，因为她的神殿遭到了亵渎，因此，在你们最终回到希腊之前，你们将为此遭受无数的痛苦和不幸，你们未来的道路将会走得十分艰辛，终生都难免在风雨中飘摇。我很伤心地警告你们：将会有太多的罪恶落到你俩头上——我可不希望，有人说喀耳刻看不清楚未来。"

了结这件事后，伊阿宋和美狄亚离开伟大的女巫，感觉好像卸下了千斤重担。获得赦免给他俩的宽慰是如此之大，以至于他们对喀耳刻的悲惨预言，根本无暇思考。

第二天早上，"阿耳戈号"再次起航。天气晴朗，现在所有的船员都放下了顾虑，充满了自信。正当"阿耳戈号"在清澈碧蓝的海水里劈波斩浪时，远处传来一阵女人甜美销魂的歌声，阿耳戈英雄们立刻被这歌声深深吸引住了，完全无视歌声里面隐藏的邪恶。

唉，原来他们正在接近海妖塞壬的岛屿。当它们张开光亮雪白的翅膀滑翔时，乍一看是一些令人迷恋的美貌女子，却长着猛禽锋利的爪子。最为可怕的是，它们以人肉为食。所有冒险经过海妖巢穴的航海者无论有没有打算踏上岛屿，都不幸成了它们的食物。

海妖的歌声唱得这么甜美，所有从这里经过的船员都被完全迷惑了，即使水手们明明知道不幸的命运会在那里等着他们，但也抑制不住内心要上岸的冲动。同样的厄运将降临到阿耳戈英雄们的身上。一听到这种令人心醉神迷的声音，他们全然忘记了防范海妖的忠告，鼓着劲划着船桨向这死亡之岛猛冲过去。

万幸的是，他们中有一个海妖引诱不了的人。当俄耳甫斯看到同伴精神亢奋地冲向致命危险时，他立即拿起琴，开始唱歌。他雄浑高亢的歌声一响，就完全盖住了海妖甜美的歌声。阿耳戈英雄们及时恢复了理智，马上就意识到所面临的凶险，于是迅速回头，以逃避女妖致命的引诱。但有一个人依然无法抗拒诱惑，他就是英俊的布忒斯。他不顾一切地纵身跳入大海，加速向海妖身边游去。

但女神阿佛洛狄忒不忍心看到那些残酷的利爪撕裂他的美貌，便冲上去救了他，把他抱在怀里，带他去了西西里岛。在那里，尽管这个年轻人一开始极度沮丧，但是阿佛洛狄忒用自己无与伦比的魅力成功地抹去了海妖的一切痕迹。甚至有人说，后来统治这个伟大岛屿的厄律克斯，就是阿佛洛狄忒在英俊的布忒斯身上滥施爱情后的果实。

但是，现在这些阿耳戈英雄们会继续从一个险境驶入另一个险境。

他们完全没有料到，几天之后他们会来到斯库拉和卡律布狄斯盘踞的海峡。这是一个看似平淡无奇的狭窄通道，却是两个可怕怪物的巢穴，它们盘踞在海峡两边。不知凶险的航行者，试图从这里通过，却只留下船只的破碎木头，暗示了他们的厄运。

斯库拉是一条巨大的恶龙，长着好几根像蛇一样扭动的脖子，每条脖子上长着一个巨大的狗头，张着血盆大口，一口就可以吞下一个人。卡律布狄斯是另一条可怕的恶龙，它能快速吸起波浪，而且数量多到连海底的岩石和沙子都会裸露出来。许多船就是这样被吞没的。更为恐怖的是，当这个怪物把吸进口里的水喷出来时，大海便开始疯狂地翻起遮天的水雾与泡沫，被吞噬船只的桅杆、木板、桨橹和其他残骸被抛到空中。从来没有人能逃脱被吞噬的命运。

从斯库拉和卡律布狄斯盘踞的海峡之间航行过的船只，没有一个人能活着出来，所以，此时正在接近狭窄海峡的阿耳戈英雄们，并没有提高警惕来应对凶险的情况。

但是女神赫拉一直关注着"阿耳戈号"，她跑去警告海洋女神忒提斯。忒提斯是唯一嫁给凡人的女神——而这个凡人此时正在这艘驶向厄运的船上。他的名字叫珀琉斯，这位英雄曾经在一场摔跤比赛中击败了女神，因此赢得了她的钦佩和芳心。

忒提斯得知自己的丈夫和他的同伴们将会遇到致命的危险，立即寻求她的姐妹涅瑞德斯的援助。老涅柔斯的五十个女儿，像海豚一样围着"阿耳戈号"游泳，迫使斯库拉和卡律布狄斯不得不蜷缩在海湾。等到这两个可怕的怪物积攒了足够的勇气准备发动攻击时，英雄们已经安全地通过了这段狭窄的海峡。

一边是多头怪斯库拉发出威胁地怒吼，让人魂飞魄散；另一边是卡律布狄斯发出咝咝的哀号，令人胆战心惊。如果不是英勇的阿耳戈英雄，换作其他航海者，他们肯定会被吓破胆子。

从恶龙的夹击中脱险之后，现在他们又开始在茫茫大海上漂流，一连几天的航行都看不到陆地的踪影。海风变化无常，先是吹着他们向西方航行，然后又吹着他们向东航行。无论何时，只要林叩斯发现在前方依稀出现海岸线时，风向就会起变化，继而把他们吹向深海。食物和淡水越来越少，这样的困境使他们变得越来越绝望。现在又该女神赫拉出手相助了。她赶紧去找风神，吩咐他派温和的西风——泽费罗斯，把"阿耳戈号"带到最近的海岸。风神遵从了这位强大女神的命令，派泽费罗斯将这艘船带到了友好的费阿刻斯人的港口，也就是现在被称为科孚岛的地方。

阿耳戈英雄们受到阿尔刻诺斯国王的亲自迎接。他立即下令举办宫廷宴会来招待客人。当他得知客人取得怎样的丰功伟绩后，便情不自禁地邀请他们全都留在王宫内，好好休息以恢复体力。他们还没坐下来吃饭，就通过宫殿敞开的窗户看到许多外国船只驶入港口。于是，他们焦急地赶到码头，看看新来者究竟是敌是友。当阿耳戈英雄们看清来者时，他们的心不禁为之一沉。来者正是科尔基斯人，他们是埃厄忒斯留在多瑙河口的那部分海军，领了命令无论死活都要把伊阿宋和美狄亚带回去。

科尔基斯人上了岸。当他们一看见这些阿耳戈英雄时,便发出了刺耳的战斗呐喊,并拔出了刀剑。面对突如其来的威胁,阿耳戈英雄们也纷纷亮出了武器。眼看一场恶战一触即发,就在这时,阿尔刻诺斯快步走到他们中间。

"都听着!"他大喊道,"我们已经做了足够的准备欢迎所有外来的客人,但是我们绝不允许你们拔出刀剑来威胁任何人。如果你们执意要打斗,那么我有一支强大的军队愿意奉陪,领头闹事的人将被逮捕并受到惩罚。现在把你的刀剑收回鞘里,谁先动手的,谁先收回去。新到客人的头领与这些阿耳戈英雄一样可以去王宫吃肉喝酒,然后告诉我你们要打斗的原因。如果我发现你们的理由正当,我可以让你们的争端在兵不血刃的情况下得到满意的解决。"

于是,科尔基斯人的头领去了宫殿,禀报阿尔刻诺斯国王,他们从哪里来、为何要在海上仔细搜索,最后说:"我们本应要求您把阿耳戈英雄们捆起来交给我们,但是既然他们是您的客人,我们知道您不会为我们这样做。但是我们至少可以要求您,让他们交出金羊毛,因为金羊毛本就是我们的,但被他们偷走了。还有美狄亚,她是我们国王埃厄忒斯的女儿。您一定明白这个道理:赃物必须物归原主,女儿必须回到父亲身边。"

阿尔刻诺斯仔细考虑了科尔基斯人提出的要求,最后决定:"我不能强迫这些阿耳戈英雄把金羊毛交还你们,他们有权拥有。我了解了整个故事,埃厄忒斯曾亲口向伊阿宋许诺,如果伊阿宋能耕种、播种并收割阿瑞斯的田地,就让伊阿宋把金羊毛带走。因此,你们提出的索回要求是完全没有道理的,我不会因为支持你而使自己犯错。至于美狄亚,你说女儿是父亲的财产,但是不要忘记妻子也是属于丈夫的。因此,在我决定把美狄亚交给你之前,我必须先确定她是不是伊阿宋的妻子。如果是,那么她将理所当然地和她的丈夫在一起。"

然后,阿尔刻诺斯转身问妻子阿瑞忒,是否知道伊阿宋和美狄亚已经结婚。

"我不知道,"她回答说,"但我会弄清楚,给你一个答复。"

事实上，阿瑞忒心里清楚，这一对情侣还没有结婚，出于保护他们，才做了上述回答。之后，她跑过去警告他俩。

"现在只有一个解决方案，"她说，"你们必须马上成亲。"他俩毫不犹豫地接受了。事实上，伊阿宋曾憧憬过自己不同寻常的婚礼：他梦想在伊俄尔科斯的宫殿里举办一个壮丽辉煌的结婚典礼，他将加冕成为国王，而美狄亚也将成为他的妻子和王后。他常常会想，这不仅会给他年迈的父母，而且会给所有的同胞们带来巨大的喜悦。因为这样的婚姻将标志着他们摆脱了珀利阿斯暴政的束缚。

虽然眼下的这个婚礼必须匆忙举行，而且还不能声张，但它也不缺乏应有的礼仪和庄严。阿瑞忒为此征得森林仙女马克里斯的同意，借用她的洞府举办婚礼仪式。它就像童话故事里的珍宝洞，墙壁是水晶做的，天花板坠着色彩斑斓的钟乳石。

岛上的其他仙女也赶来帮忙，在旁边一个小洞穴里铺了一张婚床，然后在床上撒满气味芬芳的玫瑰花瓣。阿瑞忒王后和马克里斯帮新娘洗浴，梳理头发，并换上圣洁的白色婚纱，然后把她领到伊阿宋身边。

对所有在场的人来说，此时伊阿宋和美狄亚看起来光彩照人，就像是刚刚从奥林匹斯山上下凡的天神。这是因为那天，阿佛洛狄忒把自己的一些美丽赠予了这一对新人。所有的阿耳戈英雄们都参加了婚礼，仙女们围着一对新人站成一圈，胸前佩戴着五颜六色的鲜花。在俄耳甫斯优美琴声的伴奏下，来宾们纷纷把麦粒撒在幸福的情侣身上，并向他们唱起欢快的爱情赞歌。

刚刚庆祝完婚礼，阿瑞忒就匆匆赶回丈夫身边。

"伊阿宋和美狄亚刚刚完婚。"她告诉丈夫。

"听到这个消息我很高兴，"阿尔刻诺斯说，"这两个年轻人我很喜欢，我不希望他们的幸福被毁掉。"

科尔基斯人的希望落空了。如果空手回国，他们知道会有什么下场，于是

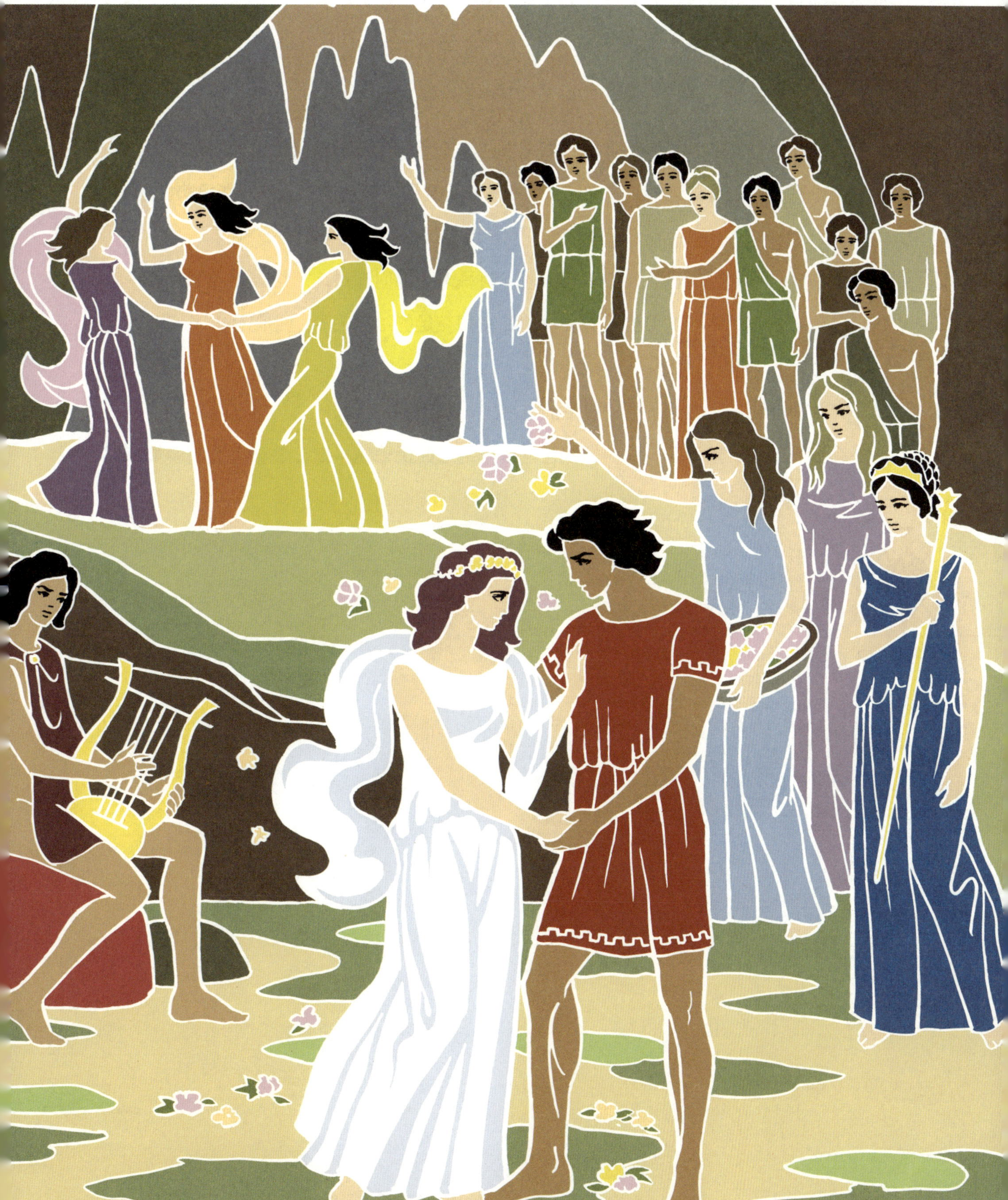

他们根本就没有回家。一部分人选择留在费阿刻斯人的岛上，并加入了阿尔刻诺斯的军队；其余的人，因为怨恨阿尔刻诺斯国王没有支持他们的索求，而选择去别处碰碰运气，最终这伙人在达尔马提亚人的海岸之外的一些岛屿上驻扎，自那以后，那个地方就被称为"阿普苏尔提德斯群岛"。

不管科尔基斯人的感受如何，阿耳戈英雄们都对这个结果感到高兴，在感谢阿尔刻诺斯送给他们的丰富的礼物和充足的给养之后，他们登上了"阿耳戈号"，驶出了海港。

现在，他们航行在熟悉的水域里，快乐的桨手们一心一意地划着桨。照这样下去，用不了几天他们就将把金羊毛带回伊俄尔科斯，漫长可怕的磨难终于要结束了。

第十章

失去魔法的
金羊毛

现在，在长桨的推动下，又借助了顺风的便利，"阿耳戈号"朝着阔别已久的故乡海港平稳、快速地前进。船很快就到达了希腊的南海岸，然后绕过了伯罗奔尼撒半岛，贴着阿提卡的海岸前行，从那里继续向北走，直到最后驶入伊俄尔科斯海湾。宙斯似乎已经原谅了伊阿宋和美狄亚，阿尔忒弥斯女神的怒火也渐渐冷却了。

但是，真是这样吗？唉，不。众神在与他们玩最残酷的游戏。他们故意让"阿耳戈号"接近希腊，让阿耳戈英雄们从远处可以看见伊俄尔科斯的房屋街道，然后，正当所有人都在期待中心跳加快，而伊阿宋正指给美狄亚看从他家的烟囱里冒出来的袅袅炊烟时，大自然所有的狂怒突然向他们袭来。

一股可怕的旋风把船帆撕裂成两半，折断了桅杆，巨大的波浪击碎了两个船舵柄，然后从海岸上刮起一阵猛烈的飓风挟裹了"阿耳戈号"，把它吹出海湾，带到了广阔的大海深处。在宙斯的支持下，阿尔忒弥斯现在开始她那残酷无情的报复了。

一连九天，"阿耳戈号"一直在风头浪巅被肆意摆布，最后来到了非洲的海岸。当船被浪头抛到利比亚干燥的沙滩上时，风才停了下来。

身体极度疲劳，精神上又蒙受了无情的欺骗，阿耳戈英雄们步履蹒跚地踏上这片贫瘠的海岸，而伊俄尔科斯又一次化作一个遥远、可望而不可即的梦想。即使如此，在饱受打击后，英雄被抛到岸边也是某种解脱。夜幕降临，他们的膝盖变得虚弱不堪，眼睛疲惫得睁不开，全部一头扎倒在沙堆上，昏昏睡去。

早晨，他们被灼热的阳光唤醒。尽管天色尚早，但气温已经热得像烤箱一样。他们环顾四周，内心非常沉重。四周除了无尽的沙丘之外，一根绿草都没有，甚至连干枯的植物也看不到。

此时，阿耳戈英雄们陷入了彻底的绝望，只有伊阿宋保持着高昂的精神头。

"听着，兄弟们！"他说，"我们已经经历了那么多考验，而这又算得了什么？一旦绝望控制了我们，这里将成为我们的埋骨之地。但如果我们为了活着而拼搏，我们就有希望，而且我们也知道如何去拼搏！现在我们的首要任务是，把'阿耳戈号'拖上岸，缝好船帆，立起桅杆，修复所有的破损。但所有的事情都必须在今天晚上完成，我们再拖延下去，只能渴死在这里。"

伊阿宋的话振奋了英雄们继续战斗的意志。现在他们自信会像前几次一样，最终会在这次新的考验中幸存下来。他们把"阿耳戈号"拖到岸上，然后头顶着炎炎的烈日，赤脚踩着滚烫的沙地开始工作。等到夜幕降临时，一切都已准备妥当。

"明天我们必须驾船离开！"伊阿宋说。但是美狄亚提出了不同的意见。

"除非众神先给我们一个信号，表示他们不会再挡住我们的路，否则我们就不能航行。直到现在我们一直都在凭借我们的运气，但是看看它把我们领到了哪里！"

"你说得对，"伊阿宋回答，"但我们怎么知道神灵何时才能放过我们呢？"

"如果我们尝试一下，会找到方法的。"

当晚，在其他英雄都入睡后，伊阿宋和美狄亚开始在沙漠中寻找。正当他们漫无目的地行走时，突然听到从海洋的方向传来女人的声音。转过身，面前一座低矮的沙丘正好挡住了视线。他们登上沙丘，在明亮的月光下看到三个身穿白裙的少女在海边欢唱跳舞。

"这些姑娘是从沙漠哪里冒出来的呢？"伊阿宋想知道。

"她们一定是利比亚的女儿，"美狄亚说，"她们是这片荒野的仙女，洞悉许多事情。"说完这些话，她大胆地向她们跑过去。伊阿宋犹豫了片刻，也跟了过去。

那些仙女看见他们过来便停住舞步，等美狄亚和伊阿宋走近，其中一个问道："沙滩上的船是你们的吗？"

"是的，是我们的，"美狄亚回答道，"一场可怕的风暴把我们扔在这个海岸上。"

"那么你们一定是侮辱了某位女神，才招致了她愤怒的报复。"她肯定地说。

"如果您知道的话，"美狄亚继续说，"也许您能告诉我们怎样才能离开这个地方。"

"你找对人了，"仙女说，"我们知道，这就告诉你们。你们必须等待，直到看见海洋女神安菲特里忒给她的白马卸下马具，才能再次航行。但是请记住，你们要为你们的船做它到目前为止为你们做的事情，而且以这种方式继续下去，直到到达世界的尽头。你们的道路将充满艰难和疲惫，但只有这样做才能安抚你们所冒犯的女神，最终得以回到你们家乡的港口。"

说完这番话，三个仙女再次挽起胳膊跳舞，渐渐地，她们消失在夜色里，她们的歌声也随之消逝在远方。

伊阿宋和美狄亚彼此诧异地看了一眼，然后跑回去唤醒其他同伴。但是没有人能够解释清楚仙女们所提供的奇怪信息。然后，他们整夜都没有合眼，睁大眼睛盯着大海，希望看到安菲特里忒给她的坐骑卸下马鞍。

"我们这是在浪费时间，"安凯厄斯忍不住说，"从来就没有人目睹过撼地者波塞冬妻子的芳颜，我们又怎能如此幸运地看到她，还有她白色的坐骑呢？这是什么马？安菲特里忒有这样的马匹吗？而且这句话是什么意思呢？为'阿耳戈号'做到现在为止它为我们所做的事情？可不要告诉我，我们必须要把它扛在肩上，就像它载着我们这么长时间一样。我告诉你们，这些纯粹是无稽之谈。"

话音未落，一个浪头打到沙滩上，浪花碎了，从里面奔出两匹白色的公马。

"你们看，仙女们说的话应验了，"美狄亚笑着说，"安菲特里忒已经给马卸下马鞍，让它们自由地去吃草了！"

"但是现在我们该怎么办？"伊阿宋问，"肯定不是安凯厄斯说的，要把'阿耳戈号'放在我们的肩膀上走到世界尽头。"

"这正是我们必须要做的，"摩普索斯回答说，"只有把我们逼到忍耐的极限，女神阿尔忒弥斯才能得到安抚。"

英雄们决定迎接这一考验。他们伸出强壮的胳膊把"阿耳戈号"抬起来放在肩上。现在一场可怕的征程开始了。英雄们的脚深陷在滚烫的沙土之中,汗流浃背,挣扎着向前走。太阳无情地曝晒着他们早已被风吹裂的皮肤,但他们依旧咬着牙向前行进。可怕的六天被他们蹒跚地走过了——可最坏的是,大海始终在他们身边,平静而又充满嘲弄。

"让我们把'阿耳戈号'放在水里吧,"波瑞阿斯兄弟抗议说,"我们所做的事完全愚蠢透顶。"

"这是众神的意志,要我们扛起它。"伊阿宋回答说。

"就这样走到世界的尽头?"波瑞阿斯兄弟反驳说。

伊阿宋可不喜欢听这样的话。

"大家都在受苦,"他厉声说道,"只有你们两个在抱怨。"伊阿宋的话让兄弟俩感到羞愧,泽忒斯和加莱不说话了。

又一天,他们的淡水喝完了。现在的情况对英雄们来说要糟糕一百倍,但是他们强忍着,缓慢前行。然而,美狄亚已经跟不上了,她瘫倒在沙滩上。伊阿宋放下"阿耳戈号",跑过去把她扶起来。

"你一个人走吧,"她喘着气说,"我已经走到尽头了。"

伊阿宋把她抱在怀里,等美狄亚的体力有所恢复时,他离开她继续加入抬"阿耳戈号"的行列。当美狄亚再次倒在沙土中时,他又离开"阿耳戈号"回去帮助她。这一天就这样过去了。又一天,早上所剩无几的食物被吃完了。饥饿、干渴和疲惫无情地折磨着这些英雄。美狄亚一头栽倒在沙地上,像一具死尸,毫无生气。

"留下这个女巫吧,我们继续走,"波瑞阿斯兄弟再次咆哮道,"所有的苦难都是她招来的!"

心地善良的欧菲摩斯被他俩的话激怒了:"你俩为什么不离开我们,让我们听天由命呢?!"他喊道,"毕竟,你俩还长着翅膀。"

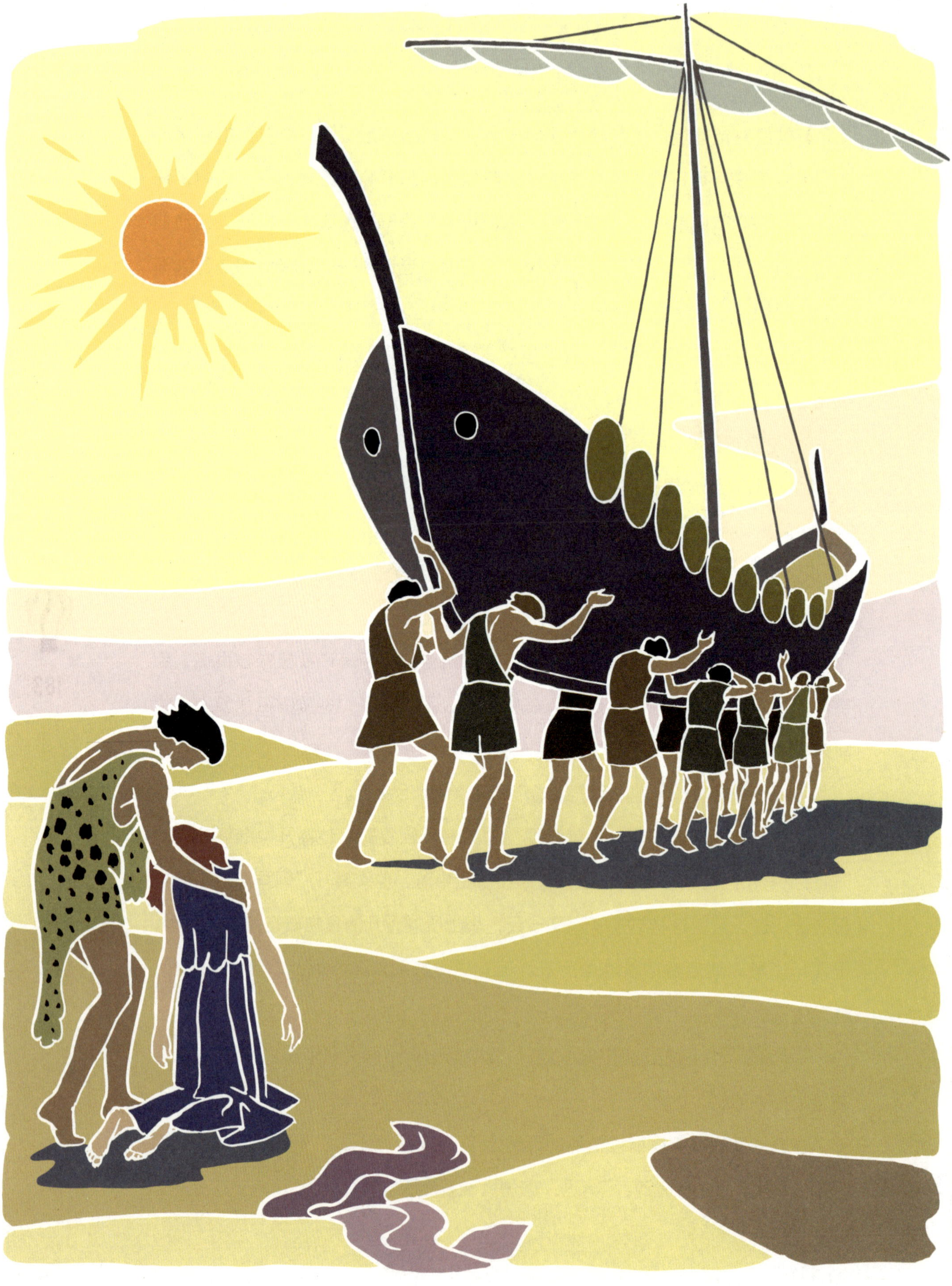

波瑞阿斯兄弟羞愧地低下了头。他们讨厌美狄亚不假，但是会背弃同伴吗？不，他们永远不会。就这样，漫长而痛苦的行进仍然继续着，伊阿宋扶着美狄亚向前走。又过去了可怕而痛苦的一天。

又一天早上，他们再次出发。当太阳高高升起，酷热已经让他们无法忍受时，伊阿宋脚步变得踉跄，最后和美狄亚一起向前摔倒在沙土上。伊阿宋一直没有休息，独自承担着沉重的负担，现在他的力量已经用尽了。

"别管我俩了，朋友们，"他喘着气说，"我们不走了，这是众神的意志。"波瑞阿斯兄弟仇视着地上的美狄亚，正打算开口说话，欧菲摩斯走上前。

"给我闭嘴！"他命令道。

然后他扶起了伊阿宋，又把美狄亚放在自己的肩上，喊道："前进，伙伴们！"

就这样，他们又熬过了另一个更可怕的白天。到了晚上，他们瘫倒在沙滩上，饥渴难耐，疲惫得要死。炼狱般的日子到了第十一天，太阳又升起来了。他们挣扎地站起来，感觉骨缝里都充满疲倦，好像整个晚上一直扛着重担没卸下来似的。没走几步，当太阳一下子燃烧起来的时候，他们就跪倒在地，把"阿耳戈号"摔在了一旁。

"我们走不动了。"许多人喘息着说，没有一个人开口表示反对。

过去了很长一段时间，也没有人提议再次抬起"阿耳戈号"。最糟糕的是，他们现在远离大海。但是，就算大海近在咫尺，众神没有向他们施加狂风暴雨，他们是否仍然有能力抵抗饥饿和干渴，直到他们到达沙漠之外的海港？现在看来，所有的希望都消失了。

他们周围是漫漫的黄沙，无边无际、空旷荒凉。头顶上是毒辣辣的太阳，而那近似完美的蓝天对这些极度饥渴、极度疲惫的英雄们来说，从来没有像现在这样充满敌意。太阳沉入西方，阿耳戈英雄们仍然躺在沙滩上，每个人都祈求尽快死去，以结束自己的痛苦。突然，林叩斯大叫道："快看那太阳！"

"你看到了什么？"伊阿宋问，脸上充满了希望的憧憬。

"看看太阳！"林叩斯再次喊道。当他喊叫时，英雄们都挣扎着跪起来，抬头向西看。

但除了看见正在落山的太阳之外，什么都看不到。

"我所能看到的，"伊阿宋终于说，"是太阳圆盘上的一个小点，以及群山峰顶上的一个小黑点。"

"就是这个小黑点表明我们得救了！"林叩斯欣喜若狂地叫道。

"你们的眼睛看不清楚它是什么，可我能辨认出他是阿特拉斯，正把苍穹扛在肩膀上。鼓起勇气来，兄弟们，我们已经走到了世界的尽头！"

这些奄奄一息的英雄们从哪里找到力量，从干裂的喉咙里发出这种欢呼声呢？他们从哪里找到力气，猛地站起来扛起"阿耳戈号"呢？他们从哪里找到了力量，整夜不停地向在夕阳映衬下的小黑点前行呢？然而，他们找到了。希望给他们插上了翅膀，让他们坚信所有可怕的折磨即将结束。

当第十二天的黎明到来时，他们仍然热情不减。远处的阿特拉斯，那位永不停息的提坦巨神，他的身影时隐时现，高大而雄伟。在他们面前出现了一个郁郁葱葱的绿色花园，里面长满了各种树木，树枝上结着沉甸甸的果实。从附近的一条河里传来清脆的流水声，这对他们来说就像是天外之音，而在他们身边，蔚蓝色的大海再次延伸。

把"阿耳戈号"从肩上卸下来，英雄们冲向那条河，扑倒在河边，把头伸进水里大口地喝呀，喝呀，喝呀。只有伊阿宋稍停了一下，他先用手捧来水，洒在美狄亚的脸上，然后多次往返把水捧给她喝。等到美狄亚喝够之后，他才像其他人一样把头埋进河里，大口饮水。

十几天的干渴折磨结束了。

现在他们亟须补充食物——就在这时，花园里走出来三个姑娘，都挎着篮子，里面装满了熟透的美味果实。

"快来吃吧！"她们招呼着英雄们过去，并把装满水果的篮子放在他们面前，同时她们中的一个人跑去给美狄亚送上了第一个、也是最好的一个水果。

当他们所有的希望似乎都已破灭时，救援总算来到了阿耳戈英雄们身边。很快，他们又感受到新的活力在血管中涌动，连日来的疲惫像重担一样从身上彻底卸下来。美狄亚也完全恢复了。然而，他们对此却充满困惑：这些姑娘似乎一直在等待他们到来，她们究竟是谁呢？但这种困惑并没有持续太久，美狄亚渐渐认出来这三个姑娘。

"你们是赫斯珀里得斯姐妹吧？"她问，"我听说是你们照看赫拉女神长大的。当她还是个小孩子时，就被她的母亲带到这里来。"

"没错！"她们回答说，"我们是赫斯佩罗斯的女儿，女神赫拉是我们最亲爱的朋友，是她告诉我们你们会来这里。"

阿耳戈英雄们被这些话深深地感动了，当其他众神灵让他们受尽折磨时，赫拉仍然一如既往地给予他们援助，并向他们表明她始终站在他们这一边。但最让他们感动且印象深刻的，还是他们与阿特拉斯的会面。阿特拉斯是众神中体力最强大的神，在与提坦巨神的战斗中因反抗宙斯失败而受到惩罚，要永远把苍穹扛在肩上。这是一个沉重得无以复加的考验，他永远不能使自己解脱出来。如果他一旦放下这重担，苍穹将会砸向大地，把他和全世界压得粉碎。正因为知道阿特拉斯的选择，宙斯才能心平气和地统治着众神和人类。

如果说这些阿耳戈英雄对这位提坦巨神充满同情和钦佩的话，那么阿特拉斯对他们也有同样的感觉。

"从来没有人走到这世界的尽头，"他说，"那么，你们是怎样到这里来的，还肩负着一整条船？但是我为什么要问呢，"他继续说道，"因为我已经知道了答案，你们就是为了奋斗而生，就是为了团结奋斗，就是这样。然而你们会发现，要离开这里并不容易，如果想重新回到大海，只能取得特里同的同意。在众神中，只有他一人能够帮助那些在未知水域迷路的人。"

但是，英雄们现在非常自信一切都会好起来的。第二天，他们就高高兴兴地把船推进海里，再次出发。他们朝着日出的方向航行，现在他们已经到达西边最远的地方，他们唯一的回家方向就是东方。然而航行没有太远，他们就看到一条海岸线阻挡了前进的路线。他们所能做的只能是改变方向，朝向北方，希望能找到一些通道。但是，他们不但没有找到这样的出路，而且还不得不继续把"阿耳戈号"的船头转向夕阳的方向，直到他们意识到，漫长而辛苦的旅程原来是绕了个圈，又从终点回到了起点。现在他们都清楚了，他们不是在公海上，而是被困在一个巨大的湖泊里。

"我们怎么能从这里逃出去？"安凯厄斯问道，"但愿这次我们不必再将'阿耳戈号'扛在我们的肩上，并穿过灼烧的沙漠！"

这时伊阿宋记起阿特拉斯的忠告。

"我们必须向海神特里同求助。"他说。

"但首先我们必须为他献祭，"忒拉蒙接着说，"我们没有任何动物可以供奉。"

"不过我们有全希腊最好的猎手——他猎杀过卡吕冬野猪。"珀琉斯指着墨勒阿革洛斯说。

墨勒阿革洛斯急切地跳起来。

"我们一起去吧，珀琉斯！"他喊道，"说实话，我可不知道我俩谁更出色。"

没花多长时间，两个朋友就带回一头活鹿。他们立刻建起一座祭坛，向特里同献祭，并祈祷海神将他们带到公海。

祈祷词还没有说完，就听到了号角声响起。特里同现身了，他劈开水面，吹着螺号走了过来。很快，他站在了他们中间。从外表看，他不像一个神，更像一个普普通通的年轻人，像所有水手一样，皮肤被太阳晒成了深棕色。他一只手紧握着号角，另一手攥着一个泥土球。他扫视了一眼阿耳戈英雄们，看到了欧菲摩斯，便走上前，把手里的泥土球递给他。

"这是给你的，"他说，"你应得的。"

所有的阿耳戈英雄们惊讶地看着，一块土壤有什么价值？然而欧菲摩斯高兴地接收了他的礼物。尽管这只是一块土，但当神灵交给他时，会有多么贵重啊？

"现在，你们所有人登船跟我走。"特里同说。

他们全爬上"阿耳戈号"，坐在桨位前。海神走在他们前面，现在，这个神已经不完全是人的样子了，从腰部以下变成了海豚，还长着一个巨大的镰刀状的尾巴。如果特里同能够很快变形，那么阿耳戈英雄们便不再怀疑他能否引导他们走出湖泊。但是，当他们看到他全速游向岸边时，他们的脸又拉了下来。如果他们按照他的指示行走，那么"阿耳戈号"就会在旱地上搁浅！紧张的阿耳戈英雄们停住手中的桨，船停止向前推进，但特里同示意他们继续跟进。然后他们意识到，这正是他们必须做的，因为奇迹在他们眼前发生了：随着海神向前游去，他前面的土地逐渐被海浪淹没，一条水道也就此出现在他们面前。就这样，"阿耳戈号"从两岸都是旱地的海水通道穿行，直到终于到达广阔的大海。特里同停了下来，祝他们航行顺利，然后游回那条水道——当他重新游回到湖里时，身后的陆地又一次合拢。这片内陆水域据说是海神的王国，因此，今天这个湖仍然被称为"特里同尼斯湖"。

英雄们内心对这位拯救他们的海神充满了感激之情。阿耳戈英雄们扬帆向东方驶去。现在所有的条件都对他们有利，一股顺风吹着"阿耳戈号"迅速驶向希腊。在灼热的沙漠中经历了可怕的磨难之后，他们似乎也接受了命运的无常，明白他们在返回渴望已久的家园途中不会是一帆风顺的。

几天后，他们看到了陆地。他们热情的呐喊，凝视着渐渐升起的高山。那是他们熟悉的克里特岛的山峰。现在只需两三天，他们就会到达伊俄尔科斯了。但是他们的淡水贮备很少了，所以他们决定暂时停下来。他们贴着岸边航行，寻找一处避风港。突然间一块巨石砸向了"阿耳戈号"一侧的水面，几乎要将其击沉。如果被它击中，"阿耳戈号"就会成为碎片。英雄们抬头向山上看去，

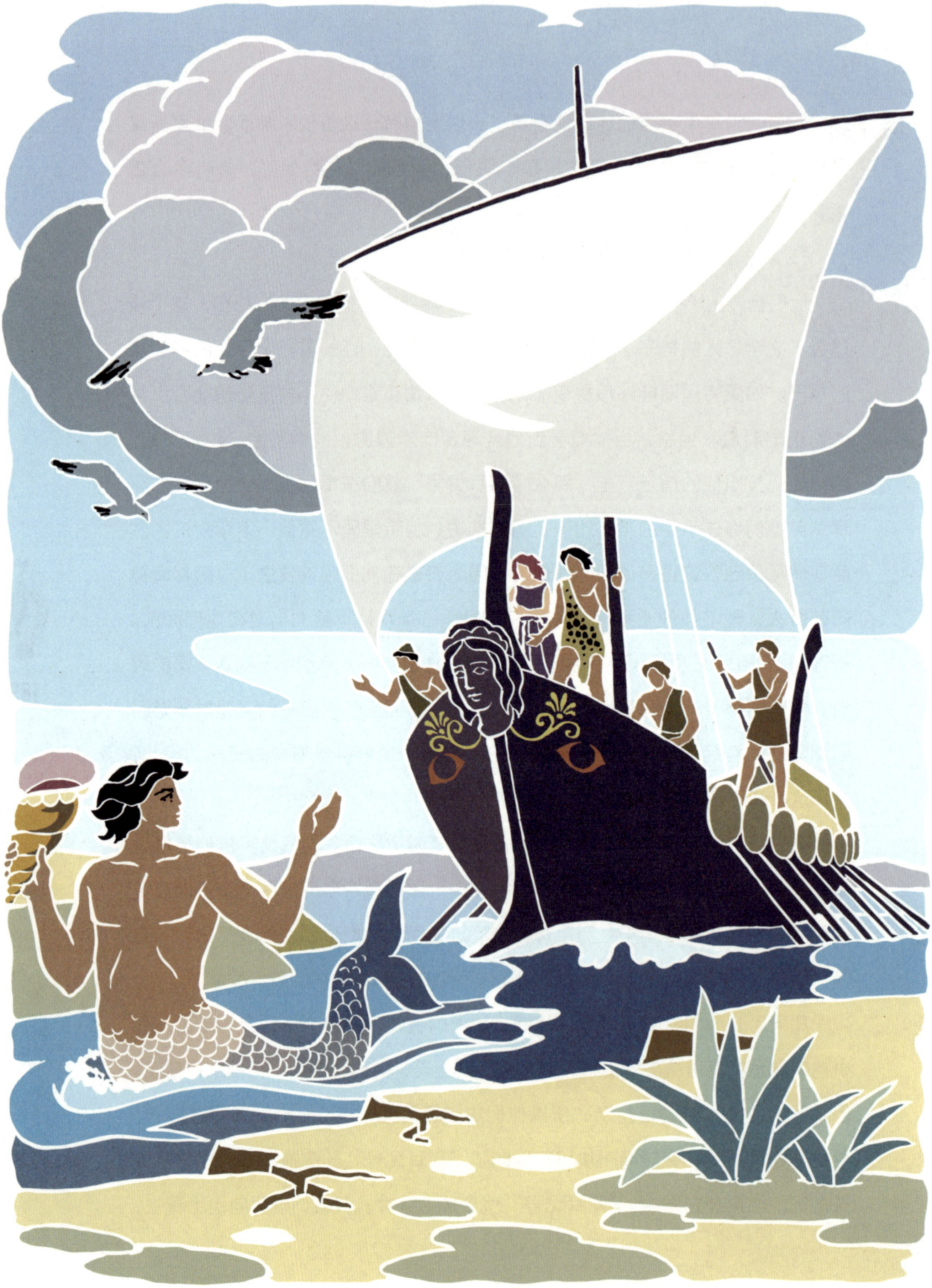

发现一个青铜色皮肤的巨人，正搬起另一块巨石向他们砸下来。好在安凯厄斯在巨石落下之前，及时调整舵柄躲过了袭击。

"你为什么要向我们扔石头？"阿耳戈英雄们大声喊道，"我们不是海盗。以宙斯的名义，我们所要求的只是一点点淡水，只不过是一点点而已。"

"这家伙根本不知道宙斯，也不懂待客之道，"美狄亚说，"他是青铜巨人，克里特岛的守护者塔罗斯。他从不睡觉，不停地在岛上的海岸巡逻，只要有外来船只靠近，他就扔下巨石，根本不管是海盗船，还是普通船只。不要期望他会怜悯我们，我们必须想法子。如果我们不能成功地过他这一关，那么我们就会迷失方向。我倒有一个法子——你们为什么不问问他，是否愿意喝点酒？"

阿耳戈英雄们彼此困惑地看着对方，因为船上已经没有一滴酒了。但伊阿宋立刻意识到美狄亚要施展诡计，于是喊道："让我们喝点水吧，你将喝到世界上最好的葡萄酒！"

塔罗斯一听见"葡萄酒"这个词，便立刻把他举起来的石头扔掉，示意这些陌生人可以靠岸下船。

与此同时，美狄亚端出一个大杯子，里面是她为塔罗斯调制好的"葡萄酒"，可那不过是在淡水中加了香气馥郁的香水及一种强劲的催眠剂。

英雄们上了岸，想近距离观察这个巨人。他模样野蛮，高大的身躯被风雨侵蚀成铜绿色。千万别想和他作战，他的脚跟轻轻一挪，就能够把两三名阿耳戈英雄踩成肉酱。然而，尽管塔罗斯相貌可憎，美狄亚还是大胆地走向前，把杯子递给他。英雄们都担心此举会要了她的命，但美狄亚摸透了这个青铜巨人的脾气，并保持了相当的冷静。

塔罗斯拿起这个可疑的杯子。他先嗅了嗅味道，然后往舌头上倒了一点。英雄们都屏住呼吸，等他一饮而尽，他却开始逐一地端详英雄们，仿佛他不想喝酒。不仅如此，他突然变得狂躁野蛮起来，他叫道："现在你们谁都逃脱不了！我已经把你们诱骗到我的脚前，等着瞧，那时……"

英雄们都以为必死无疑了，出乎意料的是，塔罗斯高高举起杯子，猛地把美狄亚给的药水，一股脑全倒入喉咙。然后他那张丑陋无比的脸上挤出一个邪恶的微笑，把杯子扔在一边，张开魔爪似的双手，恶鸟捕食般要抓起阿耳戈英雄们。但就在这时，他的膝盖开始弯曲——美狄亚的魔法药水在他身上起作用了。他靠向岩石，想寻找支撑，但是渐渐地，连双手都不听他指挥了，然后，这个青铜巨人腿一弯，平躺在地上，巨大的身体覆盖了整片田野。

美狄亚扫视了一下塔罗斯的身体，很快发现了他的致命弱点。

在巨人惊天动地的鼾声中，美狄亚向伊阿宋大喊道："快把他脚后跟那个塞子拔掉！"

伊阿宋伸手拔掉了那个像堵酒桶似的塞子，一股无色的液体像喷泉一样喷射到天空。这是巨人的血，血像洪流一样从他身上流泻而出。很快，巨人的鼾声变得越来越弱，当血液流干时，塔罗斯最后的呼吸声也随之消失。从不睡觉的巨人塔罗斯，再也不会醒过来了。

逃脱塔罗斯的魔掌之后，阿耳戈英雄们补充了所需的淡水。但此时天色已晚，他们决定在岸边入睡。第二天黎明时分，他们继续航行。

一整天航行都很顺利，当夜幕再次降临的时候，他们却经历了可怕的事情。他们在星光下航行时，一连串匪夷所思的事情发生了。星光开始一点点地消失，越来越浓重的黑暗让每个人心里都开始发虚。船上灯笼里的火苗闪了几下就突然熄灭了，想要重新点亮，却没有成功。不仅点燃不了火焰，连引火的燧石无论怎样尝试也迸不出一个火星。

没有一个船员能够想象出他们究竟会遇到什么命运。他们什么都看不到，也不知道要去哪里，更不知道会碰到什么障碍，于是他们索性都放下了船桨。他们感觉不到一丝的风，也听不到任何声音，只能感觉到坐在一团漆黑中，周围是死一般的寂静。现在他们完全没有心思考虑何去何从，抑或前方等待着他们的到底是什么。

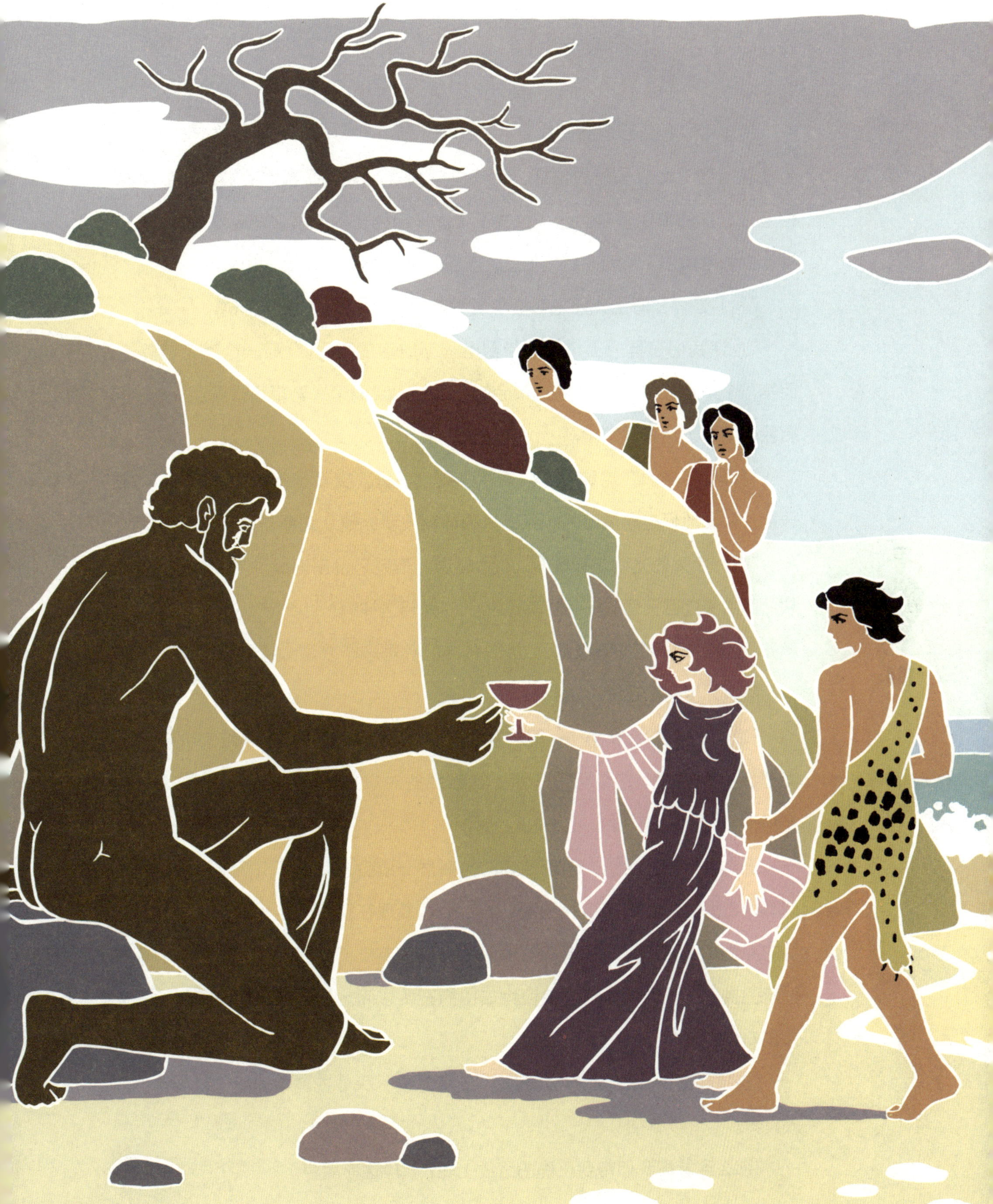

就连可以看到云层后面星星的林叩斯，现在也分辨不出任何东西了。如果他能猜测到"北极星"的位置，也许能够引导英雄们摆脱这片被诅咒的黑暗。但是在这样的条件下，他什么也做不了。来自死亡的恐惧，已经用她冰冷的手指，紧紧地攥住了所有人的心脏。

"我们是停在海上，还是在塔尔塔罗斯地狱里？"有人低声问道。

"也许我们在冥河上，正被带到哈迪斯统治的冥界。"另一个声音喃喃道。而第三个声音又说："神灵永远不会饶恕我们，我们没有希望再次看到光明，今后我们将永远活在黑暗中。"

阿耳戈英雄们在这种阴郁的情绪中继续前行，突然伊阿宋意识到，现在唯一能够帮助他们走出黑暗的，只有太阳神阿波罗，他从来都与黑暗势不两立。

"哦，伟大的光明之神啊！"他大喊道。但是还没来得及说完，他的声音就从黑暗的深处回荡回来——"哦，伟大的光明之神啊！"

"现在我们肯定在地狱的深处。"英雄们心里这样想着，完全陷入了绝望。

然而，伊阿宋还没有说完。

"哦，光明的给予者——阿波罗！"他祈祷道，"勒托与伟大宙斯的儿子！请把您的光明射入这个可怕的黑夜，给那些对您顶礼膜拜的人，带来希望的礼物！"

正当伊阿宋的话语一遍遍回响时，突然一道金光刺破了沉沉的黑暗。英雄们都惊奇地注视着射出金光的那一点，他们发现在高耸的巨大黑暗之上，阿波罗的身影在闪闪发光，把黑暗击成碎片。现在英雄们向四处看，发现他们不在冥府的拱门下面，而是在两块巨大如山的石头之间。但这绝不意味着他们已经处在安全的航线上。

"这是黑岩，"摩普索斯警告说，"不管是谁，只要在其中迷路，就会直接陷入冥界。"

"那么谁能把我们带到正确的路线上呢？"伊达斯问道。

"阿波罗神！"伊阿宋说。他已经看到太阳神抬起手臂，指出正确的方向。

阿耳戈英雄们立即冲到桨位前，抓起船桨，向太阳神指示的方向划去。事实上，没用多长时间，他们就划出了那个恐怖的黑岩，每个人的脸上露出了宽慰的笑容。

现在有一个小岛突然出现在他们面前，它被同样神圣的光芒照亮。英雄们朝着它划过去，急切地要向那位营救他们的神灵表示感谢。他们在海边的一个山洞里建造了一座神庙，称之为"光芒四射的阿波罗神庙"，因为阿波罗神在万丈光芒中向他们现身。然后他们举行了体育比赛，而俄耳甫斯弹奏了竖琴，唱起了颂扬太阳神的赞歌。由这些阿耳戈英雄们创立的节日一直延续到基督教早期时代，而这个岛屿被称作"阿纳菲"，其在希腊语中的意思是"突然出现并发光"，因阿波罗突然在伊阿宋和他的同伴眼前出现而得名。

黑岩是英雄们在归程中遇到的最后一个危险，还有一个惊喜等着他们。欧菲摩斯突然想起特里同曾给了他一个泥土球。他捧起它，好奇地看了看，对伊阿宋说："你将带着获得金羊毛的盛誉回家成为国王，而我拿一块泥土回去做什么用呢？"

"谁也不知道自己会成为国王还是乞丐，欧菲摩斯，"伊阿宋说，"喀耳刻声称众神将永远不会宽恕我，而对你，神至少给了你一块泥土。"

"听你说的，就好像给了我一个王国似的，这只是一块土，伊阿宋！扔掉它看看会发生什么。"话音未落，他扬手把这块土扔进了海里。

土球落入水中并没有消失，也没有沉入海底，相反，它开始膨胀，直到扩展成为一个小岛。这把他们惊得目瞪口呆。然而，这个小岛继续扩展，直到它变成一个大岛。岛上长满了绿草和鲜花，树木和森林，麦田和起伏的葡萄园。接着，一座美丽的城市拔地而起，城里住满了居民。最后，这些人看到了"阿耳戈号"，纷纷跑到岸边大喊起来："我们的国王来了！欢迎欧菲摩斯国王！欧菲摩斯国王万岁！"

就这样,得益于特里同送给欧菲摩斯的泥土球,这位最公正的阿耳戈英雄成为这座新岛的国王。今天,它被称为"圣托里尼岛"。

当"阿耳戈号"离开圣托里尼岛海岸时,伊阿宋问美狄亚:"欧菲摩斯已经得到了他应得的奖励,他是我们中最正派、最公平的人,我们会不会因为我们经历的痛苦和折磨也得到奖励呢?"

"我不这么想,伊阿宋,"美狄亚认真地说,"阿耳戈英雄们远征的奖励已经得到了,欧菲摩斯就是收获者!"

"那么,这是说欧菲摩斯的运气好呢?还是在暗示我们不值得拥有伊俄尔科斯的王位,即使现在我们达到了珀利阿斯提出的条件?"

"我们应得的与我们得到的是完全不同的东西,"美狄亚回答说,"伊俄尔科斯的王位理应属于你,但是我只求众神能放过我们俩。"

"那么,你认为他们会继续追着我们不放吗?"

"不排除这种可能,但他们不会在海上折磨我们了。这个奖励的获得说明阿耳戈英雄们的航程已经接近尾声了。"

伊阿宋从这个答案中得不到半点安慰。欧菲摩斯得到海岛的好兆头,意味着他们终于快要到达伊俄尔科斯了,但是现在这个吉兆完全被一种严峻的预感蒙上了阴影:众神对他们的报复可能还没有结束呢。但是至少他们有赫拉女神的支持,而且珀利阿斯曾经答应,只要他们带回金羊毛,就让出宝座。这是肯定的。

与此同时,"阿耳戈号"轻快地破浪前进,已经驶入了伊俄尔科斯海湾,很快,城市的建筑映入眼帘。

英雄们看到这座城市时,胸膛里的心脏猛烈地跳动起来。他们经历了怎样的危险,有多少次濒临死亡,多久没有看到家乡和亲人了!现在他们终于凯旋,并带回注定要给人类带来幸福的金羊毛。

但真的是这样吗?英雄心存疑虑。统治世界的众神毫不怜悯地追捕他们,恰恰是在他们得到这个珍贵的护身符后。这说明了什么？

但是，现在没有时间考虑这些令人心情沉重的疑问了，毕竟他们已经完成了世人梦寐以求、难以置信的壮举，并且克服了众神在他们的归程上设置的几乎不可能克服的障碍，顺利地结束了航行。三年零三个月过去了。

现在，伟大的时刻已经到来。"阿耳戈号"在它的桅杆上骄傲地悬挂着金羊毛，驶入伊俄尔科斯的港口。一大群人聚集在岸边准备迎接他们。伊阿宋挺身站在船头，骄傲地指着金羊毛。这是他们完成令人难以置信的成就后获得的奖励。

阿耳戈英雄们凝视着聚集的人群激动得说不出话来。俄耳甫斯用竖琴弹出几个音符，但他也不能继续下去。他多么想要唱出一首辉煌的胜利赞歌，但他的嗓子发不出声来，手指也在琴弦上颤抖。阿耳戈英雄们热泪盈眶，他们把船停到码头，把泊绳抛上岸。不一会儿，他们踏上人潮涌动的海岸，扑进那些张着双臂为他们敞开的怀抱之中。

"阿耳戈号"回家了，阿耳戈英雄们的远征终于结束了。

伊阿宋再也抑制不住眼泪，他把父母紧紧抱在胸前。他们已经变得那么苍老！对他的父母亲来说，远征是多么可怕的煎熬！三年中的每一天他们都要来到岸边等候，希望能看见"阿耳戈号"出现在地平线上。

"但现在已经全部结束了，"伊阿宋说，"我们带回了金羊毛，幸福不仅仅属于我们，它属于所有人。"

但是，事情并非如此。

从宫殿里俯视窗外时，珀利阿斯简直无法相信自己的眼睛，他看到"阿耳戈号"驶入伊俄尔科斯的港口。

"那桅杆上悬挂的东西在太阳下闪闪发光，肯定不可能是金羊毛吧？"他不安地反复自问。很快有名士兵气喘吁吁地跑来报告："伊阿宋，您派去送死的那个家伙，竟然活着回来了，而且还带回了金羊毛！"那个看似不可能完成的任务已经被完成了——而伊俄尔科斯的宝座是他许诺的奖励。珀利阿斯现在怎么办呢？这个狡诈的国王很快就做出了决定。第二天，当伊阿宋带着9名阿耳戈英雄同时出现在皇宫时，珀利阿斯早就想好了对策。

一见面，他就向伊阿宋说："这个勇敢的行为，为你赢得了一个王国！我这就准备在几天之内把权力移交给你。"

珀利阿斯如此爽快地答应让出王位，尽管阿耳戈英雄们对此感到很惊诧，但没有人怀疑他的应允是虚假与伪善的。当伊阿宋的最后一个朋友离开伊俄尔科斯后，珀利阿斯便派出了杀手去埃宋家行刺，交代他们不要留下活口。然而，杀手却不敢面对这位英雄，他们潜伏在屋外，等看到伊阿宋离家后才下手。

伊阿宋一回来，就听到悲惨的哭声。他听出是母亲的声音，便赶紧推门进屋，发现她正心神错乱地跪在父亲的尸体前痛哭。而更糟的事情还在后面：由于担心儿子也会沦为被珀利阿斯疯狂杀戮的对象，她又偷偷地拿根绳子上了吊，以避免将要忍受失去两位亲人的痛苦。

对此，伊阿宋和美狄亚发誓要进行报复。"珀利阿斯必须死！"他们发誓道。

"这只能借助我的法术才能实现。"美狄亚说。

第二天，美狄亚就去找珀利阿斯的女儿们。

"伊阿宋和我希望与你们的父亲和解，"她告诉她们说，"你们知道吗？我们是多么迫切要成为你们的朋友，我还可以为你们提供一个世界上没有其他人可以提供的服务。我相信你们听说过我的魔法的力量，尽管我说的这些听上去似乎不可思议，但事实如此。我有能力让一个老人变得年轻，如果你们愿意，我可以让你们的父亲恢复他年轻时的样子。"

"你听起来很诚恳，但我们根本不可能相信你，"珀利阿斯的女儿断然拒绝说，"从没有人能实现你所说的那个奇迹。"

"给我一只老公羊，我会让你们亲眼见证奇迹。"美狄亚说。

在好奇心的驱使下，她们牵来了一头衰老的公羊，它虚弱得几乎站不住了。

"如果我能把这头老羊变成一只小羔羊,"她挑战她们说,"你们会相信我能让你们的父亲变年轻吗?"

不顾她们发出的不相信的惊叹声,美狄亚一把抓住了公羊的角,命令道:"给我拿一把刀,再烧一锅开水!"

珀利阿斯的女儿们满腹狐疑地相互看了看,最终还是按照美狄亚的吩咐做了。一切准备就绪后,美狄亚杀死了这头羊,并把它砍成碎片放在锅里煮沸。

珀利阿斯的女儿们紧紧盯着她这些疯狂的举动。突然,起泡的水面开始沸腾翻滚,一只活泼的小羔羊跳出了水面。实在太棒了!奇迹出现了!事实证明,美狄亚确实是世界上最伟大的女巫。她们为一开始不相信美狄亚而感到羞愧,便恳求她原谅,希望能学会如何才能使她们的父亲重获青春。

"这很简单,"美狄亚微笑着说,"方法相同,你们现在甚至不需要我的帮助就能办到。这个咒语已经被施放出来了,你们的父亲从锅里出来时,将会像他刚成为伊俄尔科斯国王时那样年轻英俊。"

她们对美狄亚的话信以为真,非常相信如法炮制就能让父亲再次焕发青春。那天晚上,珀利阿斯的女儿们潜入父亲的房间,趁着他熟睡时杀死了他。然后切开他的身体,把碎块放在锅里煮沸。

她们屏住呼吸,等待重获青春的父亲从沸腾的水中走出来——但根本没有等到。黑色蒸气升到了云端,但是珀利阿斯并没有重获新生。伊阿宋和美狄亚实施了他们可怕的复仇。

但是珀利阿斯的死,并没有帮助伊阿宋获得伊俄尔科斯的王位。珀利阿斯的儿子阿卡斯托斯继承了王位。虽然他曾是一位阿耳戈英雄,还是伊阿宋最亲密的朋友之一,但是当他得知他父亲的死因后,愤怒的他与伊阿宋就此决裂,他也忘掉了是珀利阿斯谋杀了伊阿宋的父亲。他认为自己才有资格坐上王位,尽管他刚刚花了三年的时间来帮助伊阿宋获得这种资格。现在伊阿宋和美狄亚不得不再次向伊俄尔科斯告别,并重新乘坐"阿耳戈号"出发。

首先，他们前往奥耳科墨诺斯。到达之后，他们爬上拉斐廷斯山，把金羊毛奉献给宙斯。这是一个何其感人的场景。当年就是从这里，那头具有魔力的公羊驮着佛里克索斯和赫勒一起飞走，他俩紧紧搂着它的脖子，而现在它的羊皮被带回来了。诺言已经履行了——却没有得到奖赏。金羊毛的魔力已经消失了，寄托于它的所有希望都变成了一场空梦。

伊阿宋和美狄亚走下拉菲斯廷山，来到海边，登上了船。他们决定南下到科林斯城去。他俩都与这座城市有着千丝万缕的联系，它现在的统治者是伊阿宋的亲戚，西奥弗斯的后裔，埃俄洛斯家族的克瑞翁。而美狄亚的父亲埃厄忒斯，在前往科尔基斯之前，曾经掌管过科林斯城，因为美狄亚的祖父赫利俄斯是这座城市的守护神。在赫利俄斯的命令下，埃厄特斯曾经监造了阿佛洛狄忒神庙，神庙修建在阿科罗林斯的磐石之上，在神庙可以俯瞰着这座城市。

他俩乘坐"阿耳戈号"到达伊斯墨斯，伊阿宋和美狄亚把船停在波塞冬神庙附近的沙滩上，然后徒步进入科林斯城。

克瑞翁热情地迎接了远征归来的阿耳戈英雄，给予他俩一座华美的府邸居住。对这对夫妇来说，在伊俄尔科斯遭受到残酷的对待之后，他们终于得到了众神的祝福。

为了感谢赫拉女神对伊阿宋和其他阿耳戈英雄的帮助，美狄亚在科林斯卫城山的山坡上为她建了一座神庙，这位曾经在家乡侍奉过赫卡忒的女巫，为了感谢赫拉，做了神庙里的女祭司。

刚开始，他们的生活充满着快乐，那时伊阿宋和美狄亚是真心相爱的一对夫妇。他们在科林斯过着平静的生活，有了四个可爱的孩子，他俩都深深地爱着孩子们。不幸的是，这一朵在科尔基斯一个危险的夜晚绽放的爱情之花，随着时间的流逝开始褪色，慢慢枯萎凋谢，直至最后灾难降临。

第十一章

美狄亚的复仇

起初，他们的幸福生活偶尔也夹杂一些小争吵。然而，渐渐地，更严重的问题出现了。美狄亚在这个新的地方开始感到很不安。无论怎么努力，她始终无法得到科林斯人的接纳，始终被他们视为一个外来人。更糟糕的是，他们认为她是一个女巫。甚至他们中间总有这样一些人，利用每一次发生不幸或自然灾害的机会散布流言，说："这都是女巫惹的祸，她来之前这里从来都是风调雨顺！"

渐渐地，越来越多的城市人开始憎恨美狄亚——即使那些不相信美狄亚会带来不幸的人，也不愿把她当朋友。他们都忘记了美狄亚曾经帮助过伊阿宋和其他阿耳戈英雄们。她拥有魔力，这一点对于他们来说就足够了，而他们认为那是一种可怕的邪恶。

希腊没有女巫，这种东西和她们的巫术只应该存在于遥远的蛮荒之地。只要谈到美狄亚，他们都避免使用她的名字，把她称为"外来的女巫"。他们甚至担心她生下的孩子，而不让自己的小孩和他们一起玩耍。受到国民敌意的影响，克瑞翁也刻意避开美狄亚，开始只邀请伊阿宋一人去他的宫殿做客。

当美狄亚在这种充满敌意的气氛中倍受煎熬的时候，伊阿宋却毫无觉察地继续走访皇宫，在克瑞翁的陪伴下度过了愉快的时光。

自这对夫妇第一次来到科林斯，已经过去了十年，美狄亚对自己的处境越来越不满意，而伊阿宋则为家里的悲惨气氛所激怒，便更愿意与克瑞翁一起消磨时光，经常在皇宫一待就是一整晚。当他回家时，他感到心情更糟，因为除了她与孩子受到冷落之外，美狄亚现在饱尝了独守空房的苦痛，总是急不可待地向伊阿宋大发脾气。

每次从克瑞翁宫里过夜回来，伊阿宋发现妻子总是泪流满面，但他并没有设身处地为她想过，而是在态度上越来越冷漠，感情上越来越疏远。只要他在家，他俩就只能像两个仇敌一样吵架，其他什么事也做不了。

如果不是因为孩子，伊阿宋甚至连家也不想回。就这样，当年在遥远的科尔基斯燃起的熊熊爱情火焰，现在慢慢地烧成了灰烬，悲剧的大幕拉开了。

克瑞翁有一个年轻漂亮的女儿，而伊阿宋越反感美狄亚无止无休的怨言，他就越被这个女孩的陪伴吸引。

一天晚上，克瑞翁对他说："朋友，我发现你和你妻子现在生活得并不好。这件事我可不能责怪你，你怎么能爱上一个处处惹人厌的人呢——尤其是当我看到你喜欢上格劳刻的时候。听着，伊阿宋，我没有儿子可以继承我的王位，所以我希望你能与我女儿牵手成婚。如果你同意，我现在就把我的王国的一半分给你，我去世后剩下的一半也会归你。你没有成为伊俄尔科斯的国王，但你可以成为科林斯的国王，而且这桩婚姻不仅是为了你好，也是为了我、我的女儿和所有的科林斯人好。谄媚的朝臣像苍蝇盯着蜜罐一样围着格劳刻转，他们巴不得我早死，好攫取我的宝座。格劳刻和我一样鄙视他们，如果他们中的一个娶了她，那她的人生将会很痛苦。你若娶了她，通向宝座的梯子将会从他们的脚下抽走。我知道你不会否认这一点，但我等不及你自己提出来了。"

伊阿宋低下了头，克瑞翁等他回答，可他坐了下来一句话也没说。

"你难道不满意我的建议吗？"克瑞翁问。

伊阿宋什么也没说，他沉浸在对往日的回忆中。

他想到那个月夜他遇到了美狄亚，而美狄亚带给了他希望；他想到他是怎样获得神力来制服公牛，战胜阿瑞斯田野里的巨人战士；他想到是如何降伏恶龙，并夺走金羊毛；然后他又想到了阿普绪耳托斯，他的姐姐设计谋杀了他，拯救了那些阿耳戈英雄；他想到了愤怒的众神设下的可怕磨难、沙漠中极度疲劳与干渴所带来的痛苦，以及在炽烈的太阳炙烤下他决定在美狄亚怀里死去。

"我很卑鄙。"他对自己说。

"伊阿宋，你为什么不回答呢？"克瑞翁追问道，"我希望我的建议能让你高兴。"

伊阿宋站起身。

"感谢你，克瑞翁，"他回答说，"但我做不到。"然后，他一句话也没说就离开了宫殿，直接回家了。

一连几天，美狄亚都没有看到伊阿宋，于是一看到他便爆发了。那天晚上的争吵就像是一场狂风暴雨。

第二天早上，伊阿宋回到宫里告诉克瑞翁："我接受你的提议。"

过了好多天，伊阿宋都没有回家。有一天早上，美狄亚注意到这个城市异常热闹繁忙。因为没有人搭理她，她也不知道为什么所有的市民都盛装打扮走上街头。

她心想："可能要过什么节日了，我竟然不知道。我去市场看看怎么回事。"

当她走到城市的主要街道时，远远看见一列婚礼队伍正在靠近，排列成队的镀金的马车上，五彩的旗帜正在迎风飘扬。

"难道是国王在迎娶新娘吗？"美狄亚想问问旁观者，但周围的人都用奇怪的眼神看着她，躲到一边去了。

"真可恨！"她喃喃道，"众神啊，我到底哪里得罪他们了？"她几度打算离开，但好奇心驱使她留了下来。"也许克瑞翁要嫁女儿，"她最后自言自语道，"是的，就是这样。我得留下来看看她选了谁，谁将是科林斯的下一任国王。"

打定主意后，她找了一个不起眼的位置等待婚礼队伍走近。

当然，站在镀金马车上的不是别人，正是伊阿宋和格劳刻。这对新人的后面跟着克瑞翁，之后是一长串的马车，载着其他城市的国王，以及被邀请的漂亮公主、王妃和阿耳戈英雄的头领。满脸洋溢着幸福的格劳刻紧紧地抓住伊阿宋的手臂，而伊阿宋也面带微笑，心想：我终于得到了众神的眷顾。他告诉自己："我的奖励到了，科林斯的宝座也许比伊俄尔科斯的宝座更有价值。"但他的幸福憧憬被一声愤怒的尖叫打断了。美狄亚就像着魔似的从人群中蹿了出来，跳上了马车。在狂怒中，她反复抽打伊阿宋的耳光，并用长指甲抓烂了他的脸。

美狄亚一边对他拳打脚踢，一直尖叫道："你这个负心汉！看你干的好事，你这个忘恩负义的无耻之徒！你发的海誓山盟到哪里去了？你这个魔鬼！你忘

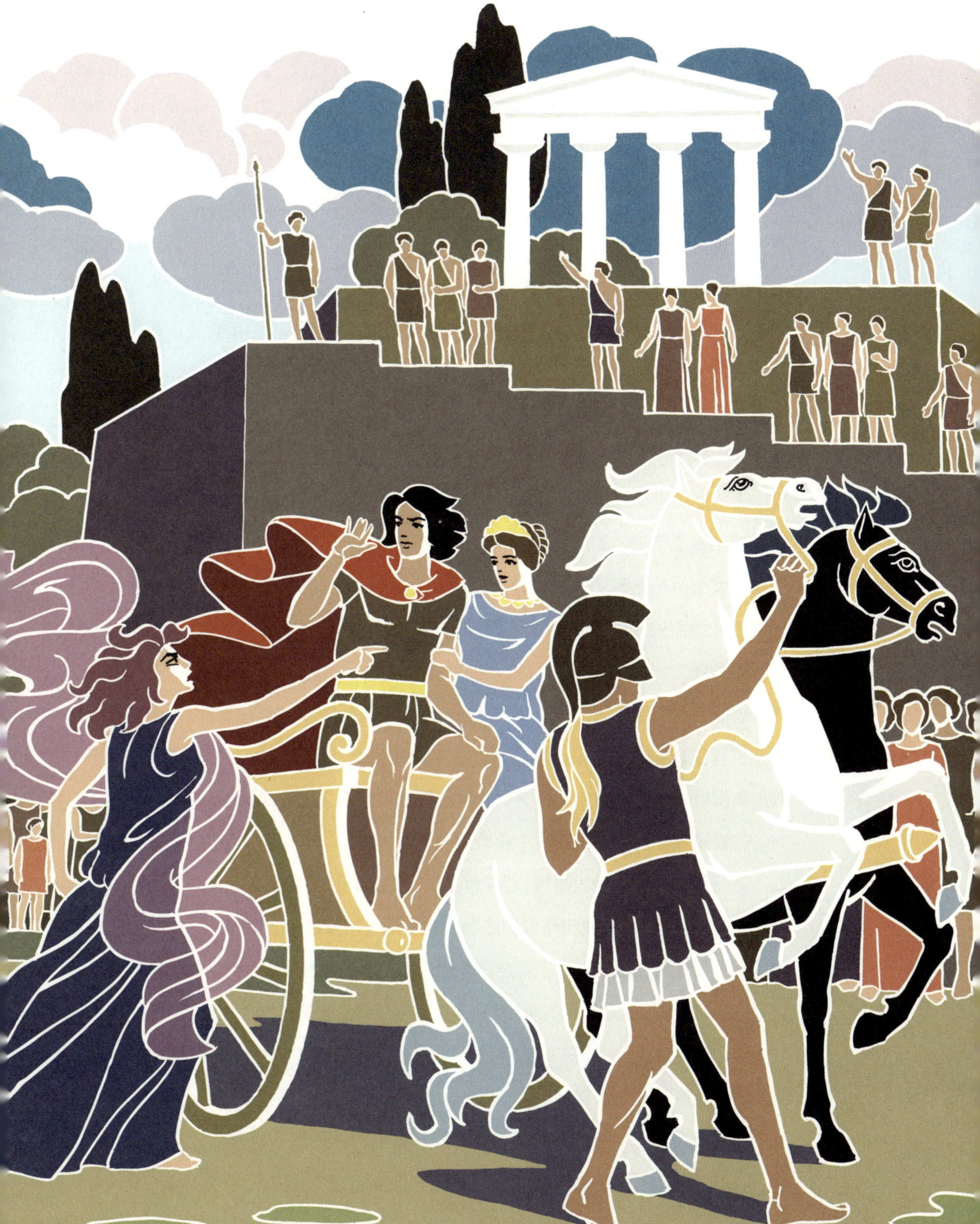

了你的荣耀和对那个为了你放弃一切的女人应负的责任吗？从你背信弃义的这一天起，你将活在诅咒之中，现在你要为我所遭受的怠慢和屈辱付出代价！还有你，也要付出代价！"

她伸出颤抖的手指向格劳刻。"而你，克瑞翁，还有你们所有人，"她复仇的手扫过惊恐万分的人群，"很快你们将重新认识被你们鄙视的美狄亚。你们不是恨我吗？很快我要让你们见识到什么是仇恨，那可是你们亲自在我心中播下的仇恨种子，你们不断喂养并浇灌它，你们这帮蠢货，现在仇恨已经生长成熟，就要在你们身上爆发了，就像众神所发出的诅咒一样！"

美狄亚只来得及说这些话——但这已经足够多了。克瑞翁的护卫很快把她从马车上拽了下来，踢了几脚，打了几个耳光，拖出了队伍之外。尽管美狄亚的野蛮袭击可能影响了婚礼的神圣，但并没有阻止婚礼的前进。伊阿宋和格劳刻的婚礼按照原来的安排继续进行——但是无论这对新人对将来有什么梦想，美狄亚的复仇计划已经开始了。

她那金色的眼睛闪过一丝残酷的光芒，她要制订一个恐怖的复仇计划，要让无辜者和有罪之人玉石俱焚。她的仇恨如此强烈，以至于她全然不顾报复的双刃剑同时也在伤害着自己。突然，她的思路被打断了。

门被撞开了，克瑞翁怒气冲冲地闯进了她的屋子。

"邪恶的女巫！"他大骂道，"你背叛了你的父亲和你的国家，你为了自己的恶欲杀了你的亲弟弟。我知道你的法力，但是不要指望我会让你得逞，立即带着你的恶种离开科林斯城，马上就走。我已经下令让我的士兵把你们驱逐出境，我的命令不容反抗，这是最后的决定！"撂下这些话后，他转过身大步走了出去。

这个口谕对美狄亚如同晴天霹雳。"不报仇我誓不罢休，"她暗自说道，"我只需要一点时间，一天就足以实现毁灭，我不能让他们立即把我赶走。"

过了一会儿，伊阿宋回来了。他像一阵狂怒的暴风席卷而来，恨不得马上抓住美狄亚，一把扭断她的脖子。

美狄亚瞬间凝固了，此刻她决不能流露出半点愤怒。她装作一副满脸悔恨的表情，而伊阿宋没有半点怀疑。她开始忏悔："我有罪，我该受到你最严厉的惩罚，如果你愿意，就用鞭子抽我、诅咒我吧，或者杀了我。我罪有应得！"

美狄亚的表演取得了预期的效果，伊阿宋的态度开始软化。

"你为什么要这样做？"他问。

"我知道，我该受谴责，"美狄亚呜咽道，"现在也遭到了报应，克瑞翁已经下令要把我们从科林斯驱逐出去。对我来说，这是一个公正的惩罚，我应该沦为乞丐，无人理睬，饿死街头。但是他也命令驱逐我们的孩子！"

"还要驱逐我们的孩子？"伊阿宋喘着气问。

"是的，谁会在异国他乡照顾他们呢？如果我死了，那是我罪有应得，但孩子们为什么要横遭厄运呢？伊阿宋，你必须帮助我拯救他们。"

"为了孩子，我会做任何你想要我做的。"英雄答应了。

"负心汉！"美狄亚在心里暗骂道，"现在你已经一头栽进了我为你挖好的陷阱！"但她大声说："这件事你必须马上去做，到王宫去汇报你与我见面的情况，告诉克瑞翁'美狄亚已经真心悔过了，知道了她的错误，并自愿离开科林斯来忘记这一切。但她需要一天的准备时间，毕竟她在这个城市已经生活了十年'。此外，为了弥补我对格劳刻所造成的伤害，我为她准备了礼物，明天送过去，是一件华丽的长袍和一个戴在头上的纯金花环。我会派孩子们去送这些礼物，并恳求格劳刻替他们向克瑞翁国王求情，不要把他们也从科林斯驱逐出去。"

"我很高兴看到你准备解决你所制造的麻烦，"伊阿宋说，"一切都会按照你的计划完成。"

"但愿如此！"美狄亚说。但伊阿宋没有注意到，她说话时眼睛里闪过的那丝残忍的满足感。

毫无戒心的克瑞翁最终同意让她多待一天，这就给了美狄亚时间，她可以在送给格劳刻的衣服与金冠上施加魔咒。这两件礼物做工精致、华丽夺目，但都浸过了只有美狄亚有能力配制的致命毒药。

第二天早晨，她的工作完成了，长袍和金冠整齐地放在盒子里。美狄亚把两个年龄最大的孩子叫到跟前，告诉他俩把礼物带给格劳刻，请求她说服她父亲让四个孩子留在科林斯。

一开始格劳刻很不愿意接受这些礼物，但一看到精美绝伦的长袍以及金光闪闪的美丽王冠，她心中的喜悦战胜了应有的戒心，心甘情愿地同意向她的父亲求情。孩子们一回来，美狄亚就焦急又疑惑地等待着。

"我的魔法对她有用吗？"她很想知道，"格劳刻会不会穿戴我送的礼物？"但是当她获悉公主一看到礼物就喜出望外时，一种残忍的愉悦涌上她的心头。"没错，我的计划会成功的。"她自言自语道。

没等多久，国王的一个仆人疯了般冲进屋里。

"快离开我们的城市，你这个邪恶的女巫！"他哭喊着，"灾难已经降临在科林斯了，你就是罪魁祸首！"

"告诉我发生的一切，"美狄亚以一种欢迎的姿态说，"你可给我带来了好消息！"

"我带来的，是舌头所能讲述出来的最坏的消息。要不是我害怕碰女巫，我肯定会亲手掐死你。然而听听整个故事吧，也了解一下你所犯下的可怕罪行！格劳刻穿上了你送的长袍，走到镜子旁边。这身衣服让她看起来比以往任何时候都要漂亮百倍。没有一丝怀疑，她又把纯金花环戴在额头上，'多么漂亮的王冠啊！'她喃喃地说。突然她发出一声骇人的惨叫：'救命，我在燃烧！'她尖叫起来。

"你给她的长袍紧紧地罩住了她的身体，并开始沸腾，冒出白色的水汽，而王冠正像一个烧红的烙铁灼烧着她的额头。听到女儿的惨叫，克瑞翁跑了过来。'父亲，被女巫诅咒过的礼物正在燃烧！'她哀号道，'救救我吧，如果来得及的话！'她可怜的父亲试图从她的身上扯下长袍，但长袍不但越罩越紧，而且上面还腾起火苗来。尽管克瑞翁看到火苗蔓延到自己身上，但还是又试了一次。

可那袍子一粘到他的胳膊和大腿上，火苗'噌'地一下便蹿了出来，把两人全裹在里面，像两束被绑在一起的火把。

"父女二人被烧得在宫殿里四处乱蹿，绝望地发出骇人的尖叫，他俩碰到的一切都迅速燃烧起来。闻声赶来的卫兵和仆人也被蔓延的火舌吞噬，整个王宫烧成了一片火海。格劳刻、克瑞翁和所有试图帮助他们的人都被大火烧死，现在只剩下一堆灰烬，整个城市都在哀悼科林斯有史以来所遭受到的最严重的灾难。我是怎么逃出来的，我也不知道，一定是受了神的庇护。"

"那伊阿宋呢？"美狄亚问，"那负心汉活着还是死了？"

"不，女巫，让你失望了，伊阿宋逃出来了，幸免于难！"

"那可太糟糕了，我给他留了更严厉的惩罚！"

"女巫！凶手！在我们把你撕成碎片之前，滚出科林斯城吧！"

"等到我把他彻底摧毁，等到我以一位母亲所能想出的最卑鄙的罪行亲自向他实施了报复之后再说吧！"听到这些话，仆人感到毛骨悚然。

"她是女鬼，不是女人！"他大哭着逃跑了，留下美狄亚独自站在那里。

"现在本出戏的最后一节、最残忍的一幕即将上演。现在他将知道什么是忘恩负义，现在他将会看到什么是背信弃义，整个世界将很快在美狄亚面前发抖！但是我不能再犹豫了，我把自己伤害得越重，他的痛苦就越深。为了让他感到痛苦，要我付出昂贵的代价又怎样？这是为了惩罚一个负心汉应该付出的代价！"

片刻之后，这个可怕的女巫就犯下了最丑恶的罪行，没有哪个母亲能够做得出来。

当伊阿宋出现在门口时，她的罪行刚刚结束。伊阿宋毫无防备，不知还有什么新的打击在等着他。他走进了美狄亚的房间，悲痛欲绝。他没有大声吼叫，只是轻轻地问道："你的复仇如愿了吗？"

"当我看到你痛苦地扭动时，我对复仇的渴望很快就会满足。打开那扇门！"

"这是什么意思？她为什么要我开门？要我看什么？"伊阿宋看着她，困惑

地心想。

"打开那扇门，看看什么是美狄亚的复仇！"犹豫片刻，伊阿宋还是把门推开了。

太骇人，太恐怖了！在他脚下躺着他两个无辜孩子冰冷的尸体！

"苍天啊！"他悲痛欲绝，"为什么要这么残忍地惩罚我呢？我的罪孽有这么深重吗？是的，我大错特错：我先诱杀了阿普绪耳托斯，现在我又违背了在面临死亡威胁时立下的誓言。我是一个忘恩负义的背叛者，不值得任何神为我减轻罪孽，我的罪我自己承担！"

他再从孩子的房间里出来时，已经被彻底击垮了，他垂着头站在美狄亚面前。如果他愿意，他可以伸手杀死她，但是他已经丧失了任何战斗的欲望。另外，现在杀死她又能挽回什么呢？

"你怎么能下得了手？"他只说了这一句，然后抱着自己的头痛哭不止。

失去爱子的伊阿宋，怀着无法安慰的痛苦，流着泪跌跌撞撞地走了出去，而美狄亚心满意足地看着他离开，神情里还夹杂着浓浓的恨意。但是伊阿宋一走出她的视线，她就回到了孩子们的房间，扑向那两条无辜牺牲的生命。

这次轮到她撕心裂肺地哭喊了：她亲手杀死了她的爱子，这就是众神对她的所作所为而实施的最终惩罚——背叛她的兄弟、她的父亲、她的国家来满足个人私欲的惩罚。

美狄亚躺在那里哭了很长时间，但最后她起身擦干了眼泪。然后她找来了清水，洗干净孩子的尸体，为他们穿上葬礼的袍子，然后把他们带到阿克罗科林斯，埋葬在自己当年建造的赫拉神庙里。

当然，美狄亚在科林斯待不下去了。唯一同情她的神，她的祖父赫利俄斯也意识到了这一点，于是派出一辆由双翼飞龙拉着的车子前来接她逃跑。美狄亚把剩下两个没被她在狂怒中杀掉的孩子抱到车上，然后坐上车逃走了。

不久之后，她嫁给了雅典国王埃勾斯。她最大的愿望是让自己的一个儿子成为王位的继承人，但是忒修斯挫败了她的计划，所以她最终被迫逃回自己的祖国。回国后，她发现她的父亲已经被罢黜，但是她用她的魔法帮助父亲重新夺回王位并最终与他和解。后来她的儿子墨杜斯成为邻国的国王，这个国家被后人称为"米底亚"。

据说美狄亚一直没有死，她的法力如此强大，以至于死神也对她心存畏惧。所以世界上最可怕的女巫就这样继续活着，并为所有的女巫提供保护。但是，这些女巫很少干好事，更多的时候四处施展魔法，传播毁灭和悲伤。

也许有些神灵最终宽恕了美狄亚所犯下的丑恶的罪行，但凡人并没有宽恕她。自那以后，"美狄亚"这个词也被解释为"女凶手"。而事实上，这个女凶手犯下了一个女人所能犯下的最可怕的罪行。

那么伊阿宋呢？

至于伊阿宋，那位曾经威武不凡的英雄现在到处为他遭受的创伤寻求安慰，却找不到任何安慰，哪里都找不到。他漫无目的、无助地在很多地方徘徊。人们说时间可以治愈所有的创伤，但是伊阿宋的创伤没有任何治疗的办法。这位无畏的阿耳戈英雄已经被人神共弃。

多年来他都在漫无目的地游走，就像秋风中的一片枯叶。终于有一天，他发现自己又回到科林斯的伊斯墨斯，站在波塞冬神庙前。

"在某个地方，我们曾经把'阿耳戈号'留在沙滩上，"他回想起来了，他的热血开始伴随着过去的冒险回忆复苏而涌动，"现在它怎么样？现在它在哪里？"

这时他的目光落在了一艘船的残骸上。"肯定不会是这个老旧、破碎的废船吧？"他心里想着。当他走近它时，眼泪不禁哗哗地流出来。

这真的是"阿耳戈号"，已经被虫蛀得千疮百孔，被风雨吹打得破旧不堪。女神赫拉的头像仍然站在船首，但也饱经风吹日晒，头像开裂难以辨认。

现在谁还会庇护伊阿宋，给他帮助？没有人，甚至连女神赫拉也放弃了对他的保护，以前伊阿宋可一直处于她的保护之下。

从那些遥远的日子以来发生了多少事啊！但是现在所有的荣耀都已隐去。"阿耳戈号"曾经是多么威武，可现在成了什么？曾经女神赫拉的头像多么骄傲地注视着前方，可现在剩下了什么？年轻人伊阿宋取得的成就曾是多么辉煌，可他如今为什么消沉到如此地步？金羊毛承诺的财富和幸福都去哪里了？到底是什么力量在控制着人的命运？

这些问题一直在困扰着他，他感到有些疲倦，于是顺势躺在"阿耳戈号"船首遮住的一片阴凉里睡着了，从此再也没有睁开眼睛。当他睡着的时候，一阵强风吹了起来，"阿耳戈号"上的朽木开始摇晃，发出"吱吱嘎嘎"的声音。女神赫拉那个沉重的雕像头掉了下来，正好砸中了伊阿宋的头，把他的生命压得粉碎。

就这样，那个曾逃脱了一千次危险的人，这次却没有逃脱。他的守护神——赫拉终于杀死了她的宠儿。她是想要杀死他吗？这是一种惩罚吗？没有人知道。

昔日的阿耳戈英雄领袖已经死了，但是，他们的壮举为伊阿宋和他的同伴赢得了永恒的荣耀。我们不仅可以从全世界数以百万计的著作以及欣赏他们航行的叙述中看到这一点，还可以从许多研究人员为画出那些勇敢海员确切航行路线而进行的热烈探讨中，以及对他们走向伟大探险的真正原因的探究中，看到这一点。

他们中的一些人声称，金羊毛，这个可以为其拥有者带来财富并招来嫉妒的东西，无非就是金子，只有这种贵金属在世界上才有这样的魔力。然而，无论阿耳戈英雄们是否满载黄金而归，他们的伟大成就本身是站得住脚的。他们凭着勇敢和坚强的决心，在未知海域里开辟了新航线。人类对海洋的恐惧和幻想总是充斥着可怕的怪物和致命的危险，多亏这些勇气非凡的英雄们，那些"相互撞击"的岩石永远不会再阻碍水手们前行的征途了。

几个世纪以来，从希腊出发的船只劈波斩浪，征服了一片片海域，从黑海沿岸的科尔基斯到法国和西班牙的海岸，拓建了许多新兴城市，促进了东西方文明的交流。